Début d'une série de documents
en couleur

Un franc le volume
NOUVELLE COLLECTION MICHEL LÉVY
1 fr., 2 fr. o, ...

MAURICE SAND

MADEMOISELLE
DE CÉRIGNAN

NOUVELLE ÉDITION

CALMANN LÉVY, ÉDITEUR
ANCIENNE MAISON MICHEL LÉVY FRÈRES
RUE AUBER, 3, ET BOULEVARD DES ITALIENS
A LA LIBRAIRIE NOUVELLE

AMÉDÉE ACHARD

	vol.
BONNET ET BLONDES	
LES CAMPAGNES D'UN ROUÉ	
LA CHASSE ROYALE	
LES DERNIÈRES MARQUISES	
ENTRE LE BAL ET LE BERCEAU	
LA FAMILLE AUBERNIN	
LES FEMMES HONNÊTES	
LES FILLES DE JEPHTÉ	
MADAME ROSE	
MARCELLE	
LES MISÈRES D'UN MILLIONNAIRE	
NUIT	
L'OMBRE DE LUDOVIC	
PARISIENNES ET PROVINCIALES	
LES PETITS-FILS DE LOVELACE	
LES ROBERTS DE PARIS	
LA ROBE DE NESSUS	
LE ROMAN DU MARI	
LA SABOTIÈRE	
LA TRAITE DES BLONDES	

A. ASSOLANT

	vol.
GABRIELLE DE CHÊNEVERT	

E. AUBRYET

	vol.
LA FEMME DE 25 ANS	

ÉMILE DE GIRARDIN

	vol.
ÉMILE	

Mme ÉMILE DE GIRARDIN

	vol.
LA CANNE DE M. DE BALZAC	
CONTES D'UNE VIEILLE FILLE	
LA CROIX DE BERNY (en société avec Th. Gautier, Méry et Jules Sandeau)	
IL NE FAUT PAS JOUER AVEC LA DOULEUR	
LE LORGNON	
MARGUERITE	
CL. LE MARQUIS DE PONTANGES	
NOUVELLES	
POÉSIES COMPLÈTES	
LE VICOMTE DE LAUNAY. Lettres parisiennes. Édition complète	

LÉON GOZLAN

	vol.
LE BARIL DE POUDRE D'OR	
LA COMÉDIE ET LES COMÉDIENS	
LE NOTAIRE DE CHANTILLY	

MÉRY

	vol.
UN AMOUR DANS L'AVENIR	
ANDRÉ CHÉNIER	
L'ASSASSINAT — UNE NUIT DU MIDI	

MÉRY (suite)

LE BONNET VERT	
UN CARNAVAL DE PARIS	
LA CHASSE AU CHASTRE	
UN CHATEAU DE LA FAVORITE	
LE CHATEAU DES TROIS TOURS	
LE CHATEAU VERT	
LE CIRCE DE PARIS	
LA COMTESSE MORVENNA	
UNE CONSPIRATION AU LOUVRE	
LA COUR D'AMOUR	
UN CRIME INCONNU	
LES DAMNÉS DE L'INDE	
DENORA	
LE DERNIER FANTOME	
LES DEUX AMAZONES	
UNE HISTOIRE DE FAMILLE	
UN HOMME HEUREUX	
LE JUIF AU VATICAN	
UN MARIAGE DE PARIS	
MARSEILLE ET LES MARSEILLAIS	
MARTHE LA BLANCHISSEUSE — LA VÉNUS D'ARLES	
M. AUGUSTE	
LES MYSTÈRES D'UN CHATEAU	
LES NUITS ANGLAISES	
LES NUITS ESPAGNOLES	
LES NUITS ITALIENNES	
LES NUITS PARISIENNES	
LE PARADIS TERRESTRE	
SALONS ET SOUTERRAINS DE PARIS	
TRAFALGAR	
LE TRANSPORTS	
URSULE	
LA VIE FANTASTIQUE	

CHARLES MONSELET

LES FEMMES QUI FONT DES SCÈNES	
LA FRANC-MAÇONNERIE DES FEMMES	
LES MYST. DU BOULEV. DES INVALIDES	

PAUL FÉRRET

LA BAGUE D'ARGENT	
LES BOURGEOIS DE CAMPAGNE	
HISTOIRE D'UNE JOLIE FEMME	
LE PRISONS	
VIOLANTE	

AUR. SCHOLL

SCÈNES ET MENSONGES PARISIENS	

A. SECOND

A QUOI TIENT L'AMOUR	

Le Catalogue complet sera envoyé franco à toute personne qui fera la demande par lettre affranchie.

IMP. CENTRALE DES CHEMINS DE FER. — IMP. CHAIX. — RUE BERGÈRE, 20, PARIS. — 15032-4.

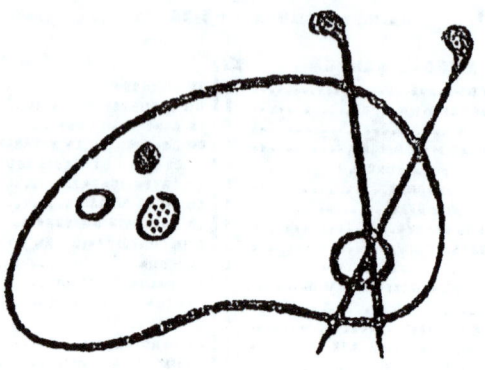

Fin d'une série de documents
en couleur

MADEMOISELLE
DE CÉRIGNAN

CALMANN LÉVY, ÉDITEUR

OUVRAGES

DE

MAURICE SAND

Format in-8°

Paris. — Imp. H.-M. DUVAL, 17, rue de l'Echiquier

MADEMOISELLE
DE CÉRIGNAN

PAR

MAURICE SAND

NOUVELLE ÉDITION

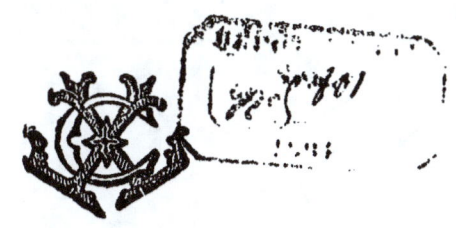

PARIS
CALMANN LÉVY, ÉDITEUR
ANCIENNE MAISON MICHEL LÉVY FRÈRES
3, RUE AUBER, 3

1884

MADEMOISELLE

DE CÉRIGNAN

I

Je venais de passer avec mon grade de chef de demi-brigade, nous disons aujourd'hui colonel, dans le 3ᵉ régiment de dragons, lorsque, vers la fin d'avril 1798 (floréal an VI), je reçus du général Desaix, qui commandait notre division, l'ordre de quitter la garnison de Florence pour aller m'embarquer à Civita-Vecchia avec mes hommes. Je bouclai ma malle et je partis, suivi de mon brosseur, le fidèle Guidamour, qui, comme moi, du

1

1er chasseurs à cheval, avait permuté dans le 3e dragons. Nous dûmes, tout en laissant nos chevaux,
emporter nos selles et nos harnais. Là où nous allions, nous trouverions apparemment des montures
supérieures aux nôtres.

Où allions-nous? En Angleterre, probablement,
opérer la descente projetée depuis quelques mois
par le général Bonaparte, puisque notre division
faisait partie de l'aile gauche de l'armée dite d'Angleterre.

Je retrouvai mon ami Hector Dubertet à bord de
la frégate l'Artémise, qui reçut dans ses flancs mon
régiment démonté. Dubertet était mon plus ancien
camarade; nos familles étaient intimement liées;
nous étions entrés au collége le même jour. C'est
avec lui que, le 22 juillet 1792, je m'étais enrôlé
volontaire sur l'estrade du Pont-Neuf; avec lui
que j'avais fait campagne et passé dans la cavalerie
à Cambrai; avec lui enfin que j'avais enlevé la redoute d'Aldenhaven, en Allemagne, et que j'avais
continué la guerre jusqu'à la paix de 1795 [1].

Depuis ce moment, je l'avais perdu de vue. Ce
fut une véritable joie pour moi de le retrouver frais
et dispos, bien que le joyeux camarade, le beau

1. Voyez André Beauvray, dans le volume du même au-
teur — Mademoiselle Azote — chez Michel Lévy.

chanteur de table et le grand conteur de facéties qui avait fait les délices du régiment, fût, sous ses habits bourgeois, beaucoup moins brillant et que sa physionomie eût perdu de son éclat et de sa franchise, à tel point que je ne le reconnus pas tout de suite.

— Haudouin ! s'écria-t-il en me sautant au cou : j'étais bien sûr de te retrouver au nombre des cavaliers d'élite que le général en chef a choisis pour faire partie de l'expédition.

— Mais toi, lui dis-je, tu as donc quitté l'état militaire ?

— A peu près ; j'ai été mis à la disposition du général Bonaparte, qui m'a attaché à la commission des arts, et m'a envoyé à Rome prendre le matériel des imprimeries grecques et arabes de la Propagande, rassemblé par Mongo d'après l'ordre du gouvernement. Je viens d'embarquer tout cela, ainsi qu'une troupe d'interprètes et d'ouvriers imprimeurs.

— Mais à quoi nous serviront ces langues orientales avec les Anglais ? Ah ! j'y suis, nous allons dans l'Inde secourir le sultan Tipoo-Saëb contre la perfide Albion ?

— Nous allons d'abord conquérir l'Égypte, au pouvoir des beys mameluks qui favorisent le com-

merce anglais, et de là nous irons probablement
dans l'Inde porter à l'Angleterre le coup le plus
sensible en ruinant ses colonies.

— Très-bien ! allons conquérir l'Égypte !

Il m'apprit aussi que le général en chef emmenait avec lui une centaine de savants, d'artistes,
d'ingénieurs, de géographes, parmi lesquels il me
cita des noms déjà illustres, ou qui le devinrent
par la suite : Monge, Berthollet, Fourier, Denon,
Geoffroy Saint-Hilaire, les médecins Desgenettes,
Larrey, Dubois et l'amiral Brueys. Parmi les généraux qui avaient voulu s'attacher à la fortune
de Bonaparte, il nomma Desaix, Menou, Reynier,
Davoust et Kléber, que j'avais vu à Mayence alors que
j'y avais été porter les ordres du général Houchard.

Une jeune femme qui brillait plus par la fraîcheur de sa carnation que par la régularité de ses
traits, douée d'un léger embonpoint et dans une
toilette des plus exagérées, sortit en ce moment de
la cabine d'arrière. Elle vint à nous, et, s'adressant
à Dubertet :

— Hector, lui dit-elle, cet embarquement se fait
sans aucun ordre. On a fourré les caisses qui con-
tiennent mes effets à fond de cale. C'est insupportable ! Je ne puis cependant pas garder la toilette
que j'ai sur moi pendant toute la traversée.

— Ma chère Sylvie, calmez-vous, lui répondit mon ami, je vais donner des ordres pour que vos chiffons vous soient rendus.

— Bien, dit-elle. Et, reportant les yeux sur moi, elle me toisa de la tête aux pieds, comme si j'eusse été à l'inspection.

— Pierre Haudouin de Coulanges, mon ami intime, lui dit Dubertet en me présentant.

Je la saluai respectueusement. Elle me fit une révérence assez gauche et disparut.

— Dubertet, tu ne m'avais pas dit que tu fusses marié?

— Je n'ai pas plus de secret pour toi que tu n'en as pour moi. Je puis te confier la vérité ! Sylvie est ma maîtresse, mais je la fais passer pour ma femme afin de pouvoir l'emmener avec moi. C'est une fille bonne et dévouée, qui serait morte de chagrin si je l'avais laissée. Il y a deux ans que nous vivons ensemble, et nous nous aimons comme au premier jour.

— Elle paraît un peu impatiente?

— C'est le déplacement, l'ennui du voyage, qui la rendent nerveuse. Depuis trois mois, nous avons été toujours en l'air.

— C'est à Paris que tu l'as connue?

— Oui, elle était au théâtre de la Montansier, et

y jouait de petits rôles. J'ai soupiré longtemps, car c'était une vertu. Son père est un commerçant de la rue Saint-Denis. Elle a quitté sa famille par amour de l'art, et, si elle n'a pas pu *percer*, c'est un peu la faute de sa sagesse. Tu sais, dans cette carrière-là, une jolie femme ne réussit qu'autant qu'elle sait plaire à tout le monde.

Il me parla encore longtemps de mademoiselle Sylvie avec la loquacité d'un homme radicalement subjugué.

Le 26 mai, à six heures du soir, notre frégate, précédée des bricks et des soixante-dix transports du convoi de Civita-Vecchia, allait lever l'ancre, quand un canot amena de nouveaux passagers. C'était d'abord un homme déjà mûr, avec des ailes de pigeon et une queue à la prussienne, puis une grande jeune fille, très-belle, très-blonde et très-bien mise, qui donnait la main à un garçon de douze à treize ans.

Le commandant, qui n'attendait plus personne, s'avança vers eux d'un air interrogateur.

Le monsieur aux ailes de pigeon se nomma.

—De Cérignan, dit-il, attaché à l'administration des guerres; et, présentant ses compagnons : « Olympe de Cérignan, ma fille, et Louis de Cérignan, mon fils. »

Puis il sortit de sa poche une lettre cachetée de rouge et la remit au commandant en disant :

— De la part du citoyen Cambacérès.

Le capitaine lut la lettre, salua respectueusement l'employé du ministère de la guerre, et lui fit donner une cabine pour lui et ses enfants.

On prit la mer.

Mademoiselle de Cérignan et mademoiselle Sylvie, qu'on appelait madame Dubertet, furent bien vite le but des hommages de MM. les officiers du bord. Pendant une traversée, il n'y a rien de mieux à faire que de roucouler près du beau sexe, quand on n'est pas malade.

Je ne l'étais pas, et pourtant je m'occupai peu de ces dames. L'idée d'aller sur les brisées de mon ami ne m'était même pas venue. J'aurais bien soupiré pour la belle blonde aux manières de duchesse si je n'avais eu autre chose en tête : apprendre l'arabe.

Dès le lendemain de notre départ, il signor Fosco, un des imprimeurs de la Compagnie Dubertet, s'était fait fort de me l'enseigner. Je l'étudiai avec acharnement, et, comme il m'était bien montré, je fis de rapides progrès pendant les cinq semaines que dura le voyage.

Nous dînions tous à la même table; je fus à

même d'observer la famille de Cérignan. La fille dissimulait mal son antipathie pour la république et son mépris pour les républicains. Le fils était un joli enfant blond et pâle, avec des yeux à fleur de tête. Il semblait souffreteux, un peu ahuri, sinon hébété ; aussi son père et sa sœur ne le laissaient jamais seul. Il était très-craintif, et tremblait devant M. de Cérignan comme s'il eût craint d'être maltraité. M. de Cérignan était cependant très-doux pour lui, n'élevait jamais la voix et ne le reprenait sur rien. C'était un voltairien de l'ancienne cour. S'il regrettait au fond du cœur la monarchie, il avait la prudence de n'en rien laisser voir. La seule chose dont il se plaignît, c'était de n'avoir plus vingt ans.

Nous étions en vue de l'île de Malte le 17 prairial (5 juin), devant laquelle nous restâmes en croisière. Quatre jours après, le général Bonaparte vint nous rejoindre. La flotte partie des divers ports de la Méditerranée, Marseille, Toulon, Gênes, Ajaccio, pouvait s'élever à cinq cents voiles et emportait quarante-six mille hommes, dont dix mille marins, sur la terre d'Afrique.

Le but de l'expédition, tenu caché jusque-là, ne fut plus alors un secret pour personne

La possession de l'île de Malte, place réputée

imprenable, importait aux succès des desseins de
Bonaparte dans la Méditerranée. Il était d'ailleurs
autorisé à mettre au nombre des ennemis de la
France les chevaliers de l'ordre de saint Jean de
Jérusalem, qui avaient interdit l'entrée du port de
Lavalette à nos vaisseaux, refusé de recevoir le
chargé d'affaires de la république française, et accepté le protectorat de la Russie. — Bonaparte envoya demander au grand-maître Hompesch, un
Bavarois, l'entrée de tous ses vaisseaux dans le
port. Elle lui fut refusée. A l'instant même le débarquement est effectué sur les côtes du nord et
de l'est. Les chevaliers tentent une sortie, ils sont
ramenés plus vite qu'ils n'étaient venus et se ré-
fugient derrière leurs murailles, tandis que le
clergé implore la protection de saint Paul, patron
de l'île, et va, bannières déployées, jeter de l'eau
bénite sur les remparts pour les préserver de nos
boulets.

L'ordre institué pour protéger les pèlerins qui
allaient en terre sainte et les navires marchands
des puissances chrétiennes contre les infidèles, ne
possédait maintenant plus de marine. Ses membres, que le titre de chevalier de Malte n'engageait
à rien, vivaient dans l'opulence et l'oisiveté. Ils
avaient perdu tout prestige et toute considération.

1.

Pas un seul d'entre eux n'avait fait la guerre aux Barbaresques. Ils n'avaient depuis longtemps aucune influence sur leurs sujets, et ceux-ci, jugeant la situation désespérée, gagnés d'ailleurs par le général en chef, parlèrent de nous ouvrir leurs portes afin de hâter le dénouement. Bonaparte ordonna l'assaut. Ce fut, sur certains points, une véritable plaisanterie. Mes dragons s'emparèrent d'une redoute, l'espadon au poing, et en chassèrent sans effusion de sang les gardes-côtes chargés de la défendre.

La ville se rendit ; l'ordre fut supprimé ; le grand-maître reçut une indemnité et quitta l'île avec seize de ses chevaliers. Les quarante-quatre autres demandèrent à servir en qualité de volontaires sous les drapeaux de la France.

Un soir j'étais monté sur le pont pour fuir la chaleur de la cale et travailler sans être distrait par la gaieté trop bruyante de mes compagnons. Appuyé sur l'affût d'une caronade, j'étais tout au moulage de mes lettres arabes, quand des doigts potelés passèrent rapidement sur mon papier et les effacèrent. Je me retournai et je vis madame Dubertet debout derrière moi, me regardant d'un air moqueur.

— Savez-vous, dit-elle, que vous êtes peu aimable ?

— Je croyais tout le contraire, belle dame !

On disait *belle dame* dans ce temps-là !

— Les ours aussi se croient beaux et bien faits, reprit-elle.

— Je les trouve gracieux, moi !

— C'est pour cela que vous cherchez à les imiter en vous retirant toujours dans les petits coins, avec vos grammaires chinoises.

— Pardon, arabes.

— C'est tout comme. Enfin, sauf à mon mari et à votre M. Fosco, un autre sauvage, vous ne parlez à personne, et pourtant il y a ici des dames qui valent bien la peine que vous leur adressiez un regard.

— Je les ai regardées, et je les trouve également belles, chacune dans son genre.

Elle s'adossa contre le plat-bord en me frôlant des plis de sa tunique.

— Je vois, dit-elle en souriant, que vous n'êtes qu'un ourson, et, si on voulait s'en donner la peine, *on* vous rendrait doux comme un agneau.

— *On ?* parlez-vous de mademoiselle de Cérignan ?

— Elle vous plaît ?

— Je la trouve très-séduisante.

— Et moi, fort méprisante ; et puis, une blonde

qui a des yeux bleus et des sourcils noirs, il n'y a pas à s'y fier, je vous en avertis ! Savez-vous qu'elle n'est pas jeune ?

— Quel âge peut-elle avoir ? vingt ans tout au plus ?

— Dites donc au moins une trentaine. Ses soins, son affection, son dévouement pour ce petit garçon sont ceux d'une mère ; c'est une prude qui cache une faute.

— Il faut que vous soyez en rivalité de coquetterie pour l'arranger de la sorte ?

— Ce n'est pas ça, ces gens-là sont si *cachotiers*, que je les soupçonne d'être des espions ou des agents de l'Angleterre. Qu'est-ce qu'ils vont faire en Égypte, je vous le demande !

— Je n'en sais, ma foi, rien ; mais je crois vos soupçons mal fondés. Le vieux a de l'esprit et semble un très brave homme...

— Un drôle de brave homme qui me fait la cour!

— Qui donc ne vous la fait pas, ici ?

— Vous! dit-elle avec un regard provocant.

Comme je ne suis pas de ceux qui vivent sur le bien d'autrui, je jugeai prudent de battre en retraite. Je ne répondis rien ; elle me regarda d'un air étonné, partit d'un grand éclat de rire et regagna sa cabine.

Elle se croyait peut-être remplie d'esprit, mais je la trouvai fort vulgaire. Si elle n'avait pu *percer*, comme disait Dubertet, sa retenue vis-à-vis des hommes ne devait pas en être la cause.

Ses soupçons et ses doutes sur la famille de Cérignan passèrent pourtant dans mon esprit. Cet enfant que son père et sa sœur, sa mère peut-être, ne quittaient pas de l'œil, comme s'ils eussent craint qu'il ne vînt à dévoiler quelque secret d'État ; cette recommandation de Cambacérès, qui n'avait pas la réputation d'être des plus républicains, leur embarquement par-dessus le bord, l'air profond et mystérieux du capitaine quand on le questionnait sur ses trois passagers, l'adresse toute particulière avec laquelle mademoiselle de Cérignan savait éluder une question indiscrète ou détourner la conversation, mille choses me donnèrent à penser que ces gens-là avaient une mission secrète, ou que la jeune femme cachait sa maternité en se rajeunissant.

La veille de notre débarquement, je surpris le petit Louis perché dans le bastingage à l'avant du navire, et regardant le rivage d'Afrique qui se dessinait déjà à l'horizon. Mademoiselle de Cérignan lisait au pied du grand mât.

— Nous voilà bientôt arrivés, dis-je à l'enfant.

— C'est donc l'Égypte ce qu'on voit là-bas tout blanc ? dit-il d'un air triste ; je voudrais déjà y être, je m'ennuie tant, ici !

— Je le crois bien ! Vos parents vous gardent à vue comme un prisonnier.

— Pourquoi dites-vous ça ? reprit-il avec un regard inquiet, je suis parfaitement libre !

Puis il baissa les yeux, se tut, comme s'il en eût déjà trop dit, et se sauva dans sa cabine sans être vu de mademoiselle de Cérignan.

Un instant après elle passa devant moi.

— Vous cherchez votre fils ? lui dis-je, et aussitôt, je me mordis la langue, honteux d'avoir cédé à ma préoccupation sur son compte.

— Mon fils ! dit-elle en me regardant avec stupéfaction.

— Excusez-moi, mademoiselle, ma langue a fourché ; après tout, il est permis de se tromper ; votre tendresse, votre sollicitude pour cet enfant sont celles d'une mère.

— Moi sa mère! c'est insensé ! J'ai vingt-deux ans, et il en a treize ! Vous êtes donc myope, monsieur de Coulanges ?

— Pardon, j'y vois très clair, dis-je en la regardant en face.

— Et que voyez-vous? reprit-elle en soutenant mon regard sans le moindre embarras.

— Je vois que vous avez de doux yeux et que vous avez tort de les tenir si souvent baissés. Votre bouche est un chef-d'œuvre quand vous souriez ainsi, avec ces petites fossettes aux joues. Vous avez les plus beaux cheveux blonds que j'aie jamais vus.

— Vous êtes galant, monsieur de Coulanges, dit-elle en souriant.

— Pourquoi m'appelez-vous de Coulanges?

— J'ai ouï dire que votre mère était noble.

— Mais mon père Haudouin ne l'est pas. Il m'a donné les deux noms; je ne les sépare jamais.

— Vous avez bien peur qu'on vous prenne pour un *ci-devant!* Vous êtes un républicain obstiné, je sais cela ; mais vous n'en êtes pas moins un homme de cœur.

— Vous n'en savez rien encore, mademoiselle de Cérignan.

— Pardon, je vous connais beaucoup et depuis longtemps.

— Comment cela ?

— Quand vous étiez à Arras, vous avez sauvé de la guillotine une parente à moi [1], mon amie

1. Voir André Beauvray.

intime, et vous avez failli monter sur l'échafaud à
sa place. Elle m'a parlé de vous avec une vive
reconnaissance. Ces choses-là ne s'oublient pas,
monsieur de Coulanges, pardon, monsieur Haudouin ! Croyez bien que les familles nobles ne sont
pas toutes vouées à l'ingratitude.

Elle me paraissait très-émue ; mais elle changea
aussitôt de sujet pour me demander si Louis
m'avait parlé. Je lui rapportai les trois mots qu'il
m'avait adressés.

— Mon pauvre frère, dit-elle avec un soupir, et
non mon fils, je vous prie de le croire, s'ennuie
partout, cela tient à son état maladif. J'espère que
le climat de l'Égypte lui fera du bien.

— Vous allez en Égypte dans ce seul but ?

— Sans doute ! Devant le dépérissement de cet
enfant et d'après le conseil des médecins, mon
père n'a pas hésité à demander à être adjoint à
l'expédition en qualité d'administrateur.

— Mais vous ne suivrez pas l'armée au milieu
des dangers de toutes sortes qu'elle va affronter ?
Monsieur votre père n'est plus d'un âge...

— Vous voulez dire qu'il est vieux ? Ah ! il s'en
plaint assez ! mais il n'est pas nécessaire qu'il s'ex-
pose aux coups et aux fatigues, il restera dans les
bureaux.

— Je ne crois pas qu'il y ait beaucoup de bureaux dans le désert.

— On en fera pour moi, dit-elle en souriant.

Et elle rentra chez elle.

Pendant qu'elle parlait, je l'avais bien regardée, et je lui trouvai un grand charme et une rare distinction.

Pour être la mère d'un enfant de treize ans, non! C'était impossible. Elle ne paraissait pas avoir plus que l'âge qu'elle se donnait, et elle avait l'air chaste d'une jeune fille.

La cabotine Sylvie l'avait jugée d'après elle-même.

II

Le 30 juin, aux derniers rayons du soleil couchant, nous aperçûmes enfin la colonne de Pompée, le phare, la tour des Arabes et les grêles minarets d'Alexandrie.

Bonaparte, craignant que la flotte anglaise, qui cherchait la nôtre et qui avait croisé l'avant-veille sur la côte, ne vînt le surprendre, donna sur-le-champ le signal du débarquement. Malgré une mer furieuse et l'obscurité de la nuit, trois mille hommes d'infanterie gagnèrent la terre, et, sous la conduite des généraux Bonaparte, Kléber, Bon et Menou, s'élancèrent à l'assaut. Après une résistance de six heures, la ville se rendit. Notre armée n'avait perdu que quarante hommes. L'artillerie et la cavalerie à pied ne débarquèrent que le lendemain avec les trois cents chevaux embarqués à Toulon et destinés à former un escadron prêt à tout événement.

Je fus entièrement déçu en voyant ce qu'était devenue Alexandrie, le siége de l'empire des Ptolémées, le centre du commerce de l'Orient et le rendez-vous des poëtes et des savants de l'antiquité. Où sont ses douze mille tours et son mur d'enceinte, ses quatre mille palais, ses quatre mille bains, ses cinq cents théâtres et ses douze mille boutiques? Ils jonchent le sol de leurs débris. La cité antique est un amas de ruines sur lesquelles sont groupées des maisons basses, construites avec de l'argile et de la paille, habitées par une misérable population de fellahs et de juifs. La ville arabe, occupée par les Turcs, les Égyptiens opulents et les commerçants francs, est bâtie sur *l'Heptastadion* (c'est-à-dire les sept stades, en raison de sa longueur). Cette jetée, construite par Ptolémée Soter pour séparer les deux ports et rattacher le phare à la terre ferme, s'est élargie peu à peu par suite des attérissements, et a aujourd'hui un quart de lieue de large.

Le général en chef s'occupa sur-le-champ de faire réparer le mur d'enceinte des Arabes et ordonna la construction de quelques forts, pour pro-

téger la garnison qui devait rester dans la ville sous
le commandement de Kléber; ce général avait été
blessé à la tête en montant à l'assaut.

Aller prendre de ses nouvelles était une bonne
occasion de renouveler connaissance avec lui. Je le
trouvai, la tête enveloppée de linges, et, comme je
me réjouissais d'apprendre que sa blessure n'était
pas grave :

— Parbleu ! c'est Haudouin, s'écria-t-il ; touche-là,
mon brave ! te voilà officier supérieur, très-bien ! je
ne te félicite pas, moi, d'être venu dans ce pays
maudit ! c'est un trou à vermine. Si le reste de
l'Égypte ressemble à l'échantillon que nous voyons
aujourd'hui, il y aura de quoi crever d'ennui et de
faim. On était mieux à Mayence !

Je trouvai que Kléber était injuste; à peine arrivé,
il blâmait déjà l'expédition. Il faut dire que c'était
un peu l'habitude des généraux de l'armée du Rhin
de critiquer et de dénigrer ceux de l'armée d'Italie.
Kléber surtout, fantasque et frondeur, semblait ne
vouloir ni commander, ni obéir. Il obéissait pourtant à Bonaparte, mais en murmurant. Jusque-là,
il n'y avait pourtant rien à dire contre les mesures
prises par le général en chef, elles étaient sages et
habiles.

Il avait mandé près de lui le gouverneur de la ville,

les chefs arabes qui n'avaient pas pris la fuite, les
imans, les mollahs, le cady, et il les avait confirmés
dans leurs emplois et dignités en leur demandant
de prêter serment de fidélité à la république française; puis, il fit publier en langue arabe et distribuer aux habitants une proclamation empreinte de
la couleur orientale imprimée en pleine mer à bord
de l'*Orient* et dans laquelle il disait n'être venu que
pour délivrer l'Égypte de la tyrannie des mameluks. Il leur *prouvait* que les Français étaient aussi
de vrais musulmans; n'avaient-ils pas détruit le
pape et les chevaliers de Malte, qui voulaient l'a-
néantissement des mahométans? Il se disait l'ami du
Grand-Turc et l'ennemi de ses ennemis. Il termi-
nait en promettant bonheur, fortune et prospérité
à ceux qui seraient avec lui, et menaçait de mort
ceux qui s'armeraient pour les mameluks.

Cette proclamation rassura tous les esprits; on
admira la clémence du vainqueur, les fugitifs ren-
trèrent en ville et nous apportèrent des provisions.
Quinze des chefs arabes qui, à la tête de leur cavalerie irrégulière avaient combattu contre nous sous
les murs d'Alexandrie, s'engagèrent à nous prêter
main-forte contre les mameluks.

Je dois dire tout de suite quelle était la situation
de l'Égypte quand nous y arrivâmes et par quelles

races elle était habitée. Cette exposition est absolument nécessaire à l'intelligence des aventures dont j'entreprends le récit.

Les Cophtes, d'abord au nombre de cent cinquante mille, passent pour les plus anciens habitants du pays. Ils descendent des familles chrétiennes épargnées par les kalifes, et vivent pour la plupart dans les cloîtres. Ceux qui habitent les villes représentent fort mal l'élément chrétien. Ils exercent les plus vils métiers, hommes d'affaires et percepteurs des finances pour le compte des mameluks, pourvoyeurs d'eunuques, etc.

Les Arabes, que l'on doit séparer en trois classes, forment la masse réelle de la population. Ils descendent des compagnons du prophète qui conquirent l'Égypte sur les Cophtes; les scheicks, dont la généalogie remonte, selon eux, jusqu'à Mahomet, sont les grands propriétaires et les savants; ils réunissent à la noblesse les fonctions du culte et de la magistrature. Dans les Divans, ils représentent le pays; dans les mosquées, ils enseignent la religion, la morale du Koran, un peu de philosophie et de jurisprudence.

Au-dessous des scheiks sont les marchands arabes et les petits propriétaires du sol. Vient ensuite la classe des Arabes *fellahs*, qui comprend les paysans cultivateurs, les prolétaires, ouvriers, ilotes et mendiants. Puis les Arabes nomades ou Bédouins, fils du désert, au nombre de cent cinquante mille, et vivant de rapine et de pillage.

Les Turcs, au nombre de deux cent mille, sont les derniers conquérants de l'Égypte sur les Arabes; mais leur puissance et leur autorité n'ont plus qu'une existence nominale. Leurs esclaves et mercenaires de race circassienne appelés mameluks, que depuis près de huit siècles, ils tirent du Caucase, et dont ils avaient formé une milice pour les aider à maintenir l'Égypte sous leur domination, ont, avec le temps, pris la suprématie. Ils se sont rendus indépendants de Constantinople et maîtres du pays. Ils sont au moins soixante-dix mille, sans compter un corps de douze mille cavaliers secondés par vingt-quatre mille servants d'armes, car chaque mameluk est escorté de deux fellahs à pied.

Vingt-trois beys, égaux entre eux, ayant chacun de quatre à huit cents mameluks, règnent par la terreur sur les Cophtes, Arabes, fellahs, Turcs, janissaires, spahis, juifs et *Levantins*. Sous ce dernier nom, on désigne les Arabes chrétiens, les Syriens, Arméniens, Grecs et commerçants européens établis à Alexandrie.

A notre arrivée en Égypte, deux beys se partageaient l'autorité. Ibrahim, riche, astucieux, puissant, s'était adjugé les attributions civiles; Mourad, intrépide, vaillant, plein d'ardeur, les attributions militaires.

Une féodalité comme celle du moyen âge, une milice conquérante en révolte contre son souverain, et une population abrutie, aux gages du plus fort, telle était la situation.

Si nous étonnions les musulmans, ils ne nous surprenaient pas moins. Tout est opposition entre leur manière de voir et la nôtre, tout est contraste entre eux et nous. Nous portons des habits courts et serrés; ils ont de longs et amples vêtements. Nous laissons pousser nos cheveux et nous nous rasons la barbe; ils laissent croître leur barbe et se rasent le crâne. Se découvrir la tête est chez nous une marque de respect; chez eux, il n'y a que les fous qui aillent tête nue. Nous saluons en nous inclinant; ils saluent sans courber l'échine. Ils mangent à terre; nous nous asseyons sur des chaises. Nous écrivons de gauche à droite; ils écrivent de droite à gauche. Ils s'abordent d'un air grave et profond, au lieu du sourire que nous affectons souvent. Notre gaieté leur paraît de la folie. S'ils parlent, c'est posément, sans gestes, sans marquer aucun sentiment, longuement et sans jamais s'interrompre. Quand l'un a fini, l'autre reprend sur le même ton monotone ; aussi leurs conversations ne sont ni animées, ni bruyantes ; ils passent volontiers des journées entières sans dire un mot, rêvant ou fumant, les jambes croisées, immobiles sur le seuil de leurs maisons ou de leurs boutiques ouvertes en plein vent.

Cette nonchalance ne tient nullement à l'influence du climat, car les Grecs et Lévantins sont aussi remuants et aussi gais que les Turcs sont paresseux et graves. Cela tient à la notion du fatalisme, qui arme le musulman de résignation devant toutes les éventualités de la vie.

De là une imprévoyance, une incurie absolues. Chez le chrétien, au contraire, le cœur est ouvert à toutes les aspirations. Dieu n'est pas inexorable ; l'homme pouvant le fléchir, doit réagir sur les conditions de sa propre existence.

Bonaparte voulant s'emparer du Caire, capitale de toute l'Égypte, et y arriver avant l'inondation du Nil, prit ses dispositions pour se mettre en marche. Après quatre jours de repos à Alexandrie, la première colonne, composée de l'avant-garde et du corps de bataille, partit par la route de Damanhour et le désert. La seconde colonne, dans laquelle était comprise la cavalerie, qui, en quatre jours,

2

n'avait naturellement pas eu le temps de se remonter, et le corps des savants avec leur matériel, fut embarquée sur une flottille.

Dubertet voulut que je fisse le voyage avec lui, en compagnie de sa femme et de ses imprimeurs. Je montai donc avec Guidamour et une douzaine de dragons sur la même djerme, c'est ainsi que l'on nomme ces gros bâtiments du Nil. La famille de Cérignan, que je n'avais pas revue, restait à Alexandrie.

Pendant les sept jours que je passai en compagnie de Dubertet et de sa *moitié*, j'eus tout le temps de voir que celle-ci était une franche coquette qui avait pris un ascendant fâcheux sur mon pauvre ami. Il ne voyait que par elle et ne faisait rien sans la consulter. Déplaire à mademoiselle Sylvie, c'était déplaire à Dubertet. Je vis le moment où les scrupules qui m'empêchaient de répondre aux œillades de sa *belle* allaient me brouiller avec lui. Lui apprendre qu'il était dupe eût été fort inutile. Elle n'eût pas manqué de lui dire que je la calomniais par dépit d'avoir été éconduit. Je résolus de les quitter à la première occasion, et de ruser jusque-là avec la demoiselle.

—Fait-elle assez ses embarras, cette princesse de théâtre! me dit un matin Guidamour, qui avait son franc-parler avec moi.

— Sois plus respectueux pour la femme de mon ami Dubertet.

— C'est peut-être sa femme, je ne dis pas ; mais son père tire le cordon.

— C'est un portier ?

— Concierge, mon colonel ; c'est écrit sur la porte de sa niche.

— Tu connais donc les parents de madame Sylvie ?

— Si je les connais ? ce sont mes cousins. Ils s'appellent Guidamour comme moi. Nous sommes tous du Cantal. Quand j'étais petit, j'ai souvent joué avec la cousine Sylvie ; mais son père a quitté le pays et le *rétamage* pour aller à Paris. C'est là que je l'ai retrouvé concierge avec une fille qui pinçait de la harpe dans la loge. Ah ! il était fier, oui !

— T'es-tu fait reconnaître de ta cousine ?

— Elle n'a pas l'air de se souvenir de moi, et puis je n'ose pas ! J'ai peur de fâcher le citoyen Dubertet, mon supérieur.

— Pourquoi se fâcherait-il ?

— Dame ! il est de famille bourgeoise, et nous sommes tous des paysans ; la loi dit : Tous les hommes sont égaux, c'est vrai hors du service ; mais le principe n'est pas encore passé dans l'esprit de tout le monde, et le gros-major Dubertet ne serait peut-être pas content d'avoir un cousin simple dragon et brosseur de son colonel.

Guidamour avait raison. La bourgeoisie aura toujours ses préjugés comme la noblesse. Je ne devais pas me vanter de connaître mieux que Dubertet la généalogie de sa compagne. Je gardai le secret pour moi, et j'aspirais à fausser compagnie à l'heureux couple dès que nous serions à Rahmanyéh, où nous devions retrouver le général en chef et l'armée. Ni Bonaparte, ni l'armée ne parurent. Le vent qui soufflait du nord nous avait fait marcher plus vite que les colonnes françaises, et nous poussait toujours en avant. Dans la nuit du 13 au 14, un coup de canon, parti en amont du Nil, nous réveilla en sursaut, puis un second et un troisième. Un boulet raffla notre pont. Sept chaloupes canonnières de la flotte turque nous barraient le passage à la hauteur du village de Chebrêrys, tandis que deux corps d'armée les escortant parallèlement sur les deux rives, commençaient un feu bien nourri de mousqueterie. Le combat s'engage, on se canonne ; mais la lutte était inégale. Nos légers bâtiments n'étaient pas à l'épreuve des boulets et les imprimeurs de Dubertet n'étaient ni marins, ni soldats. Mes cavaliers eux-mêmes ne valaient pas grand'chose, enfermés entre ces planches flottantes.

Pourtant personne ne se laissa intimider. Le corps des savants prit part à l'action. Parmi eux, je citerai les citoyens Mongo et Berthollet, qui montrèrent l'énergie et la présence d'esprit de vieux soldats aguerris au feu.

C'est en cette occasion que je fis connaissance avec le jeune Morin, attaché à l'expédition en qualité de dessinateur. Il se battit comme un lion, et eut un bras cassé par une balle. Heureusement, dit-il, c'est le gauche. Ça ne m'empêchera pas de copier tous les hiéroglyphes de l'Égypte.

Les Turcs envahirent trois de nos chaloupes et massacrèrent les équipages. Le commandant Perrée me permet l'abordage. Je lance mes dragons sur le pont d'une djerme qui est bientôt déblayé. Une autre est prise par le 22e de chasseurs. En ce moment, l'infanterie turque et des nuées de cavaliers arabes débouchent en désordre du village de Chebrérys. L'armée française les pousse, la baïonnette dans les reins.

La flotte musulmane vire de bord pour aller embarquer les fuyards. Il y a des chevaux là-bas, criai-je à mes dragons. Allons les prendre. Nous abordons; les chasseurs nous suivent, et, à coups

2.

de mousqueton, c'est à qui démontera un cavalier. Le lendemain, après avoir passé la nuit sur le champ de bataille, l'armée se remit en marche.

Comme j'avais assez de la navigation, et que je ne tenais pas à plaire davantage à mademoiselle Sylvie, je me joignis à l'infanterie et à l'artillerie attelée, avec 200 de mes dragons maintenant à cheval ; les autres suivaient, dans les djermes prises la veille à l'ennemi.

On marcha sans relâche pendant huit jours en suivant la rive gauche du Nil. Huit jours de privations et de souffrances, car la provision de riz et de biscuit que chaque homme avait reçue en partant d'Alexandrie était épuisée.

Le blé ne manquait pourtant pas, on campait au milieu des meules, mais on n'avait ni moulin pour broyer le grain, ni four pour le faire cuire. Nos chevaux seuls en profitaient. Des lentilles, des dattes, des pastèques, tel était le fond de la nourriture de l'armée, nourriture qui empêche de mourir de faim, mais qui ne satisfait pas les estomacs français, habitués au pain. Quant au vin, c'était chose inconnue. J'avais appris de longue date à supporter la faim, je restai parfois vingt-quatre heures sans manger et sans me plaindre : hélas ! j'étais du petit nombre de ceux que le pays des

Pharaons intéressait, et qui avaient gardé leur belle humour.

Cette expédition lointaine faisait à nos soldats l'effet d'une déportation. L'armée était plutôt mécontente que démoralisée. Après s'être couverte de gloire en Italie, elle trouvait inutile d'en venir chercher encore et si loin, sous un ciel de feu. Le général en chef l'avait gâtée par ses louanges; elle l'en remerciait en murmurant contre lui. Les généraux et les officiers criaient le plus haut et le plus fort. Tous regrettaient l'Europe aux campagnes verdoyantes, tous maudissaient l'Afrique aux sables brûlants.

J'en ai entendu qui accusaient les savants attachés à l'expédition d'être cause de tout le mal. On ne vient ici, disaient-ils, que pour servir d'escorte à des gens curieux d'inscriptions incompréhensibles. Le Caire n'existe pas, c'est une bourgade comme Damanhour ou un puits d'eau saumâtre comme Bedah. J'ai vu des soldats quitter leurs rangs, tomber sur le sable et se laisser égorger par les Bédouins qui harcelaient l'armée et venaient nous tirer à vingt-cinq pas. J'en ai vu se brûler la cervelle. Ce n'était plus les tourments de la soif, nous longions le Nil et chaque soir on pouvait s'y baigner au risque des crocodiles. C'était la dé-

menco occasionnée par les insolations; les cha-
peaux de feutre et les casques de cuivre ne préser-
vent pas la tête contre un soleil aussi ardent. J'ai
compris alors l'usage du turban chez les Orientaux.

Le 21 juillet (3 thermidor) nous quittâmes au milieu de la nuit Omm-Dynar où nous avions fait halte
la veille. Au point du jour, nous vîmes à notre gauche, au delà du Nil, les hauts minarets du Caire,
dans les feux du soleil levant, et à notre droite, au
loin dans le désert, les pyramides de Gizéh, gigan-
tesques monuments qui remontent aux premiers
temps d'une grande civilisation dont nous ne pouvons avoir qu'une faible idée aujourd'hui. A mesure que nous avançons, elles grandissent et sem-
blent de véritables montagnes. A leurs pieds, dans
la plaine, sur les deux rives du fleuve, fourmille
une multitude qui garde le village d'Embabéh. Une
ligne de dix mille cavaliers mameluks couverts de
fer et d'acier comme des chevaliers du moyen âge,
sont rangés en bataille sur une seule ligne qui n'en
finit pas. Derrière eux leurs vingt mille servants,
puis des bataillons d'infanterie massés dans une
redoute gardée par 40 pièces de canon; des hordes
de Bédouins, au nombre de vingt ou trente mille,
galopent dans la plaine; des milliers de tentes s'é-

tendent sur la rive du Nil. Sous un grand sycomore,
est dressée celle de Mourad-Bey. Le voilà entouré
de ses *kiachefs*, tous resplendissants d'or et de pierreries. Là-bas, de l'autre côté du Nil couvert des
djermes mamelukes, Ibrahim-Bey campe avec un
millier d'hommes, ses femmes, ses richesses, ses
serviteurs et ses esclaves. C'est presque une autre
armée.

Bonaparte commande de faire halte. Il voudrait
donner le temps à ses colonnes de se reposer; mais
l'ennemi s'ébranle. Un détachement de mameluks
arrive sur nous, ventre à terre. J'étais à l'avant-
garde et, depuis que je voyais ces guerriers bardés
de fer, je mourais d'envie de savoir ce qu'ils savaient faire dans le combat. J'allais courir à leur
rencontre quand je reçois l'ordre de me replier avec
mes dragons, et de me tenir derrière l'artillerie;
j'enrage, mais j'obéis. Une volée à mitraille força
ce détachement à rétrograder. Ils se replient en bon
ordre sur leur ligne de bataille. Bonaparte à cheval parcourt les rangs, et, le visage rayonnant d'enthousiasme, s'écrie en montrant les pyramides :
« Soldats! songez que du haut de ces monuments
quarante siècles vous contemplent! » Puis il forme,
avec ses cinq divisions, cinq carrés de six rangs de
profondeur. Derrière, les grenadiers en peloton;

l'artillerie aux angles, la cavalerie, les bagages et
les généraux au centre. Ces carrés sont mouvants,
deux côtés marchent sur le flanc, pour être prêts à
faire front sur toutes les faces quand le carré sera
chargé. C'est ainsi que l'armée entière, semblable
à cinq citadelles hérissées de baïonnettes, ayant la
faculté de se mouvoir dans tous les sens, s'avance à
l'ennemi.

Le général en chef, après s'être assuré, au moyen
d'une lunette, que l'artillerie musulmane qui dé-
fend le passage du Nil, est montée sur des affûts de
siège et ne peut par conséquent se déplacer, ordonne
un mouvement sur la droite, hors de la portée du
canon, et marche sur Mourad et ses mameluks. Personne ne se plaignait plus, au contraire. Comme je
flanquais avec mes hommes un des côtés du carré,
j'entendis un de mes dragons demander à Guidamour :

—Dis-donc, camarade, est-ce que ça a des yeux,
un siècle?

— Citoyen Léonidas, répondit Guidamour, un
siècle ne peut avoir des yeux, puisque c'est une
chose inanimée, un laps de cent ans. En disant que
quarante fois cent ans, ce qui fait, sauf erreur,
quatre mille ans, nous contemplent, ça veut dire
que nous devons nous montrer dignes des héros de

l'antiquité, et délivrer leur pays du joug des oppresseurs, enfin c'est une métaphore.

— Une métaphore? Je ne connais pas ça.

Une masse énorme de mameluks accourait sur
nous. La division fit halte et forma le carré.

—Assez causé pour le moment, il s'agit de recevoir ce tas de *faignants*, dit mon érudit brosseur en
montrant à son camarade, d'un air de mépris, la
plus belle cavalerie du monde. Ils se précipitaient
sur nous avec l'impétuosité de l'ouragan. C'était
une charge de huit mille mameluks à soutenir.
Notre division, engagée dans les palmiers, fut un
instant ébranlée par ce choc violent. Mais le carré
se forme et ne présente plus qu'une muraille de
baïonnettes.

Les mameluks galopent et tourbillonnent autour
de cette citadelle vivante qui vomit la mort. Ils re-
viennent à la charge, se jettent sur les baïonnettes,
veulent les trancher à coups de sabre, déchargent
leurs pistolets à bout portant, hurlent de colère,
nous lancent leurs armes à la tête; quelques-uns
des plus intrépides retournent leurs chevaux et
les renversent sur nos grenadiers, qui cèdent
sous le poids des cadavres. Une quarantaine
d'entre eux s'ouvre ainsi un passage. N'en dé-
plaise à Guidamour, ce n'était certes pas là des

faignants, c'étaient de braves et rudes adversaires. L'occasion de me mesurer avec eux était enfin venue. Je m'élançai à leur rencontre avec mes hommes.

III

Je m'attaque au premier venu, et du premier coup, ma latte de dragon se brise sur sa cotte de mailles. Il lève les bras pour me sabrer; je ne lui en donne pas le temps, je me jette sur lui, et le tenant au corps, je roule avec lui dans la poussière. C'était un gaillard fort et agile, mais je ne suis pas des plus faibles, ni des plus maladroits : je le maintins sous moi et le serrai jusqu'à l'étrangler.

— Otez-vous de là, mon colonel, me criait Guidamour, que je lui fasse son affaire !

C'était inutile ; le mameluck ne résistait plus ; d'une voix éteinte et les yeux remplis de larmes, il me demanda de lui faire grâce.

3

J'eus pitié de sa jeunesse, de sa beauté, et, par égard pour sa bravoure, je le lâchai.

— Jure, lui dis-je dans sa langue, jure par le Koran que tu ne chercheras pas à t'évader, et je t'accorde la vie.

— Le mameluck, dit-il, observe les lois de l'honneur, il ne manque jamais à sa parole. Malek se regarde comme ton prisonnier et ne se sauvera pas.

Il me rendit ses armes et me pria de lui laisser son cheval. J'y consentis, et je le confiai à deux de mes dragons.

Tous ses compagnons d'armes avaient trouvé la mort au milieu du carré. Le combat continuait; mais bientôt les cavaliers de Mourad, pris entre les feux de trois divisions, tournent bride. On bat la charge, les carrés se dédoublent en colonnes d'attaque et on marche sur Embabèh.

Mourad-Bey fait une dernière tentative pour nous entamer; màis il est repoussé avec perte. Une partie de ses troupes se réfugie dans Embabèh, où elle jette la confusion; l'autre fuit vers les pyramides, en abandonnant tentes, femmes et bagages. A la vue des mamelucks en déroute, les Turcs chargés de défendre la redoute abandonnent leurs positions et courent se jeter en désordre sur une de nos divisions, qui les disperse et les balaye à coups de canon.

Je reçois l'ordre de charger, et, à la tête de mes hommes, je m'élance aussitôt sur cette fourmilière humaine. Ce n'est plus qu'un massacre jusqu'au Nil. Ceux qui savent nager se jettent à l'eau et gagnent la rive opposée, les autres se noient, sont pris ou sabrés. Au milieu du carnage, une femme, enveloppée de longs voiles noirs, roule sous les pieds de mon cheval. Elle se relève, éperdue de terreur, s'accroche à l'une de mes jambes et me crie : *Amman ! Amman !* c'est-à-dire grâce, grâce. La pièce d'étoffe percée de deux trous qui lui cachait le visage ne me permettait de voir que ses yeux ; mais ils étaient si grands, si beaux, si noirs, que j'eus compassion d'elle et l'enlevai sans peine sur ma selle ; car elle n'était ni bien lourde, ni bien grande. Son vêtement s'accroche à un ardillon de mes fontes, et, en se déchirant, me laisse voir ses longues tresses noires semées de sequins d'or et parfumées d'ambre qui s'échappaient de dessous une calotte composée exclusivement d'émeraudes. De son bras nu, orné d'un triple rang de grosses perles fines, elle se retient à mon cou et se cache la figure dans ma poitrine comme un petit oiseau qui se réfugie sous l'aile de sa mère.

— La prise est bonne, me dit Guidamour, qui galopait près de moi ; la petite mamelouke en a pour plus de cent mille francs sur la tête.

— C'est possible, mon garçon ; tout ce que je sais, c'est qu'elle est fort gênante pour charger. Si tu la prenais sur ton cheval ?

— C'est que, mon colonel, j'ai déjà une négresse en croupe.

Nous étions dans Embabèh. La nuit venue, je ralliai mes dragons et pris possession d'une maison vide d'habitants. La captive de Guidamour, qui, en tant que négresse, était une assez belle fille, courut, dès qu'elle eut été mise à terre, se jeter en sanglotant, le front dans la poussière, aux pieds de la jeune mamelouke qui avait tant bien que mal ramené sur son visage ce masque allongé ressemblant un peu à la cagoule d'un pénitent.

— Ah ! sitty Djémilé, dit-elle, croyant n'être comprise que d'elle, te voilà entre les mains des ennemis du Prophète ! Quelle plus grande honte pouvait t'arriver ? Ah ! chère et douce maîtresse, heureusement qu'Allah a fait prendre en même temps que toi ton esclave Zeyla. Il faut offrir une rançon à ces chiens ; s'ils refusent, jouer la soumission, leur donner confiance et profiter de leur sommeil pour nous évader.

— Tu fais bien de m'en avertir, dis-je en arabe à la négresse. J'aurai l'œil sur vous.

La foudre aurait éclaté sur elle qu'elle n'eût pas été plus terrifiée. Je priai celle à qui la mauricaude donnait le titre de sitty, c'est-à-dire *madame*, de vouloir bien me montrer son visage.

—Tu me demandes là, dit-elle, une chose qu'une femme n'accorde qu'à son père, à son époux ou à son maître. Tu es maître de ma vie, je t'obéirai donc, mais pas ici devant tous tes soldats.

Après avoir donné des ordres pour que l'on me procurât à souper, et averti Guidamour des projets d'évasion de sa captive, j'emmenai la sitty dans l'intérieur de la maison. Dès que nous fûmes seuls, elle défit ce masque appelé *borghot*, et me montra la plus jolie figure que j'eusse jamais vue. C'était le type de la Circassienne dans toute sa pureté, avec ses grands yeux de gazelle entourés de *koheul*, ses sourcils et ses cheveux d'un noir profond qui faisaient d'autant plus ressortir le blanc mat de son teint, son nez droit aux ailes frémissantes, ses lèvres roses comme l'intérieur de la grenade. Elle me rappela ces figures de danseuses étrusques que j'avais vues en Italie.

Les femmes sont toutes sensibles à l'admiration qu'elles inspirent. Celle-ci, voyant que je ne me

lassais pas de la contempler, se débarrassa de
l'ample vêtement de taffetas noir qui l'enveloppait
comme un domino, et, avec un sourire de triomphe, se montra à moi dans toute sa splendeur. Elle
m'apparut alors comme une fée des *Mille et une
Nuits*, toute ruisselante de soie, d'or et de pierreries, et je restai ébloui de tant de jeunesse et de
beauté.

— Tu es une des houris du paradis de Mahomet, lui dis-je, et tu n'as qu'à dire ce que tu souhaites pour être obéie; celui à qui tu as donné ton
cœur est le plus heureux des mortels.

— Je n'aime personne, et je ne connais encore
de l'amour que ce qu'en disent les ballades et les
chansons.

— Eh bien, laisse-moi t'aimer et te le dire!

— Est-ce que je te plais? dit-elle d'un air naïf et
curieux.

— En peux-tu douter? Qui t'a vue une fois ne
saurait jamais t'oublier. Ne t'envole pas, petite fée.
Reste avec moi.

— Es-tu le sultan de cette armée d'Occident?

— Non. Je suis l'un de ses colonels.

— Comme qui dirait un bey?

— Oui, si tu veux! et toi, qui es-tu?

Elle prit un air de reine pour répondre.

— Je suis Djémilé, la fille de Mourad-Bey, le plus vaillant guerrier de l'Orient, et de sitty Néfysséh, la plus belle des Géorgiennes. Mon rang et ma naissance commandent le respect. J'espère que tu ne l'oublieras pas !

Cette merveilleuse beauté, issue du mariage d'un mameluk et d'une Circassienne, était une exception à l'impitoyable loi qui frappait de mort la postérité des mameluks. Depuis près de six siècles qu'ils asservissaient l'Égypte, aucun bey n'avait donné de lignée. Tous leurs enfants périssaient en bas âge ou à l'époque de leur puberté. D'où vient que cette race venue du Caucase n'a pu se naturaliser sur les bords du Nil? Probablement par la même raison que les plantes du Nord refusent de s'acclimater dans les contrées voisines des tropiques. Je regardais cette jeune fleur des montagnes de Kaf, éclose au soleil d'Afrique et je me demandais si elle y pourrait vivre. Quand elle m'eut dit qu'elle n'avait que treize ans, j'eus peine à la croire, car elle paraissait en avoir seize.

Il est vrai que les filles de l'Orient sont nubiles de bonne heure. C'était pourtant une enfant, et je me sentis pris pour elle d'un sentiment où l'affection protectrice du père se mêlait à la jalousie du maître. Je la questionnai sur sa famille, sur son père Mourad, dont on racontait tant de choses vraies ou fausses.

Et voici, en résumé, ce qu'elle m'apprit. Mourad, fils d'un petit cultivateur chrétien des environs d'Erzeroum, avait été enlevé à l'âge de douze ans et vendu comme esclave à Aly-Bey, qui lui avait fait embrasser l'islamisme. En devenant homme, il se distingua bientôt des autres serviteurs d'Aly par son courage et son habileté. Celui-ci prit pour femme une jeune et belle Circassienne dont Mourad devint quelques années plus tard éperdûment amoureux. Quand Aly prétendit s'élever au-dessus des vingt-quatre beys ses égaux et les soumettre à son autorité, Abou Dahab, l'un de ses kiachefs ou lieutenants, ne voulut point le reconnaître pour suzerain. Il se mit à la tête des mécontents et lui déclara la guerre. Mourad, entraîné par son amour, vint trouver Abou Dahab et lui offrit de lui livrer son maître, à condition qu'il aurait son harem en partage. Le marché fut conclu. Mourad, sachant qu'Aly devait passer pendant la nuit dans un bois de palmiers, alla s'y poster, l'attaqua avec un millier de mamelucks et le tua de sa propre main. Il eut son harem. Abou Dahab mourut quelques jours après, en lui léguant ses richesses, et c'est ainsi que Mourad devint l'époux de la belle Géorgienne

Nefysséh et l'un des beys les plus renommés. Peu à peu, par ses armes ou par son ascendant, il soumit ses vingt-quatre rivaux et partagea l'autorité avec Ibrahim.

Djémilé me faisait part des amours et de la trahison de son père comme d'une chose toute simple. N'avait-elle aucune conscience du bien et du mal ?

Au bruit que Guidamour et sa négresse firent en apportant le souper, Djémilé reprit son voile. Je l'invitai à manger avec moi. Elle s'y refusa et me demanda la permission de se retirer avec son esclave noire dans la chambre voisine. Je ne voulus pas la contraindre ; je lui demandai seulement sa parole de ne pas chercher à s'échapper, la prévenant qu'elle serait infailliblement reprise et peut-être par quelque autre qui, ne sachant pas sa langue et ne se doutant pas de son rang, la traiterait en esclave.

— Chrétien, dit-elle, je comprends bien que je ne peux retourner auprès de mon père sans que tu y consentes. Tu fixeras ma rançon et j'attendrai chez toi la réponse. Je te le jure sur le Koran.

Je ne me fiai qu'à moitié à sa parole, et afin qu'il ne lui arrivât rien de fâcheux, je donnai des ordres pour qu'elle ne pût s'échapper.

L'armée s'établit à Embabòh et à Gizèh, où était le quartier général de Bonaparte, et trouva de quoi se dédommager des privations et des fatigues des jours précédents. Elle avait en abondance des vivres frais, des fruits, des pâtisseries, des raisins succulents.

Cette dernière affaire, qui prit le nom de bataille des Pyramides, nous avait coûté une centaine d'hommes tués ou blessés, tandis que plus de six cents mameluks avaient été tués ; un millier s'était noyé dans le Nil. Aussi nos soldats passèrent-ils les quatre jours de répit que Bonaparte leur accorda, à repêcher les morts pour les dépouiller. Les mameluks portent toute leur fortune sur eux. Quelques-uns de mes dragons recueillirent ainsi des bourses contenant trois et quatre cents pièces d'or. Les chevaux m'intéressant plus que les sacs de sequins, je fis main basse sur tous ceux que je pus attraper, et quand arriva la flottille restée engravée pendant deux jours sur un banc de sable, j'avais de quoi monter une partie de mon régiment.

Après deux jours de négociations, la ville du Caire nous ouvrit ses portes. Bonaparte y transporta son quartier général et y fit son entrée le 25 juillet, avec son état-major et quelques batail-

lons de grenadiers sans armes, afin d'inspirer la
confiance aux Caïrotes : les autres divisions vinrent occuper la ville pendant la nuit. La mienne
reçut l'ordre d'occuper la petite ville de Boulaq,
qui n'est, en somme, qu'un faubourg du Cairo, et
mon régiment prit ses quartiers à mi-chemin de la
ville et du village.

Comme à Embabèh, je trouvai une maison vide
d'habitants. Je sus plus tard que le propriétaire
avait été tué aux Pyramides. Elle était vaste et
divisée en deux parties principales, l'une pour le
maître du logis, l'autre pour les femmes et la famille. Elle ne présentait à l'extérieur que des murailles nues, percées de rares et étroites ouvertures
semblables à des meurtrières. L'intérieur renfer-
mait une cour assez grande pour être disposée en
parterre de fleurs, avec une fontaine de marbre
dans le milieu. Tous les appartements qu'avaient
occupés les hommes s'ouvraient sur cette cour qui,
par sa disposition, ses colonnades et galeries, rappelait l'atrium antique.

A côté, et séparée par une porte massive fer-
mant à triple serrure, était une autre cour plus
petite, sur laquelle donnaient les appartements
destinés aux femmes et les salles de bain. C'était
le harem, et ce fut là que Déjémilé et son esclave

noire s'installèrent. Je m'emparai de l'autre partie.
Je n'avais que l'embarras des logements. Enfin j'en
trouvai un à mon goût, au rez-de-chaussée, car la
maison avait deux étages et j'aurais pu offrir l'hospitalité à tous les officiers de mon régiment ; c'était
une pièce au plafond peint et doré, au pavé couvert de nattes et aux murs recouverts de stuc.

Les meubles ressemblaient peu à ceux que j'avais
l'habitude de voir. Il n'y a pas de lit en Orient, ce
serait un meuble trop chaud. On dort tout habillé
sur des sofas ou sur des divans, et l'on s'assied à
terre pour manger sur de petites tables d'un pied
de haut. Les armoires sont, ou des niches dans la
muraille, ou des coffres de bois peint. Cette chambre communiquait avec le salon ou *divan*, où
étaient reçus les étrangers. Je confiai à Guidamour
la garde de l'unique porte placée à l'extrémité de
la maison. Elle était peinte en rouge avec des filets
blancs et on y lisait, écrite en lettres d'or, cette
sentence tirée du Koran :

*Les biens de la terre sont passagers. Les trésors du
ciel sont plus précieux.*

Dans les dépendances se trouvaient les écuries,
et des magasins bien approvisionnés. Le tout au
milieu de jardins arrosés d'eaux vives et entourés
de murailles.

Dubertet et sa compagne vinrent louer une maison à côté de la mienne. Nos jardins communi-
quaient. C'était une idée de Sylvie.

En changeant de place un vieux coffre, je remarquai que le dallage avait été descellé et mal
remis en place. Je soulevai un des carreaux de
faïence et je vis, parmi la poussière, briller quelques pièces d'or. J'en enlevai un second, je vis de
l'or; un troisième, c'était encore de l'or, toujours
de l'or, et cela sur une superficie de quatre pieds
carrés et une profondeur de plus d'un pied.

De par le droit de la guerre, ce trésor devenait
ma possession.

La trouvaille était bonne, car j'avais mangé ma
solde depuis longtemps.

Je bourrai de sequins et de guinées turques mon
porte-manteau et ma valise; après quoi, je cherchai à savoir ce que contenait encore la cachette,
et j'en fis un tas au milieu de la chambre. A vue
d'œil, j'estimai le trésor à près d'un million.

La sentence écrite sur ma porte m'avertissait que
les biens terrestres étaient passagers. Je devais
donc profiter de ce lieu commun pour dépenser
tout cet argent au plus vite. Je pensai d'abord à
mon vieux père, qui désirait depuis longtemps
acheter une petite propriété dans le val de la

Loire, puis à plusieurs anciens compagnons d'armes.

J'avais là de quoi faire bien des heureux, mais, en attendant, où serrer ce monceau d'or? J'avais déjà l'embarras des richesses. Je vais d'abord demain régaler tout le régiment, me dis-je. Quel dommage que la femme du général en chef ne nous ait pas suivis! Je lui aurais donné une fête. Elle qui aime tant la danse, je l'eusse fait sauter toute la nuit; elle m'aurait recommandé à son mari et j'aurais eu de l'avancement.

— De l'avancement! à quoi bon à présent? est-ce que j'ai besoin d'être ambitieux?

Je voulus d'abord mettre de côté trois ou quatre cent mille francs pour les envoyer à mon père; mais j'eusse passé la nuit à les compter. Je rejetai le tout dans la cachette afin d'y venir puiser au fur et à mesure de mes besoins, de mes caprices ou de mes générosités. Quand ce fut fait, je replaçai le carrelage, le vieux coffre par dessus et j'allai dormir.

Le lendemain j'écrivis à mon père et je m'adressai au payeur général, pour qu'il lui fît passer cent mille francs. Ayant peu de confiance dans ce mode d'envoi, j'attendis qu'il m'en eût été accusé réception pour expédier une nouvelle somme.

Malek le mameluk, fidèle à son serment, n'avait

pas quitté le régiment, et, en sa qualité de kiachef, avait obtenu de manger avec les officiers. C'était un très-beau garçon à la peau olivâtre, au nez brusqué, et à la lèvre ombragée d'une longue moustache soyeuse.

Dès le lendemain, il vint me trouver et me dit avec l'emphase orientale :

— Chrétien, nul guerrier jusqu'à ce jour n'avait vaincu Malek. Il a dévoré sa honte toute la nuit. Ce matin, il a compris qu'Allah avait voulu le punir de son orgueil, de même qu'il a puni Mourad en dispersant ses armées comme les sables du désert ! que sa volonté soit faite ! Je t'ai juré de ne pas fuir, je resterai. Je combattrai même avec toi et je t'amènerai ce qui reste des trois cents cavaliers que j'avais hier.

J'acceptai son offre, et le laissai partir sur sa parole. Il revint le lendemain avec une centaine de mameluks qui prêtèrent tous serment à la république devant le général de division. Malek m'avoua plus tard que lorsqu'il se vit libre, il eut bien envie de ne plus revenir ; mais la haine mortelle qu'il avait vouée à Mourad et son serment l'avaient ramené. Je le questionnai pour savoir la cause de cette haine. Il y a du sang entre nous, dit-il ; il a tué mon père. Je dois le tuer.

La défection de Malek fut bientôt imitée par le grec Nikolo Papas Oglou, qui avait jusque-là servi les beys mameluks. Il enrôla tous ses compatriotes, quelques Arabes et Turcs déserteurs et forma une légion de 1,500 hommes qu'il nous amena. Ce fut le premier noyau de ce régiment de mameluks qui suivit l'armée lorsqu'elle retourna en France.

Les indigènes, qui nous avaient d'abord regardé avec effroi, voyant que, bien loin de piller, nous achetions tout et payons largement, reprirent confiance ; les fugitifs revinrent, et bientôt le bon accord régna entre les vainqueurs et les vaincus.

IV

Trois jours après mon installation, Dubertet m'envoya chercher pour déjeuner chez lui, et m'invita ensuite à l'accompagner au Caire avec Sylvie.

Le Caire est plus grand que Paris [1], mais il est fort différent d'aspect, c'est la cité arabe dans toute son originalité. Hormis trois grandes places de forme irrégulière, c'est un dédale de petites rues étroites, tortueuses et non pavées. La plupart ont à chaque extrémité une grande porte qu'un gardien fermait tous les soirs avant notre occupation ; nos patrouilles ont rendu inutile ce genre de précaution contre les voleurs. Comme, au-dessus des rues,

1. Le narrateur écrit dans les premières années du premier empire.

les habitants tendent des toiles ou des nattes pour
les préserver du soleil, on marche dans une demi-
obscurité. Le Caire avec ses maisons peintes, ses
terrasses, ses palais blancs au milieu de la verdure, ses constructions sans régularité aucune,
accolées les unes aux autres ou superposées, ses
mosquées bariolées de grandes bandes rouges et
blanches, ses milliers de minarets s'élançant dans
les airs, ses marchés, ses bazars, ses boutiques in-
nombrables, me rappelait à chaque pas les des-
criptions des *Mille et une Nuits*. La population offrait
un égal intérêt à ma curiosité. Ici toutes les races
de l'Afrique, l'Arabe à la démarche fière, le Cophte
au maintien grave, le juif à la mine concentrée,
l'humble fellah, le Grec au regard éveillé, le nègre
au rire d'enfant. Ici, c'est une caravane de chameaux portant des montagnes de ballots; là, une
troupe d'âniers criant à vous rompre les oreilles;
puis des femmes, qui, enveloppées dans leurs
haïks de couleurs sombres, passent comme des
fantômes; des marchands d'esclaves poussant
devant eux de jeunes nubiennes, des porteurs d'eau
chargés d'outres pleines. Je cherchais, dans cette
foule bigarrée, si je ne rencontrerais pas le *petit
bossu*, le *dormeur éveillé* ou les *trois calenders*. J'aurais préféré être seul pour savourer le spectacle

féerique qui se déroulait devant moi, car mes compagnons de promenade ne remarquaient que le
mauvais côté de l'Orient, la poussière, la chaleur,
la malpropreté des rues, les mauvaises odeurs qui
s'échappaient des boutiques, les haillons ou la lèpre
des passants. Ils furent moins mécontents du quartier des mameluks, plus aéré, mais moins original. C'est là que Bonaparte avait établi son quartier
général dans le palais d'Elfy-Bey.

Dubertet avait à parler au général Bon, qui occupait la citadelle, nous y montâmes. L'étendue du
pays que l'on découvre de là est immense. Il y avait
près d'un mois que j'étais en Égypte, et je la vis ce
jour-là pour la première fois. Sous nos pieds, le
Caire, avec ses massifs de constructions blanches
et ses minarets, tout entouré de forêts de palmiers.
A droite et à gauche, dans une plaine sablonneuse,
à l'entrée du désert, les tombeaux des kalifes. En
face, le vieux Caire, et l'île de Roudah avec d'autres
jardins et d'autres maisons blanches; le Nil qui se
déroule entre deux lignes de verdure et va se perdre dans les plaines du Delta; à l'horizon, la masse
imposante des pyramides de Gizeh, d'Aboukir et
de Sakkarah; puis le désert aux profondeurs insai-
sissable

J'étais tout entier à mon admiration, quand mademoiselle Sylvie, que Dubertet avait laissée sous ma garde, pour aller remplir sa mission auprès du général, me tira par le bras et me dit :

— Au lieu de tant regarder ce vilain pays, parlez-moi donc un peu! qu'avez-vous contre moi depuis quelques jours? vous m'en voulez?

— Et pourquoi vous en voudrais-je ?

— Vous m'avez trouvée trop coquette avec vous?

— Avec moi comme avec tous les autres. C'est votre manière d'être; mais cela ne tire pas à conséquence.

— Jusqu'à présent, non! Mais qui peut répondre de son cœur? Dites-moi, vous n'êtes plus amoureux de mademoiselle de Cérignan, j'espère ?

— Si fait! plus que jamais.

— Vous vous moquez de moi?

— Oh! je n'oserais.

— Vous aimez donc les filles nobles ?

Je ne suis jamais tombé amoureux que de celles-là !

— Cela se comprend, puisque vous êtes noble vous-même, à ce qu'on dit. Moi, j'aimerais bien avoir un amant titré.

— Est-ce que vous n'avez pas eu quelque vidame ou quelque chevalier de Malte dans votre famille?

— J'ai eu un oncle chanoine ou curé, je ne sais plus.

Je faillis lui éclater de rire au nez.

— Mais, reprit-elle en revenant à sa première idée, si vous êtes amoureux de cette blonde aristocrate, que faites-vous de cette jeune fille turque ou arabe que vous tenez enfermée chez vous? Avouez qu'elle est votre...

— Non, sur l'honneur! Mais en quoi cela peut-il vous intéresser?

— Qui sait? Aveugle que vous êtes! dit-elle en minaudant. C'est à cause de votre ami Dubertet que vous fermez les yeux?

— Parbleu! Je ne suppose pas que ce soit à cause du Grand-Turc, bien qu'il soit titré.

— Mais vous savez bien qu'Hector n'est pas mon mari?

Le retour de Dubertet la fit taire, et nous reprîmes le chemin de Boulaq. Au moment où j'allais les quitter :

— Je voudrais bien, dit-elle, voir cette petite mameluke que vous tenez enfermée avec tant de précautions. Est-elle jolie?

— Vous en jugerez par vous-même quand vous voudrez ; mais je vous préviens qu'elle n'entend pas un mot de français.

— Ça ne fait rien, j'irai après-demain, si vous le permettez. En même temps vous me montrerez votre palais.

Je prévins Djémilé de la visite.

— Et comment faire, dit-elle, pour recevoir dignement cette dame française? Quelle idée va-t-elle prendre de moi si je n'ai qu'une seule esclave pour me servir? J'en voudrais au moins deux pour me tenir compagnie et me distraire, car je m'ennuie. Zeyla est dévouée, mais elle ne sait que des chansons nègres. Et puis il m'en faudrait bien trois ou quatre autres pour me servir.

C'était une bonne occasion de dépenser mon argent et d'étudier de près les mœurs de l'Orient. Je lui demandai si une douzaine lui suffisait.

— Je n'en veux que six, c'est ce que j'avais chez mon père.

— Je te les promets pour demain.

— Mais toi-même, tu n'as qu'un *saïs* (palefrenier), pour servir toi et ton cheval! C'est presque une honte pour un bey. Il te faut d'abord à la maison un portier, un cuisinier, un porteur d'eau, un *kahwedj bachi* pour faire ton café, un *seradj-bachi* pour tenir ton cheval quand tu vas à la promenade, un *selikdar* pour porter tes armes, un porte-pipe,

un trésorier et un secrétaire, sans compter sept ou
huit *yamaks* pour les servir tous.

Elle ne m'eût pas compris si je lui eusse répondu
que je n'avais aucun besoin de toute cette valetaille
paresseuse et inutile dont s'entourent les riches
musulmans ; je prétendis avoir tout ce monde-là
dans mon régiment, et qu'il me suffisait d'aller
chercher un cuisinier.

Dès le matin, je me mis en quête d'un marchand
d'esclaves : je n'avais pas fait vingt pas dans les
rues de Boulaq, qu'une vieille *fellahine* vint d'elle-
même m'offrir sa fille en me vantant ses charmes.
Je demandai à la voir, et j'entrai dans une misérable maison où, sur une natte, se tenait accroupie
sur les talons une maigre fillette assez gentille, de
dix à douze ans. Sur l'injonction de sa mère, elle
se leva, et, toute tremblante de frayeur, se mit à
piétiner sur place, en arrondissant les bras, et en
se déhanchant. La mère chantait d'une voix érail-
lée et marquait le rhythme sur une calebasse dont
un des bouts était percé et l'autre recouvert d'un
parchemin. Je fis cesser la musique et la danse, et
je dis à la vieille que je ne cherchais pas d'aventure galante, mais des esclaves pour mon harem.

— Eh bien, donne-moi cent *talari* et emmène
ma fille.

— Je ne t'en donnerai pas même vingt. Le talari vaut à peu près cinq francs, c'était donc cinq cents francs qu'elle demandait, et je lui en offrais cent.

— Prends Zabetta pour ce prix, me répondit-elle. Elle sera toujours plus heureuse chez toi qu'ici.

Je n'étais pas satisfait de la denrée, je refusai.

— Si tu en veux une plus grande et plus forte, reprit la vieille, attends-moi ici, je vais t'amener ça.

— J'en veux six.

— Six ! s'écria-t-elle. En ce cas, il faut aller à l'Okel, chez Yacoub, le marchand d'esclaves. Si tu veux me donner une petite gratification, je t'y conduirai.

— Soit, passe devant.

— Oui, *sidy* (seigneur), mais, auparavant, terminons le marché. Je te laisse ma fille pour dix-huit talari.

Je les lui comptai pour en finir et je lui dis d'envoyer chez moi sa progéniture, qui semblait plutôt satisfaite que mécontente de la quitter.

Le marché aux esclaves était dans une ruelle étroite et malpropre. J'entrai de plain-pied dans une vaste cour entourée d'arcades. La lumière du jour, tamisée par les *velums* tendus d'une muraille à l'autre, plongeait dans un crépuscule, plus favo-

rable au vendeur qu'à l'acheteur, une vingtaine
d'hommes, de femmes et d'enfants plus ou moins
nus, et plus ou moins noirs.

A ma vue, tout ce monde se jeta en désordre
vers le fond de la cour, mais se rassura bientôt en
voyant la vieille fellahine aborder comme une ancienne connaissance Yacoub, le marchand de chair
humaine.

Dès que celui-ci connut le motif de ma visite, il
s'avança vers moi d'un air obséquieux, et me demanda quel genre d'esclaves je souhaitais. Je lui
dis de me montrer ce qu'il y avait de mieux pour
un harem.

— J'ai ton affaire, dit-il ; on m'a livré hier de la
marchandise de première qualité et je vais te montrer ça ; mais c'est cher, très-cher !

Il alla tirer d'un groupe une jeune nubienne, et,
comme un maquignon claque les flancs d'une bête
à vendre pour montrer la fermeté de sa chair, il
frappa du plat de la main sur les épaules de cette
fille au corps de bronze. Puis, il lui ouvrit la bouche pour me montrer ses dents blanches, en me
disant : Tu vois, c'est grand et bien fait, ça peut
avoir vingt ans, ça se porte bien, c'est fort, c'est
assez sobre et ça n'a encore eu qu'un maître. Je te
la garantis pour huit jours. Si d'ici là tu lui trouves

4

quelque infirmité, ramène-la, je te rendrai ton argent ou tu en choisiras une autre.

— Combien en veux-tu ?

— Deux *bourses* (250 francs).

J'étais surpris qu'une femme, fût-elle noire comme la nuit, coûtât si peu. Je la prends, lui dis-je. Comment s'appelle-t-elle ?

Il ignorait le nom de son esclave et le lui demanda. Elle répondit Daoura.

Il m'amena ensuite une jeune négresse aux cheveux nattés en mille petites tresses et enduits de beurre, ainsi que son visage, ses épaules et sa poitrine.

— J'ai assez de noires, lui dis-je.

— On n'a jamais assez de cette espèce-là, reprit-il ; c'est une Abyssinienne, et c'est généralement très-recherché, quand elles sont femmes ; mais comme celle-ci est encore fille, je te la laisserai pour le même prix que l'autre. C'est une occasion.

— C'est possible, mais elle est trop luisante !

— Tu l'enverras au bain et tu lui feras dénouer ses tresses ; après cela, elle sera plus jolie que l'autre, tu verras !

Le fait est qu'elle avait les traits fins, la bouche petite et le nez droit. Je ne parle pas de ses yeux, les filles de sa race ont presque toujours le regard langoureux. Je pensai que la blancheur de Djémilé ressortirait davantage entre ses trois noires, et je l'achetai aussi. Elle s'appelait Choho.

— Maintenant montre-moi des blanches, dis-je à Yacoub.

— C'est beaucoup plus cher, je t'en avertis.

— Peu m'importe !

— En ce cas, viens avec moi. C'est de la trop belle marchandise pour la laisser voir en public.

Je le suivis dans une chambre haute où plusieurs femmes, dans des costumes assez délabrés, se tenaient rangées contre le mur.

Il m'en présenta une à la peau légèrement bistrée et aux traits délicats.

— Veux-tu, dit-il, cette jolie Arabe du Saïs ? Seize ans et vierge ! Elle chante et joue du tarabouk. Je la gardais pour le harem du pacha. Aussi c'est cher, très-cher ! Huit bourses ! (mille francs).

— Achète-moi, me dit la jeune esclave, les yeux brillants d'un éclat fébrile, tu ne t'en repentiras pas. Je me nomme Thomadhyr et je suis de la ville d'Esnèh, la patrie des almées !

— Je t'achète, lui dis-je.

Elle vint me baiser la main.

Je fis ensuite l'acquisition d'une chrétienne de Damas, d'une figure fine, avec des cheveux d'un

blond tirant sur le roux. Elle répondait au nom de
Meriem. La dernière que j'achetai s'appelait Pannychis. Elle était de Macri, dans l'Asie-Mineure,
avait été enlevée par des corsaires et vendue à un
bey mameluk, qui l'avait répudiée. Elle remplis-
sait toutes les conditions de la beauté comme l'en-
tendent les Orientaux. Pourvu qu'une femme soit
blanche, elle est belle ; si elle est grasse, elle est
admirable. On pouvait lui appliquer cette compa-
raison arabe : Son visage est comme la pleine
lune ; ses hanches sont comme des coussins.

Aussi, c'était cher, très-cher !

J'avais sur moi assez d'argent pour payer Yacoub ; mais, ne voulant pas me promener dans
Boulaq avec ce troupeau féminin, je chargeai la
vieille fellahine de le conduire chez moi. Une
heure après, elle venait me livrer mon bétail, y
compris sa fille, et se retirait fort satisfaite de son
bakchis, c'est-à-dire de son pourboire.

Djémilé, enchantée de ses six nouvelles esclaves,
vint me remercier en me baisant le pouce.

Mais ce n'était pas tout d'avoir acheté six femmes, il fallut les attifer, car Yacoub me les avait
livrées avec aussi peu de vêtements que possible.
Les pauvres filles n'étaient pas honteuses de leur
nudité, elles l'étaient de leurs haillons. Heureuse-

ment, les odalisques qui avaient habité la maison n'avaient pu, dans leur fuite, emporter toute leur garde-robe. Je la leur livrai en attendant mieux. Ce fut bientôt, du haut en bas de ma résidence, un va-et-vient, des rires et un bavardage qui se prolongèrent fort avant dans la nuit.

Sylvie arriva le lendemain dans une toilette ébouriffante. De son côté, Djémilé avait mis toutes ses femmes sous les armes, s'était parée de tous ses bijoux et y avait ajouté ceux qu'elle avait passés la matinée à choisir, car j'avais fait venir toute une friperie et toute une joaillerie pour équiper les compagnes de la fille de Mourad.

L'entrevue fut des plus comiques. Dès que l'Européenne parut sur le seuil du divan où j'avais rassemblé le harem, Djémilé se leva, et, suivie de ses esclaves, courut au-devant d'elle, posa la main à son front, à sa poitrine, lui prit les pouces et y posa ses lèvres. Elle s'attendait à ce que Sylvie lui rendît les mêmes hommages. Il n'en fut rien. L'ex-comédienne n'avait aucune idée des usages de l'Orient. La jeune mamelucke se redressa alors avec fierté, lui tourna le dos et revint sur son sofa. Puis, s'adressant à moi : Dis-lui de s'asseoir si elle le veut. Offre-lui un narghilé et du café.

Je traduisis mot à mot.

4.

— Est-elle drôle, cette petite? dit Sylvie, mais je ne veux ni de son café ni de sa pipe.

Quand j'eus reporté ces paroles à Djémilé.

— Ton épouse est bien mal apprise, dit-elle.

— Elle n'est pas ma femme.

— Alors, que vient-elle faire chez toi et à visage découvert? C'est donc une almée ou quelque chose de pis?

— Que dit-elle? demanda Sylvie. Elle me fait des yeux comme si elle voulait me manger.

— La trouvez-vous jolie?

— Sans doute; mais Dieu sait comme c'est fagoté!

Je dis à la mameluke que Sylvie la trouvait belle.

— Moi, je la trouve laide, tu peux le lui dire de ma part. Fais-la donc fumer, ça la rendra malade et je serai contente.

Thomadhyr, sur un signe de sa maîtresse, offrit à la visiteuse une pipe, tandis que Daoura lui versait du café.

— Mais je ne veux rien, dit-elle.

— Il n'est pas empoisonné, lui dit Tomadhyr, offensée.

J'engageai Sylvie à accepter. Sur mon insistance, elle tira trois bouffées, toussa, se mit de la fumée dans les yeux, et pour se remettre, avala bouillant le café préparé à la turque, encore tout bourbeux, ce qui lui fit faire une grimace épouvantable.

— Qu'elle est sotte! s'écria Djémilé en battant des mains et en riant d'une joie d'enfant. Toutes les autres l'imitèrent, autant pour lui complaire que par jalousie instinctive contre la Française.

— Qu'est-ce qu'elles ont donc tant à rire, toutes vos *grues*? s'écria Sylvie.

— Elles rient de ce que vous n'avez pas donné le temps à votre café de déposer au fond de la tasse.

— Ce n'est pas si drôle que ça, je me suis brûlée affreusement avec leur *chicorée*. Faites-les donc taire! elles sont agaçantes avec leurs cris.

Je leur observai qu'il était fort grossier dans tous les pays du monde de se moquer de ses hôtes. Elles se turent. Djémilé reprit son sérieux; mais, au bout d'un instant, elle eut le malheur de lever de nouveau les yeux vers Sylvie, qui s'essuyait la langue avec son mouchoir. Dès lors, adieu toute gravité. Elle fut prise d'un rire inextinguible. Elle en avait les larmes aux yeux. Il va sans dire que les autres éclatèrent.

Je parvins à obtenir un peu de calme, mais non sans peine, car moi aussi je riais.

— Je ne sais trop, reprit Sylvie, quel plaisir vous

pouvez trouver dans la compagnie de ces *sauvagesses*.
Il est vrai qu'en voilà trois fort jolies. D'abord cette
grosse-là, qui ressemble à une Junon de M. David!

Elle désignait la Grecque Pannychis. — Et puis,
cette mince, reprit-elle en me montrant Tomadhyr;
elle a des yeux impossibles, mon cher, ce sont des
charbons ardents. Et puis, votre favorite, mais je
préfère la belle aux yeux de fou.

— Que dit-elle donc? me demanda Djémilé. Elle
se moque de moi?

— Pas le moins du monde; elle parle de Tomadhyr qu'elle trouve jolie.

Celle-ci, pour la remercier, s'approcha de Sylvie
qui la repoussa en disant : Ah! ma chère, je n'aime
pas à être embrassée par les femmes.

Tomadhyr alla reprendre sa place en riant sous
cape. Sylvie se leva. Djémilé en fit autant et l'engagea à revenir, autant pour prendre des leçons de
politesse que pour l'amuser encore.

Je me gardai bien de traduire textuellement une
si aimable invitation. La comédienne lui fit une révérence, et comme elle se dirigeait vers la porte, je
lui vis un vieux plumail que Tomadhyr, sous prétexte de l'embrasser, lui avait attaché en guise de
croupière. Ce fut pour le coup qu'il y eut une
explosion de rires et de cris de joie. Je détachai

l'aile de volaille sans que madame Dubertet s'en aperçût et je la jetai au nez de l'esclave espiègle.

Au moment de sortir, Sylvie fit une nouvelle révérence à Djémilé qui, pour la congédier selon les usages, lui dit :

— Le ciel vous accorde une nombreuse postérité et conserve vos enfants !

V

Quelques jours après, Sylvie, voulant prendre sa revanche, car elle n'était pas assez simple pour n'avoir pas vu qu'on s'était moqué d'elle, me pria de lui amener Djémilé à dîner.

Je tirais vanité de la beauté de cette jeune fille, et j'étais content de la montrer à Dubertet et aux autres. J'eus beaucoup de peine à obtenir son consentement.

— Enfin, me dit-elle, puisque tu le veux, j'irai, mais ce sera une grande honte pour moi. Je ne connais pas plus vos usages que vous ne connaissez les nôtres, et elles vont se moquer de moi à leur tour. Apprends-moi comment je dois me conduire.

Elle avait beaucoup d'amour-propre. Je la mis au fait tant bien que mal de ce qui se passait avant, pendant et après le dîner. Quand elle sut que Dubertet serait présent, elle fut sur le point de se rétracter, ne voulant point paraître à visage découvert devant lui.

— Ma chère enfant, lui dis-je, chez nous les femmes vont partout sans voiles, cela ne leur attire le blâme de personne. Il n'y a que les laiderons qui se cachent la figure.

— Eh bien, soit ! j'ôterai mon voile ; d'ailleurs, les chrétiens ne sont pas des hommes pour moi.

— En ce cas, tu me considères comme un chien ?

Elle rougit jusqu'au blanc des yeux et me dit :

— Toi, tu n'es pas chrétien !

— Bah ! et que suis-je donc ?

— Tu parles arabe, tu respectes Allah et son prophète, et tu es doux pour ta captive Djémilé. Aussi j'ai une grande amitié pour toi et je suis heureuse ici.

Elle n'était pas difficile à contenter, car l'existence qu'elle menait m'eût ennuyé à mourir. Ne sachant ni lire, ni écrire, ni broder au tambour, ni même jouer d'un instrument quelconque, elle passait son temps à s'attifer, à prendre des bains, à boire du café, fumer et bâiller. Elle ne s'occupait même pas des soins de la maison; elle en avait chargé les négresses. Sauf Tomadhyr, qui était belle conteuse, bonne joueuse de tarabouk, et qui avait une légère teinture d'instruction, les autres ne savaient pas compter jusqu'à cent. A quoi leur eût servi d'apprendre? On ne leur avait jamais demandé que d'être jolies.

Elles vivaient en bonne intelligence et se montraient toutes soumises aux volontés et aux caprices de la *Khanoune*, c'est-à-dire de la maîtresse de la maison. Celle-ci avait son appartement séparé, chambre, antichambre et cabinet de toilette, qui donnaient sur la principale pièce du harem; c'était le salon commun, entouré de divans, avec de petites tables incrustées d'écaille et des enfoncements découpés en ogive çà et là dans la muraille, servant à serrer les naghlès, les vases de fleurs et les tasses à café.

Quant aux esclaves ou *odaleuk*, elles dormaient tout habillées sur les sofas des petites chambres qui entouraient le salon, sur les nattes ou les divans des grandes salles sans avoir de place fixe, et parfois sur les galeries en plein air; car, comme je l'ai déjà dit, il n'y avait pas un seul lit dans toute la maison.

Cette cohabitation avec huit femmes, toutes jeunes et plus ou moins belles chacune dans son genre, peut d'abord paraître singulière à un Européen. Je me figurais aussi que les Turcs, ayant plusieurs épouses et une quantité d'esclaves, se retiraient chaque soir avec deux ou trois d'entre elles. Je me trompais étrangement. J'appris bientôt que le musulman ne vivait en réalité qu'avec une seule. Si la loi lui permet d'en prendre quatre, il n'y a que les gens excessivement riches qui puissent se passer ce luxe. Ordinairement il se borne à prendre une seule femme légitime. Les filles de bonne maison en font presque toujours une condition avant le mariage. Quant aux esclaves, il en peut avoir autant qu'il en peut nourrir. Mais, dans ce cas, il fait bien de les loger ailleurs que chez son épouse; celles qu'il lui a données sont devenues sa propriété, et, s'il veut avoir la paix chez lui, il se garde bien de s'occuper d'elles. Du reste, les maisons séparées en deux parties deviennent, par le fait, deux maisons distinctes dont les intérêts et la vie intimes sont différents. Dans le cas où les femmes sont nombreuses, le harem est une sorte de couvent, où chaque cadine vit séparément avec ses esclaves. Le mari n'y va rendre visite qu'avec cérémonie, et, comme il ne mange jamais en leur compagnie, il y passe son temps à fumer et à prendre du café ou des sorbets ; et encore, s'il trouve des babouches à la porte du harem, il se retire discrètement, de crainte de gêner et de voir les nobles visiteuses ou amies de sa femme.

C'était encore une erreur de ma part de croire que les musulmanes étaient des prisonnières que l'on gardait à vue. Les *cadines*, c'est-à-dire les dames, sont parfaitement libres de sortir accompagnées, il est vrai, par leurs esclaves ou par leurs eunuques, d'aller aux bains, de rendre et de recevoir des visites. Si elles n'ont pas le droit de témoigner en justice et de se mêler aux fidèles dans les mosquées, elles peuvent néanmoins hériter et posséder comme partout, même en dehors de l'autorité du mari. Elles peuvent même demander à divorcer ; mais il leur faut donner de fortes raisons, tandis que le mari n'a qu'à dire devant trois témoins : « Tu es divorcée, » pour que cela ait force de loi.

Le jour du dîner arrivé, j'allai chez Djémilé. Je la trouvai parée de ses plus beaux atours et riant aux éclats en imitant les révérences de Sylvie. Tomadhyr lui rendait ses saluts en arrondissant les bras et en prenant des airs penchés.

En m'apercevant, toutes s'envolèrent — comme une compagnie de perdrix.

Je les rassurai, et j'emmenai Djémilé.

Dans le jardin, je lui offris mon bras et je sentis qu'elle tremblait.

— Si tus as peur, lui dis-je, reste ici. Je dirai que tu es malade. Je ne veux pas te contraindre.

— Non, ce n'est pas la peur, c'est... je ne sais pas !... C'est si étrange que tu me tiennes ainsi pour marcher !

Dubertet ou plutôt Sylvie avait invité plusieurs personnes, entre autres le colonel Sabardin, qui était de mes amis, Morin dont le bras était guéri, et il signor Fosco. Quand Djémilé se trouva devant tous ces hommes, elle fut décontenancée. Mais, se remettant vite, elle alla droit à Sylvie comme on marche au feu, et lui fit une des révérences qu'elle venait de répéter dans le harem. Elle s'en acquitta assez bien.

— Est-ce que cette jeune dame, dit Sabardin, va garder son mouchoir sur le visage pour dîner ? ce sera bien gênant.

Je priai Djémilé de quitter son voile, ce qu'elle fit en rougissant, et elle se tint les yeux baissés.

— On lui ôterait ses cottes, observa Sylvie, qu'elle ne serait pas plus honteuse. La pudeur est décidément une affaire de convention !

— Comment ! s'écria Morin, c'est là l'enfant que

vous avez recueillie aux Pyramides? mais c'est un chef-d'œuvre! quelle finesse de traits, quel regard! Colonel, il faudra que vous me permettiez de faire son portrait.

— De grand cœur, répondis-je, et je fis part de sa proposition à Djémilé.

— Je ne veux pas, dit-elle; pour qu'il m'emporte et me fasse arriver malheur? non! non, jamais!

Dubertet lui offrit le bras pour passer dans la salle à manger. Djémilé hésitait; et, comme je lui faisais signe d'accepter, elle me dit d'un ton de reproche: — Tu n'es donc pas jaloux. pour me laisser emmener par un autre homme?

Je lui expliquai en deux mots que Dubertet n'agissait ainsi que pour lui témoigner son respect. Il la plaça à côté de lui à table et s'occupa exclusivement d'elle. Il avait appris trois mots d'arabe et il les répétait à tort et à travers, ce qui la faisait beaucoup rire.

Sylvie, qui ne comprenait pas même ces trois mots, crut ou feignit de croire qu'il lui disait des fadeurs. C'était un bon prétexte pour lui rendre la pareille. Elle s'attaqua à Sabardin, mais celui-ci était tout à ce qu'il mangeait. Alors elle se retourna vers moi, et je devins le but de ses agaceries.

Djémilé avait un coup d'œil d'aigle, et rien ne lui

échappa : on apporta du vin de Champagne et Dubertet lui persuada d'en boire, en lui disant que ce n'était pas du vin. Elle en but fort peu, mais cela suffit pour lui monter la tête. Dubertet était gai et redoublait de prévenances, Djémilé comprenait bien, et, en vraie coquette, acceptait ses hommages avec une certaine satisfaction. J'en eus du dépit contre elle, et j'en voulus à mon ami de chercher à me *souffler* cette jeune fille, qu'il croyait être ma maîtresse. Je me reprochai d'avoir été si scrupuleux en repoussant les avances de la sienne. Je ne sais si cette diablesse de Sylvie lut dans ma pensée ; mais, en se levant de table, elle me dit tout bas :

— Je serai ce soir, à onze heures, dans votre jardin, sous le grand caroubier ; j'ai à vous parler.

J'en voulais tant à Dubertet que je promis d'être exact au rendez-vous.

Quand le café fut pris, elle se donna le luxe d'une scène de jalousie à son amant, et j'en profitai pour m'esquiver avec Djémilé qui m'avait déjà demandé trois fois à s'en aller.

J'étais de mauvaise humeur, elle s'en aperçut, m'en demanda la cause. Ne voulant point la lui apprendre, je lui dis que j'avais mal à la tête.

— Oh ! ce n'est pas cela, dit-elle.

— Qu'est-ce donc ?

— Tu veux que je te le dise?

— Oui, parle.

— Eh bien, quoique je ne comprenne pas votre langage, j'ai deviné bien des choses.

— Et qu'as-tu deviné?

— D'abord que ton ami voulait me plaire et que cela t'a fâché : puis, que sa femme a de l'amour pour toi.

— Et quand cela serait, que t'importe ! lui dis-je un peu durement.

— Tu as le droit de l'acheter à ton ami et de l'amener dans ton harem; mais j'en aurai beaucoup de chagrin. Ce n'est pas là ce que tu m'avais promis !

— Et que t'avais-je promis?

— Que je serais seule maîtresse au logis.

Et elle fondit en larmes.

J'eus beau dire qu'elle seule régnerait chez moi, que je ne pouvais pas acheter la Française, qu'elle ne viendrait jamais, rien n'y fit. Elle pleurait toujours. Le vin de Champagne lui avait porté sur les nerfs.

Onze heures sonnèrent, c'est-à-dire que le muezzin cria l'heure, du haut d'un minaret voisin. Sylvie devait m'attendre; mais je ne pouvais laisser cette enfant, excitée comme elle l'était; et puis, elle était si jolie que j'aurais sacrifié tous les rendez-vous de la terre pour elle.

Je ne trouvai rien de mieux pour la consoler que de lui faire des compliments. Elle essuya ses larmes, me dit qu'elle avait été bien sotte, et m'avoua en rougissant qu'elle était jalouse de moi.

— Si tu es jalouse, c'est donc que tu m'aimes, petite Djémilé? dis-je en la serrant sur mon cœur.

— Eh bien, oui! répondit-elle en se jetant à mon cou. Je t'aime et je t'aimerai toute ma vie.

Ma bouche rencontra la sienne. Elle trembla et bondit sous ce premier baiser, en s'échappant de mes bras.

Son esclave Tomadhyr entra en ce moment.

— Que veux-tu? lui demandai-je impatienté de sa présence.

— Je venais savoir si la sultane était rentrée, afin de l'aider à se déshabiller.

— Va-t'en! et ne viens jamais sans être appelée, lui répondit sa maîtresse avec colère. Quand elle fut partie, Djémilé vint à moi, et, d'un air sérieux, me dit : — Je serais méprisable à mes propres yeux, si je me donnais à toi avant d'être ta femme. Demande-moi à mon père.

— Et où le prendre?

— Il doit être dans le Fayoûm.

— Mais, chère enfant, quand même je pourrais
y aller maintenant, ce serait en pure perte. Ne suis-
je pas l'un de ses ennemis?

— Et pourquoi ne deviendrais-tu pas son ami?

— Parce que ce serait déserter mon drapeau et
trahir l'armée.

— Alors, tu veux donc que je sois avilie si je te
cède, ou malheureuse si je te résiste?

— Ta fierté et ta pudeur te grandissent dans mon
estime. Reste pure. Je ne t'en aime que davantage.
Nous reparlerons mariage plus tard.

— Oui, plus tard, dit-elle en se retirant.

L'heure de mon rendez-vous était envolée depuis
longtemps; mais j'étais loin de regretter d'y avoir
manqué. Djémilé m'avait préservé d'une sottise, et
je m'endormis en me promettant de brûler un cierge
à ma petite vierge musulmane. Sylvie dut m'en vouloir, mais je m'en inquiétai peu.

Parmi les cavaliers que Malek nous avait amenés, il s'en trouvait un que j'avais vu, à deux reprises, rôder dans mon jardin sans y être appelé.

Je le soupçonnais d'abord d'avoir connaissance
du trésor et de vouloir s'introduire dans la maison.
M'étant informé de lui près de Malek, j'appris qu'il
se nommait Souleyman el Haleby et qu'il était na-
tif d'Alep. Je lui fis défendre l'entrée du jardin. Il

n'y revint plus, mais il passait des journées, assis, les jambes croisées, devant la porte, à gratter d'une mandoline à trois cordes et à psalmodier des ballades et des chants d'amour.

A laquelle de mes esclaves adressait-il ses sérénades? Je le sus bientôt. Un jour qu'il me croyait bien loin, il franchit le jardin, et pénétra dans la maison jusque sous le moucharaby de la chambre de Djémilé.

Le Lindor musulman commença par vanter sa noblesse, sa bravoure, son cheval, ses exploits, les coups de sabre qu'il avait donnés, énuméra les têtes qu'il avait tranchées ; puis il chanta les louanges de Mourad Bey, la gloire de Mahomet, la puissance d'Allah qui préparait ses foudres pour nous anéantir. Il se plaignit ensuite des rigueurs de Djémilé, lui exprimant son amour sur tous les tons, avec des hyperboles et des métaphores orientales, lui reprochant de ne pas descendre dans la cour, lui offrant de la ramener à sa famille, et finalement il lui proposa de se sauver dans le désert avec lui, cette nuit même, tandis que j'étais absent.

Je tremblais d'entendre ma captive accepter ses propositions.

— Souleyman, lui répondit-elle, cesse de me poursuivre de ton amour. Tu n'as jamais vu mon visage

5.

et tu ignores si je suis belle ou laide. Ce que tu recherches en moi, c'est l'alliance de mon père. Apprends d'abord que je suis laide à faire peur.
Demande-le plutôt au chef français qui a osé
soulever mon voile ! Mais Allah l'a puni de sa curiosité, il s'est retiré épouvanté ; ensuite j'ai juré
par le Koran, de ne pas m'enfuir. La fille de Mourad est fière, elle ne saurait manquer à son serment,
même vis-à-vis d'un chrétien. Si tu veux retourner
vers mon père, dis-lui où je suis. Il sait bien la
rançon qu'il doit offrir au chef français en échange
de sa fille. Va t'en et qu'Allah te protége.

J'entendis la fenêtre se refermer et Souleyman
s'éloigner.

Rassuré sur la loyauté de Djémilé, j'avais une
autre inquiétude ; je ne voulais pas que son père
vînt me la reprendre, fût-ce en payant une rançon
de roi. Je prenais plaisir à la regarder. J'en étais
jaloux comme un avare l'est du trésor auquel il
ne touche pas.

Je fis appeler Malek et lui donnai des ordres pour
qu'il surveillât de près son Arabe, après quoi je le
fis venir lui-même. Quand il fut devant moi :

— Tu veux fuir, lui dis-je sans préambule, et
cela au mépris du serment que tu as prêté entre
les mains du général. Comme je suis le maître de

ton maître, je t'avertis qu'à la moindre tentative, je te ferai trancher la tête : c'est tout ce que j'avais à te dire, va t'en.

— Les chrétiens ne coupent pas les têtes, dit-il en me jetant un regard dédaigneux.

— Vous nous avez donné l'exemple, vous autres musulmans, et c'est la meilleure manière de vous empêcher d'aller jouir des délices du paradis de Mahomet.

Souleyman poussa un grognement sourd et sortit.

VI

Dans les premiers jours du mois d'août, l'ordre m'arriva de monter à cheval et d'aller rejoindre sur la route de Belbeys, avec mon régiment, la division commandée par Bonaparte. J'allai prévenir Djémilé de mon départ.

Elle parut d'abord ne pas comprendre ce que je lui disais, tant elle fut surprise, puis elle s'élança vers moi.

— Comment, dit-elle, tu vas me quitter? Pour combien de temps? A jamais, peut-être!

— Je ne crois pas que l'expédition soit de longue durée. Nous allons protéger contre les Bédouins la caravane des pèlerins de la Mecque qui revient au Caire.

— C'est une œuvre pieuse, va, et qu'Allah te protége! Mais je vais bien m'ennuyer ici!

— Pas plus que tu ne t'ennuies tous les jours.

— Mais j'aurai peur!

— Je serai bientôt revenu. En mon absence, ne sors pas du harem et veille à ce que tes esclaves ne prennent pas la clef des champs.

— Laisses-tu quelqu'un pour nous garder?

— Oui, un escadron tout entier.

— Dans la maison? s'écria-t-elle avec effroi.

— Non, dans la maison il n'y aura que Guida-mour.

Elle m'apporta son front. Je l'embrassai et la quittai, après avoir donné des ordres à celui qui devait veiller sur mon troupeau; je me rendis au quartier où le régiment n'attendait plus que moi pour partir.

N'apercevant pas Souleyman parmi les cavaliers de Malek, je lui demandai ce qu'il en avait fait.

— Il est parti depuis huit jours.

— Et tu l'as laissé rejoindre Mourad, ton ennemi personnel?

— Je ne suis pas l'ami de Souleyman, pour qu'il me fasse part de ses projets! Peut-être lui est-il arrivé malheur, car il a laissé son cheval et ses armes, comme s'il devait revenir.

— S'il revient, dis-je à l'officier chargé de garder Boulaq et de protéger ma maison, fusillez-le comme déserteur.

— Soyez tranquille, ce sera fait!

Nous entrâmes dans le désert tout de suite en sortant du Caire, au seuil de la porte de la Victoire. Nous traversâmes El-Khankah et Abou-Zabel, cités jadis florissantes qui maintenant tombent en ruines. Près de Belbéys, nous rencontrons une partie des pèlerins de la Mecque, que les Bédouins emmenaient prisonniers après les avoir pillés. Le fait de délivrer les pèlerins, de rattraper leurs richesses et de donner la chasse aux Bédouins ne fut ni long ni difficile. Bonaparte les traita fort bien, ces pèlerins, et leur fournit une bonne escorte jusqu'au Caire. Je pensais que la campagne était terminée et je me réjouissais déjà à l'idée de revoir ma petite cadine. Point! Ibrahim-Bey avait établi son quartier général à Belbéys et y avait convoqué les autres beys mameluks, afin de reprendre l'offensive; à la nouvelle de notre arrivée, il se retire; nous le suivons jusqu'à Salayeh. Là, il y eut un combat de cavalerie qui faillit coûter la vie au général en chef. Ibrahim venait de lever son camp, lorsque Bonaparte arriva, suivi d'une escorte de 300 hussards. Ceux-ci se jetèrent sur les 500 mameluks qui protégeaient la retraite des femmes et des bagages. Ils s'ouvrent un passage dans leurs rangs, mais ils sont bientôt enveloppés. Bonaparte, avec ses guides et son état-major, vole à leur secours et la mêlée devient générale. Le colonel du 7° de hussards, Détrés, est tué, l'aide de camp Shulkowsky reçoit huit blessures. Bonaparte lui-même met le sabre à la main.

Je ne sais trop comment cela eût fini, si mon régiment ne fût venu à leur secours en fournissant l'une de ces belles charges à fond de train, auxquelles rien ne résiste. Non-seulement nous mîmes en déroute la cavalerie mameluke, mais encore nous lui enlevâmes deux pièces de canon et cinquante chameaux chargés de bagages. Ce jour-là 11 août, le 3° dragons fut mis à l'ordre du jour de l'armée, et le colonel fut invité à souper sous la tente du général en chef. Je n'avais jamais vu Bonaparte de si près et je n'avais jamais causé avec lui.

Je ne fus pas surpris de la beauté des lignes de sa figure, j'avais assez vécu en Italie pour savoir que ce type sculptural y est encore très-répandu ; mais la douceur pénétrante de son regard n'appartenait qu'à lui. Dans la colère, ce regard ne devenait pas terrible comme on l'a dit, il était celui de tout autre homme dans la même situation morale.

Sa véritable particularité c'était d'être persuasif à un degré qui pouvait le rendre irrésistible.

Un des généraux qu'il avait invités blâma tout haut l'imprudence qu'il avait commise en se jetant au milieu des mameluks. Vous pouviez, ajouta-t-il, être fait prisonnier ou être tué.

— Eh bien, je serais mort, dit en souriant le général en chef, et mes officiers eussent été libres de quitter cette terre d'Égypte qui leur déplaît tant. Mais il est écrit là-haut, comme disent les croyants, que je ne dois pas être pris par les mameluks. Puis, se tournant vers moi avec un sourire aimable : Colonel, je ne vous en remercie pas moins d'être venu à temps. Voulez-vous entrer dans mon régiment des guides?

— Général, je n'ai fait que mon devoir et je vous sais gré de votre offre, mais je suis habitué à mes dragons. Permettez-moi de rester à leur tête.

— Alors que voulez-vous ? reprit-il d'un ton brusque.

— Rien pour le moment, général.

— Vous êtes encore un mécontent, vous !

— Mécontent de quoi?

— Mécontent de l'expédition !

— Non, ma foi, j'en suis enchanté, moi !

— Bah ! fit-il. Et que pensez-vous de l'Égypte ?

— C'est un pays unique dans la nature et dans les fastes de l'histoire, c'est le berceau de la civilisation grecque et romaine, de la nôtre par conséquent. Tout y est intéressant, les mœurs, les croyances, les monuments de tous les âges, depuis les pyramides jusqu'aux tombeaux mameluks. Cette vallée du Nil si fertile et ces déserts arides, tout est contraste, et je serais bien fâché de ne pas avoir vu tout cela.

— Vous êtes du petit nombre de ceux qui s'y plaisent!

— Parbleu! dit mon général de division Reynier, Haudoin est aux trois quarts mameluk!

— Comment cela, général?

— Il parle l'arabe comme feu Mahomet, il a un escadron de cavaliers du désert sous ses ordres, une douzaine d'odalisques dans son sérail, et sa favorite est ni plus ni moins que la fille de Mourad-Bey.

— Mais, colonel, dit Bonaparte en me frappant sur l'épaule d'un air enjoué, tu es un homme précieux, tu me faciliteras les moyens d'entrer en relations avec ton beau-père.

— Quand vous voudrez, mon général, lui répondis-je sur le même ton.

— En attendant, tu me feras bien l'amitié d'accepter un sabre d'honneur?

— Avec plaisir, pourvu que la lame soit bonne.

En ce moment on annonça l'arrivée d'un aide de camp de Kléber. Bonaparte le fit venir, et, lui voyant la figure bouleversée, lui dit: — Est-ce que les mameluks sont à vos trousses?

— Pire que cela, général. Prenez connaissance de ce rapport, et vous verrez s'il y a matière à se réjouir.

Nous nous éloignâmes avec l'aide de camp, et voici ce qu'il nous apprit.

L'amiral Brueys, au lieu de suivre les instructions de Bonaparte en mettant la flotte à l'abri, était resté dans la rade d'Aboukir, soit qu'il craignît de rencontrer l'escadre anglaise en pleine mer, soit qu'il voulût associer la marine française à la gloire de l'expédition en livrant combat. Quoi qu'il en soit, Nelson était arrivé en vue d'Alexandrie le 1er août, à cinq heures du soir. Brueys croyait si peu engager le combat sur-le-champ, qu'il attendait sans trop d'impatience une partie des équipages débarqués : Nelson s'embossa entre le rivage et nos vaisseaux de manière à couper toute communication avec la terre. A sept heures du soir, il attaqua notre ligne composée de treize vaisseaux de haut-bord et de quatre frégates avec des forces à peu près égales. Le combat dura seize heures et Brueys fut tué par un boulet à bord de l'*Orient*.

A dix heures du soir, le vaisseau amiral avait sauté en l'air. Trois autres navires avaient été pris à l'abordage. Tous s'étaient jetés à la côte, enfin trois autres encore avaient été brûlés par les Anglais. Pendant tout ce temps, le contre amiral Villeneuve qui commandait l'arrière-garde de la flotte n'avait pas bougé : il avait attendu les ordres de Brueys jusqu'à la fin du combat. Voyant tout perdu par son manque de résolution, il prit le large avec deux gros vaisseaux et deux frégates, sans avoir tiré un seul coup de canon. L'ennemi, trop endommagé pour le suivre, l'avait laissé gagner le large. Sur huit mille hommes d'équipages, à peine trois mille avaient pu regagner la côte.

A cette nouvelle, tous les assistants restèrent atterrés. Pour quelques-uns des généraux qui, déjà mécontents en mettant le pied en Égypte, pensaient sérieusement à retourner en France, tout espoir était perdu. Murat, Lannes, Berthier, Bessières, jurèrent à qui mieux mieux et manifestèrent tout haut leur regret d'avoir suivi Bonaparte. L'un d'eux m'adressa même quelques mots amers pour avoir vanté l'Égypte un instant auparavant. Je ne lui répondis même pas. Je déplorais la perte de nos vaisseaux, mais je n'en pouvais accuser l'Orient et son soleil.

Bonaparte s'avança vers nous. Quoiqu'il fût vivement ému au fond, il nous dit d'une voix calme : Nous n'avons plus de flotte. Eh bien, il faut mourir ici, ou en sortir grands comme les anciens !

Nous reprîmes le chemin du Caire. Nous y arrivâmes le 17 août dans la soirée. Je courus chez moi. J'avais eu le temps de réfléchir à la conduite que je voulais tenir vis-à-vis de Djémilé. La demander en mariage à son père, était impossible, insensé. En faire ma maîtresse, elle s'y refusait, et je ne voulais pas la traiter en esclave. Je m'étais donc promis de la considérer comme une enfant, et d'attendre tout de sa volonté ou de son caprice.

Je fus d'abord désagréablement surpris de ne pas trouver Guidamour à son poste. Un de ses camarades qui le remplaçait m'apprit qu'il était malade, à l'hôpital. Il me tardait tant de revoir Djémilé que je me rendis sur-le-champ dans le harem sans faire d'autres questions.

Ne la voyant pas venir à ma rencontre, j'en fus d'abord un peu blessé. Je l'appelai sans obtenir de réponse. J'entrai, la chambre était vide. Sur un coffret étaient rangé avec soin son tarbouch d'émeraudes et ses bijoux; sur le sofa, ses voiles et ses vêtements, comme si, depuis longtemps, elle n'eût pas couché là. Je pressentais un malheur. L'une de ses femmes se présenta ; c'était Mériam la chrétienne.

— Qu'est devenu Djémilé ? lui dis-je.

— Au lieu de me répondre, elle fondit en larmes.

— Est-elle morte ? Voyons, parle !

— Non, elle est partie. Son père est venu la chercher, il y a cinq jours.

— Mourad a osé s'aventurer jusqu'ici pour reprendre sa fille ? C'est invraisemblable !

— Cela est, je te le jure sur le Christ, la négresse Zeyla et moi avions suivi notre jeune maîtresse dans le jardin, où tu nous as permis de nous promener. C'était le soir. Nous étions toutes trois assises sous le grand caroubier et nous respirions la fraîcheur de la nuit, quand Mourad - Bey, suivi du mameluk Souleyman, s'est présenté à nous. Ils étaient déguisés tous deux en marchands. Mourad s'est fait reconnaître de sa fille et lui a enjoint de le suivre. Je crois qu'elle avait connaissance de ce projet d'enlèvement et qu'elle y consentait, car elle ne fit aucune résistance et répondit à son père qu'elle était prête à lui obéir. Zeyla demanda comme une grâce de ne pas quitter sa maîtresse, et Mourad les emmena toutes deux sans leur donner seulement le temps d'aller prendre d'autres vêtements.

— Il faut que tu sois bien sotte pour n'avoir ni crié, ni appelé avant qu'ils fussent trop loin pour être rejoints.

— Souleyman m'avait bâillonnée et attachée.

— N'étais-tu pas d'accord avec eux?

— Peux-tu me soupçonner d'une telle trahison ? moi qui ai jeté l'alarme aussitôt que je l'ai pu ! mais il était trop tard !

Ce misérable Souleyman ne s'était enfui que pour aller apprendre au bey où était sa fille, la lui demander en mariage et l'obtenir selon toute probabilité. J'enrageais de chagrin de me voir enlever cette enfant qui me tenait si fort au cœur, et de colère en pensant qu'elle allait appartenir à un autre.

Mériem chercha à calmer ma douleur en me parlant de la volonté du ciel, de la sainte Vierge et des saints. Sa religion ressemblait plus à l'idolâtrie qu'au christianisme. Je la remerciai de la bonne intention qui lui faisait dire tant de sottises, et je sortis.

Je questionnai le remplaçant de Guidamour et lui demandai pourquoi il avait manqué à sa consigne en laissant sortir les femmes.

— Mon colonel, répondit-il en tournant son bonnet de police dans ses mains, je n'avais pas compris qu'elles étaient prisonnières.

— Tu ne t'es donc pas aperçu de la disparition de la cadine ?

— Si fait, mon colonel, le lendemain!

— Où étais-tu et que faisais-tu ce soir-là?

— Je... je... causais ici dans la cour avec la petite fellahine, dit-il en rougissant.

— Tu te permets d'en conter à une si jeune enfant? Tu me feras quinze jours de salle de police pour te calmer, et quinze autre jours pour t'apprendre à être plus vigilant.

— Oui, mon colonel!

Je fis ensuite appeler l'officier que j'avais chargé de veiller sur ma maison et je le consignai pour huit jours. Puis j'allai savoir ce que Guidamour pouvait bien avoir.

— C'est ma négresse, dit-il, qui m'a fait avaler une drogue dont j'ai failli crever. Cette fille était *de mèche* avec le père Mourad, bien sûr, et ma surveillance la gênait. Une autre fois, mon colonel, j'aimerais bien mieux vous suivre que de répondre de sept femelles qui n'ont qu'une idée, celle de détaler.

— Je t'excuse, mais tu aurais pu, au moins, te faire relever de ton poste par un camarade moins bête.

— Mon colonel, il n'est pas trop coupable, allez!

j'étais si malade que j'ai bien pu lui transmettre la
consigne de travers; ça me menait roide, sans le citoyen Larrey, j'étais flambé.

Je fis subir ensuite un interrogatoire à la petite
fellahine. Elle me jura, avec les serments les plus
terribles et les plus étranges, qu'elle n'avait jamais
été du complot et que si, le soir de l'enlèvement,
elle avait donné des distractions au gardien de la
maison, c'était sans aucune intention malhonnête,
mais pour se moquer de lui; il était si sot!

Celle-ci me parut sincère et elle l'était.

Je songeai à courir après Djémilé. Mais où la
retrouver, dans cet océan de sable?

Quoi qu'il pût en résulter, j'allai demander au
général Reynier de me permettre des recherches.

—Je suis désolé de vous refuser, dit-il, mais je
ne veux pas perdre un régiment de dragons pour
les beaux yeux d'une fillette. J'ai besoin de toute
ma cavalerie. Restez donc! un soldat se doit à son
drapeau, à son pays plus qu'à sa maîtresse. Vous
ne devriez pas vous le faire dire.

Il avait raison : à sa place j'eusse parlé comme
lui. Je baissai la tête sous la discipline militaire,
et je m'en revins triste et abattu.

Pendant quelques jours je ne dormis ni ne man-
geai. J'étais comme une âme en peine, je regardais

toutes les femmes voilées qui passaient, comme si l'une d'elles eût pu être Djémilé.

Si j'eusse été en Europe, j'aurais plus vite pris le dessus; mais, dans ce milieu arabe, tout me rappelait celle que j'avais perdue. Ce n'est pas que le général en chef ne fît son possible pour enlever à la ville son caractère oriental. On élevait des forts, on construisait des hôpitaux, des casernes, des entrepôts, des greniers à blé; on bâtissait un théâtre. Les rues étaient balayées, éclairées. Un jardin, à l'instar du Tivoli de Paris, fut ouvert au public. J'y allai promener mon ennui et demander des nouvelles de la division Desaix qui poursuivait Mourad.

C'était demander des nouvelles de Djémilé. J'appris bientôt qu'après un combat acharné à Sédyman, Mourad avait été battu par Desaix et qu'il gagnait la haute Égypte. Ceci m'enlevait tout espoir de revoir jamais la jeune mameluke, et je devins, sans m'en apercevoir, d'une humeur massacrante. Guidamour, rétabli de son empoisonnement, m'en avertit un jour avec sa franchise habituelle :

— Pourquoi, me dit-il, vous casser la tête pour une petite fille qui ne tenait guère à vous, puisqu'elle a filé! Oubliez-la, consolez-vous avec d'autres, et, si elle était jolie comme quatre, prenez les cinq qui sont chez vous pour la remplacer. Ajoutez-y la petite fellahine pour faire la bonne mesure.

— Comme tu y vas, toi ! Tu trouves qu'une seule femme ne suffit pas pour nous faire endiabler, tu me conseilles d'en avoir six ! Je tiens si peu à elles que je vais leur donner la liberté.

— Ce sera un mauvais service que vous leur rendrez là ! Elles mourront de faim au coin d'une borne, ou bien elles seront la proie des passants, ce serait dommage ! Et puis, vous avez besoin de domestiques, noires ou blanches.

— Alors, je dois les garder. Mais cela va me faire une singulière réputation dans l'armée. Tant que j'avais Djémilé, il était tout simple qu'elle eût des esclaves pour son service. Maintenant, que dira-t-on ?

— On dira que vous avez une Syrienne pour repasser votre linge, une Grecque pour astiquer votre fourniment, une Arabe pour panser votre cheval, deux négresses pour cirer vos bottes, et une fellahine pour faire les courses.

Sa bonne humeur me gagna et je finis par rire. Je fis un retour sur moi-même et me trouvai ridicule.

VII

Au bout du compte, Djémilé n'était pas la seule jolie fille qu'il y eût au monde. J'en avais dans ma maison qui eussent attiré l'attention de tout homme moins prévenu que moi. Je ne parle ni des négresses, bonnes bêtes de somme, ni de la petite Zabetta, un manche à balai; ni de la chrétienne de Syrie, qui, avec son faux air de dévote et sa taille penchée, me faisait l'effet d'un saule pleureur. Et puis les chrétiens de Syrie passent en général pour être fourbes, menteurs, vils dans l'abaissement, insolents dans la fortune. Elle devait tenir de ses coreligionnaires et ne m'inspirait que de la méfiance. Quant à la Grecque, Pannychis, elle était splendide de fraîcheur et d'embonpoint. Ses traits rappelaient ceux des

statues de Phidias ; mais c'était la nonchalance
personnifiée : elle fumait du matin au soir, assise
sur son sofa, et n'en bougeait que lorsqu'elle ne
pouvait pas faire autrement ; alors, elle s'en allait
à petit pas en traînant ses babouches. Elle me
faisait bouillir le sang.

Si Tomadhyr n'était ni aussi grande, ni aussi
belle, elle était à coup sûr plus agréable. Ses
traits fins, ses yeux pleins de feu, sa physionomie
expressive, sa démarche gracieuse, son talent de
musicienne, la plaçaient beaucoup au-dessus des
autres. Le proverbe oriental dit : Prends une
blanche pour les yeux, mais pour le plaisir prends
une Égyptienne. Et Tomadhyr était tout ce qu'il
y avait de plus égyptien.

Ordinairement vive et enjouée, elle avait pourtant des moments de torpeur pires que ceux de
Pannychis. Elle restait absorbée, sombre, le
regard fixe, les dents serrées, et comme insensible. Elle avait honte de cet état maladif et allait
se cacher dès qu'elle sentait venir un de ces accès.
Ses compagnes disaient tout bas qu'elle voyait
les *afrites*, c'est-à-dire les mauvais esprits, et,
pour les conjurer, elles la chargeaient d'amulettes
et de talismans. Je la surpris un jour chez moi,
dans le divan, ce qui était une grave infraction

aux convenances et au respect qu'elle me devait.

Elle était étendue dans l'embrasure de mon moucharaby, le menton dans les mains, et regardant avec attention dans un plat, une liqueur noire qui me fit l'effet d'être de l'encre.

Elle était tellement absorbée que je m'approchai sans qu'elle m'entendît.

— Que fais-tu là? lui demandai-je.

— Je regarde Djémilé, me répondit-elle sans lever les yeux.

— Djémilé, où ça ?

— Là dedans.

J'eus la naïveté de regarder, mais je ne vis absolument rien que le visage de Tomadhyr, réfléchi comme dans un miroir.

— La voilà ! reprit-elle, elle est avec son père et sa mère... Il y a des tentes, des chameaux ; ils vont partir; oh! que c'est joli! Plus de deux mille mameluks à cheval... Tout s'efface... Il n'y a plus que le désert!... des palmiers... rien !

— Quelle est cette plaisanterie?

— C'est très-sérieux, dit-elle gravement. Tu ne sais donc pas que je suis magicienne? Ne le dis pas aux autres, elles me feraient du mal.

— Ah ! bravo ! répondis-je en riant, me voilà en plein dans les *Mille et une Nuits.*

— Qu'est-ce que tu dis? tu ne me crois pas? Assieds-toi et donne-moi ta main. Je t'apprendrai ce que tu veux savoir.

— Je t'en défie.

— Vrai ? dit-elle en me regardant dans les yeux. J'accepte.

Je feignis d'ajouter foi à sa sorcellerie. Elle me prit la main, y versa une goutte de son liquide noir, s'agenouilla devant moi, et, s'accoudant familièrement sur mon genou, elle resta les yeux fixés sur ce pâté d'encre.

— Eh bien, y sommes-nous? lui dis-je.

— Oui, pense à une personne.

Je pensai à cette singulière fille qui se prétendait ou se croyait douée de seconde vue.

— Tu penses à moi, dit-elle.

— C'est vrai : à quoi reconnais-tu cela ?

— Je me suis vue passer là.

— Et maintenant à qui est-ce que je pense?

— A une femme blonde, très-jolie, elle se promène avec un petit garçon, très-joli aussi. Elle est habillée à la française, l'enfant aussi.

Je restai stupéfait. Pour la dérouter, j'avais reporté ma pensée sur mademoiselle de Cérignan et le jeune Louis.

— Et peux-tu me dire où est cette dame?

— Dans un jardin près d'un bassin rempli d'eau; voilà un vieux monsieur, un Français avec des cheveux blancs, qui vient les chercher... Ils s'en vont... ils entrent dans une maison... Je ne vois plus que le sable de l'allée et des fleurs bleues.

Je lui demandai si je ne pourrais pas voir aussi.

— Non, dit-elle. Je ne peux dévoiler mon secret.

— Et peux-tu prédire l'avenir?

— Non !

— Tant pis ! j'aurais voulu savoir...

— Si tu retrouveras Djémilj? Toutes tes idées sont tournées vers elle?

— Tu voudrais qu'elles le fussent vers une autre?

— Vers moi, oui ! Fais-moi cadeau d'un collier d'or !

— Regarde dans ma main si je te le donnerai.

— Oui, tu me le donneras !

Je le lui donnai en effet.

Ce collier jeta la perturbation dans le harem, les autres lui portèrent envie et lui cherchèrent querelle: pour les apaiser, je dus leur faire à chacune un cadeau, et tout rentra dans le calme.

La splendide Pannychis en prit pourtant de l'ombrage, comme si elle eût eu le droit d'être jalouse de moi. Elle me fit prier par l'Abyssinienne de me rendre dans le harem, et, après avoir signifié

d'un ton d'autorité aux autres odalisques de s'éloigner, elle me parla ainsi :

— Sidi, depuis la fuite de ton épouse légitime,
qui équivaut à un divorce, tu n'as encore jeté
les yeux sur aucune de nous, si ce n'est sur
Tomadhyr l'Égyptienne. Il faut que nous sachions
si tu l'as choisie pour ta femme, afin que nous
ayons à lui obéir, ou si elle n'est pour toi qu'une
esclave que tu gardes pour ton plaisir et à qui
nous ne devons aucun respect.

Je répondis la vérité, Tomadhyr n'était ni ma
femme ni ma maîtresse.

— Je suis satisfaite. En ce cas, il est temps que
tu désignes celle qui doit succéder à Djémilé.
Regarde-moi. Je suis belle, j'ai dix-neuf ans, je
n'ai été mariée qu'une fois, je suis une *cadine*
et non une *odaleuk*. Je sais très-bien gouverner
un harem et je mérite la préférence. Si tu tiens
à avoir deux femmes, je consens à ce que tu
prennes Tomadhyr ; mais elle n'aura que le titre
de *perroquet*, tandis que je serai la *Khanoune*.

— Qu'entends-tu par *perroquet*?

— La *durrah* (perroquet), c'est la seconde femme.

— Je ne veux ni de dame maîtresse ni de perroquet. Odalisque je t'ai achetée, odalisque tu res-
teras. Que ferais-tu de plus si je te mettais à la tête

de ma maison? tu ne sais absolument rien. Continue donc à être belle et à engraisser. Te manque-t-il quelque chose ? Parle.

— Tu m'as fort bien traitée jusqu'à présent et je ne me plains pas de toi ; mais mon rang exige que je ne sois pas plus longtemps confondue avec tes odalisques. Laisse-moi vivre comme une cadine et commander aux négresses.

— Sois donc cadine si cela t'amuse ; mais j'y mets une condition : c'est que tu viendras déjeuner ou dîner avec moi chaque fois que je te le ferai dire ; je m'ennuie de manger seul.

— Et si tu as des amis, devrai-je me montrer à eux le visage découvert? dit-elle d'un air effrayé.

— Oui, tu éclaireras de ta beauté les sauces que nous dégusterons.

Elle prit la plaisanterie pour un compliment, s'en montra fort satisfaite et me répondit avec majesté :

— Je mangerai avec toi les sauces que tu voudras, et dès ce soir si cela te convient ; mais ne sois pas surpris si on te dit plus tard que je te manque de respect.

— Oublie tes usages orientaux et fais ce que je te dis.

Dès le soir même, je mis au service de sa nonchalante personne Daoura et Choho, et je la fis

manger à ma table, ce qui leur parut de la dernière
inconvenance. Dès le lendemain, Mériem réclama ;
elle prétendit être une *cadine* aussi et me pria de lui
donner la petite fellahine pour la servir. Elle
m'adressa sa supplique d'un air si doux et en termes si humbles, que j'y consentis à la même condition. Elle accepta sans commentaires. Il est vrai
qu'elle était chrétienne.

Restait Tomadhyr. Je lui demandai si elle était
aussi une cadine et combien elle voulait d'esclaves.

— Je n'ai pas besoin d'odalisques, répondit-elle,
je suis mieux qu'une dame, je suis une almée. Le
sort m'a privée de ma liberté ; mais je ne me plains
pas, puisqu'il m'a donné un maître tel que toi. Je
ne désire rien que de te servir.

C'était la seule désintéressée. Je la questionnai.
J'appris qu'elle était fille d'un chef arabe du Hedjaz
et d'une Arabe du désert lybique. De huit enfants,
elle seule avait survécu. A l'âge de six ans, elle
avait perdu ses parents en l'espace d'un mois. Son
père était mort fou, une almée d'Esneh l'avait recueillie, élevée, instruite, puis vendue un très-gros
prix à la femme d'un bey.

Celle-ci, voyant qu'elle devenait l'objet des atten-
tions de son mari, s'était vivement défaite d'elle et
Yacoub l'avait achetée. C'était là toute son histoire.

Je l'autorisai à venir tant qu'elle voudrait dans la maison de son maître, puisqu'elle me considérait comme tel. Elle eut la discrétion de n'en pas abuser, et je m'amusai parfois à la consulter ; mais elle n'était pas toujours voyante. C'était une fille intelligente, adroite et prévenante. Je ne l'avais pas payée sa valeur. Je ne pouvais pourtant pas être amoureux d'elle. Elle me faisait peur avec ses beaux yeux souvent égarés.

J'obtins bientôt que Pannychis et Mériem mangeassent ensemble avec moi, et j'apprivoisai si bien la grosse cadine, qu'elle consentit à boire du vin. Tomadhyr, en sa qualité de fille de chambre, les négresses et la petite fellahine servaient à table, chacune leur maître ou leur maîtresse. J'avais pris un cuisinier français, et la gaieté était revenue au logis.

J'ai dit que Malek était beau garçon, mais il était grave et solennel, ne s'amusant de rien, et trouvant indigne de lui de sourire, plein d'amour-propre et très-susceptible, mais cachant ses impressions comme s'il eût eu peur qu'on les lui volât. Je l'invitai un jour à dîner avec les deux odalisques, ce qui le flatta énormément, bien qu'il eût l'air de trouver cela tout simple. Il fut pourtant très-scandalisé au fond, quand il vit Pannychis s'asseoir

près de lui; ce jour-là, elle n'osa pas boire de vin;
mais la chrétienne ne s'en priva pas assez. Quand
elle eut la langue déliée, elle attaqua le mameluk,
né dans le rite grec et converti forcément à l'islamisme. Elle lui reprocha sa tempérance, le poussa
à boire, et finalement le traita de renégat. Malek
resta impassible et la regarda avec mépris. Elle se
piqua à ce jeu-là et chercha alors à porter le
trouble dans le cœur de cet homme de marbre.
Elle joua des prunelles. En Orient, c'est tout un
langage; c'est le seul que les femmes puissent
parler en public, voilées comme elles le sont et ne
pouvant lier conversation avec aucun homme dans
la rue; aussi les filles, tant musulmanes que
chrétiennes ou cophtes, savent-elles tout dire sans
ouvrir la bouche.

Malek n'était pas si bien cuirassé qu'il voulait le
paraître, mais il ne bougea pas. Mériem en prit de
l'humeur et se retira avec Pannychis. Malek me
quitta quelques moments après, sans me faire aucune observation sur le singulier repas que je lui
avais donné. J'allais me coucher quand Tomadhyr
vint me dire que Mériem, rien qu'avec le langage
des yeux, avait assigné un rendez-vous à Malek et
qu'elle s'apprêtait à sortir.
Je n'étais pas le moins du monde jaloux, je ne

m'étais arrogé aucun droit sur cette fille, mais je
ne voulais pas jouer vis-à-vis de mon mameluk le
rôle d'un maître trompé. Je me tins prêt et je suivis
l'esclave coupable. Elle s'arrêta dans le jardin,
près de la porte qui donnait sur la rue, et je me
cachai dans un buisson en entendant venir Malek.

Celui-ci, sans lui donner le temps de s'expliquer,
lui dit : Quoique tu sois une fille impure, qui bois
du vin, je suis venu pour te dire la vérité. Je comprends bien ce que tu désires de moi. Cela ne sera
pas, d'abord parce que tu appartiens à un homme
que j'estime et que je ne veux pas lui voler son
bien ; ensuite parce que tu ne me plais pas ! qu'Allah te ramène à la raison, je m'en vais !

Et il s'en retourna en laissant Mériem stupéfaite.

J'attendis qu'elle fût rentrée pour sortir de mon
bosquet. Je ne lui adressai aucun reproche. Elle
était assez mortifiée. J'admirai la sage conduite de
Malek. A sa place je n'eusse peut-être pas été si
vertueux.

Quelques jours après, me trouvant seul avec Mériem, je fis allusion, je ne sais plus à propos de
quoi, à sa fantaisie pour Malek.

— Je suis une grande pécheresse, dit-elle ; mais
heureusement pour moi, j'ai un maître indulgent.
Tu es doux et bon et je te suis toute dévouée.

7

— Tu me fais trop de compliments, Mériem ! tu veux quelque chose.

— Je n'ose le dire, tu me refuserais, dit-elle en baissant les yeux.

— Allons, parle !

— Tu es chrétien, et tu connais les monastères.

— Fort peu.

— Enfin, tu sais qu'il y a des vierges qui se vouent au Christ.

— Oui, des nonnes, des religieuses; après ?

— Je suis une de ces religieuses, et j'étais dans un couvent près de Bethléem.

— Toi ? dis-je en éclatant de rire; en ce cas tu fais bon marché de tes vœux !

— Pour mes péchés, reprit-elle en rougissant, j'ai été enlevée par une tribu de Bédouins, vendue comme esclave et amenée à Boulaq où tu m'as achetée. Veux-tu me rendre ma liberté moyennant le prix que tu m'as payée ? Je retournerais près de mes sœurs en Christ.

— Comment as-tu de l'argent ? les esclaves n'en ont pas.

— C'est Mourad qui le lui a donné, s'écria tout à coup Tomadhyr, qui s'était glissée sans bruit près de nous.

— Tu mens, s'écria Mériem.

— Je te dis que c'est Mourad, reprit l'autre, pour l'aider à enlever Djémilé.

— Tu m'accuses faussement, répondit la chrétienne outrée de colère, parce que tu es jalouse et amoureuse du maître !

— Si je l'aime, je saurai bien le lui apprendre moi-même, répondit la jeune Arabe en lui sautant au visage et en l'égratignant.

Mériem riposta en la prenant aux cheveux. Je les séparai et je fis subir un interrogatoire sévère à Mériem. Devant les assertions de Tomadhyr, elle resta confondue et avoua la vérité ; elle chercha à mettre sa trahison sur le compte de la jalousie, et, comme preuve, elle m'offrit de m'en remettre le prix.

— Garde ton argent, lui dis-je, et va-t-en dès demain, tu es libre !

— Tu es irrité contre moi ?

— Tu me le demandes, lâche, idiote? Tiens, va-t-en tout de suite !

Et je lui tournai le dos.

VIII

A l'occasion du 1ᵉʳ vendémiaire de l'an VII, le 22 septembre 1798, fête qui avait remplacé celle du 1ᵉʳ de l'an, Bonaparte passa l'armée en revue dans un cirque immense qu'il avait fait construire *ad hoc*. Il profita de cette solennité pour distribuer des armes d'honneur. Après s'être placé sur une estrade avec son cortége de généraux, il fit appeler ceux qui étaient désignés pour recevoir les récompenses nationales. Je me présentai à mon tour et je reçus de ses mains un espadon d'honneur.

— Haudoin, me dit-il en souriant, tu m'as recommandé que la lame fût bonne, je l'ai recommandée moi-même.

Comme un enfant pressé de voir son jouet, je la sortis sur-le-champ de son fourreau ; c'était un damas droit à double gorge, pointu comme un damas et coupant comme un rasoir. La coquille dorée garantissait la main, comme celle d'une claymore. C'était une arme excellente.

— Merci, mon général, lui dis-je. Soyez tranquille, j'en ferai bon usage.

La distribution terminée, Bonaparte donna un repas de deux cents couverts aux principaux officiers de l'armée, aux récompensés et aux autorités musulmanes. Puis il y eut courses, illuminations, ascension d'un ballon, spectacle nouveau pour les orientaux, et feu d'artifice. La fête se termina par un bal dans le palais et les jardins du quartier général, à la place d'Esbékieh.

Je retrouvai là M. de Cérignan et sa fille, et je me retrouvai, moi, aux trois quarts amoureux de la belle Olympe ; j'allai l'inviter à danser. Elle en parut surprise et accepta. En valsant, je la serrai peut-être un peu plus que les convenances ne le permettaient. Sa main glacée tremblait dans la mienne comme si je lui eusse fait peur ou inspiré du dégoût. Voulant la faire revenir à de meilleurs sentiments sur mon compte, je lui proposai de faire un tour dans le bal et je lui offris mon bras. Elle accepta avec un empressement qui me prouva que je m'étais trompé.

En traversant les groupes: « Voyez, me dit-elle, tous ces mahométans avec le maintien impassible ; ils sont encore plus scandalisés que surpris de nous voir nous promener bras dessus, bras dessous. Il se passera du temps avant que ces gens-là acceptent notre civilisation. Cette Égypte serait pourtant une magnifique possession. Malheureusement le Français ne sait pas coloniser. Il se démoralise loin de ses foyers, et, au lieu d'imposer ses vertus aux peuples conquis, il ne sait que prendre leurs vices. Y a-t-il rien de plus ridicule, pour ne pas dire immoral, que l'exemple donné dernièrement par le général Menou, qui a pris le turban, se fait appeler Abdallah-Menou, et se permet d'avoir un sérail ? S'imagine-t-il être estimé davantage des infidèles, pour avoir renié le Christ ? Non ! Ils ne croient pas plus à sa sincérité qu'à celle de Bonaparte, qui se prétend l'ami du sultan de Constantinople, ce qui ne l'empêche pas de s'emparer de son pays, d'y introduire les lois françaises et de lever des impôts pour le compte de la république. Tenez ! votre Bonaparte est un sceptique, qui traite par trop cavalièrement les opinions religieuses, et qui méprise tout ce qui n'est pas lui. C'est un homme qui chercho sa voix. Il tâtonne en ce moment, et s'il ne réussit pas à fonder une nouvelle dynastie de Pharaons en Égypte, il abandonnera cette entreprise, retournera en Europe et, après s'être dit plus musulman que le Grand-Turc, il se dira plus catholique que le pape, s'emparera du pouvoir et se fera sacrer à Reims, qui sait?

Sans croire à ses prédictions, j'admirais l'esprit sérieux de cette belle jeune fille. Elle me surprenait et me charmait tout à la fois.

— Savez-vous, lui dis-je, que vous raisonnez comme un homme? Je ne partage pas vos sentiments, mais j'admire votre intelligence. Vous êtes une personne supérieure, et si vous m'avez plu dès l'abord, aujourd'hui j'éprouve pour vous un sentiment plus vif et plus profond.

— Vous ne m'aimez pas, et vous ne pouvez m'aimer, dit-elle d'un air sérieux en s'arrêtant dans l'embrasure d'une fenêtre. Cessez ce jeu cruel!

— Vous êtes la première femme que le mot d'amour effarouche à ce point; il n'y a rien d'offensant dans l'hommage qu'un honnête homme rend à la beauté d'une fille telle que vous.

— Vous ne m'offensez pas, vous me faites souffrir. Taisez-vous, je ne dois pas vous écouter davantage.

— Je ne vous comprends pas.

— Je ne me comprends pas moi-même, dit-elle en passant la main sur son front ; puis me prenant par le bras: Venez me faire valser encore. Elle fit trois pas et s'arrêta. Non! reconduisez-moi à ma place, et laissez-moi, je vous en prie! mon père peut blâmer ma conduite.

Elle était si pâle que je crus qu'elle allait se trouver mal. Je voulus l'emmener dans le jardin, respirer l'air. Elle refusa. Au moment de la quitter, je lui demandai la permission d'aller lui rendre visite.

— Non! dit-elle, nous ne devons pas nous revoir.

— Je vous fais donc horreur?

Elle leva vers moi ses grands yeux, se troubla en rencontrant les miens, et me dit: Non! croyez-le bien! mais je ne suis pas libre!

— Vous êtes mariée?

— Je me suis donnée à Dieu!

Était-elle religieuse? Je voulais le savoir; mais son père vint couper court à toute information. Je l'invitai de nouveau. Elle me donna la trois cent soixante-cinquième contredanse; c'était me renvoyer à Noël ou à la Trinité. Je ne la perdis pas de vue de toute la soirée. Quand elle sortit au bras de son père, je la suivis de loin, afin de savoir où elle demeurait.

C'était dans une des dernières maisons du quartier franc. L'habitation était précédée d'un jardin enclos d'une muraille peu élevée, formant terrasse, avec une tonnelle sur la rue. Il n'était pas difficile d'entrer par là ; mais je ne voulais pas agir aussi brusquement avec elle. Dès le lendemain, sous prétexte de promener un cheval arabe que j'avais acheté tout récemment, j'allai rôder dans la rue, espérant apercevoir mademoiselle de Cérignan à sa fenêtre ou sur sa terrasse.

Je ne l'aperçus pas, j'y revins huit jours de suite. Un dimanche, je vis dans le jardin le petit Louis qui, auprès d'un bassin entouré de fleurs bleues, comme dans la vision de Tomadhyr, jetait des cailloux dans l'eau et s'amusait à faire sombrer toute une flotte en papier.

— Voilà pour l'amiral Nelson ! disait-il, vive le brave Brueys !

— Oui, vive la République ! lui criai-je par-dessus le mur.

L'enfant cessa son jeu, et tourna son visage effaré de mon côté.

— Pourquoi, dit-il, voulez-vous donc me faire peur ? Vous n'avez pourtant pas l'air méchant.

7.

— Ce n'est pas pour t'effrayer, mon petit ami.

— Ah ! je suis votre petit ami, dit-il avec un sourire triste et — venant sur la terrasse — il reprit:

— Vous voudriez bien être celui de ma sœur, n'est-ce pas ?

— Tu as deviné cela tout seul ? Est-elle chez-elle ? Ne pourrais-je lui présenter mes hommages ?

— Elle vous voit bien passer; mais elle ne veut pas vous revoir... Voilà M. de Cérignan ! allez-vous-en !

J'eus peur d'être surpris en faute et je piquai des deux.

Je revins le lendemain et je demandai à être reçu. On me répondit qu'il n'y avait personne à la maison.

Je fus blessé de ce refus, et de retour chez moi, j'écrivis une déclaration à mademoiselle Olympe. Je la lui fis parvenir par Louis, que je revis un matin dans le jardin, mais avec lequel je n'eus pas le temps de causer. Je ne reçus pas de réponse. Je ne me tins pas pour battu. J'espérais avoir mes entrées par son père. J'invitai celui-ci avec ses enfants à un grand dîner que je voulais rendre à mon général. Il refusa. Le dîner n'en tint pas moins. J'envoyai mes invitations d'abord aux généraux Roize et Reynier, à Sabardin, à Dubertet et à sa moi-

tié, à Morin, à quelques notables indigènes, à
Malek et à tous les officiers de mon régiment. Je
passai deux jours à styler mes esclaves qui devaient
servir à table sous les ordres de Guidamour. Tomadhyr et la petite fellahine promettaient seules
de s'en tirer avec intelligence ; les négresses étaient
de véritables brutes.

Le dîner était des plus somptueux pour l'Égypte.
Si mon cuisinier français n'avait pu varier le fond
de la nourriture, il avait, en revanche, voulu se
surpasser par la variété des assaisonnements et
les déguisements qu'il avait fait subir aux victuailles.
Les poissons du Nil furent censés des carpes du
Rhin. Les coqs de bruyères, les poules, pigeons et
canards avaient pris des noms nouveaux. Jusqu'au
mouton, qui fut baptisé chevreuil des pyramides.
Les pâtisseries et les fruits étaient supérieurs à
ceux d'Europe. Les vins, qui venaient de France
et de Grèce, étaient des meilleurs clos. Mon luxe
n'étonna personne ; on pensa que j'avais fait de
bonnes prises sur le champ de bataille. J'avais
convoqué la fanfare de mon régiment, et, entre
chaque service, la salle retentissait de nos airs na-
tionaux : la *Marseillaise*, le *Chant du Départ*, etc.

Au dessert, toutes les langues étaient déliées, et
la *sitty* Pannychis, qui tenait la place de maîtresse

de maison, était le but des hommages de ses voisins Dubertet et Morin.

— Vous devez bien m'en vouloir, me dit Sylvie, qu'en sa qualité de seule femme européenne, j'avais placée à côté de moi.

— De quoi donc, ma belle dame?

— D'avoir manqué au rendez-vous que je vous avais donné sous le grand caroubier, il y a plus d'un mois. Vous m'avez attendue et maudite cent fois, j'en suis sûre! Mais il n'y a pas eu de ma faute. Hector a refusé de me laisser seule et je n'ai pu m'échapper.

L'amour-propre blessé lui suggérait-il ce mensonge?

— Mais cela se retrouvera! ajouta-t-elle; voyez Hector, comme il regarde votre femme!

Il était en effet pâmé devant la belle tête de Pannychis.

— Je ne tiens pas à cette fille, lui dis-je, et si Dubertet la trouve à son gré, je la lui céderai volontiers.

— Merci! je m'oppose à ce qu'il prenne vos mœurs orientales. Vous ne feriez pas une offre semblable s'il s'agissait de votre favorite; mais je ne la vois pas; vous la tenez donc sous clef, celle-là?

— Je ne l'ai plus, dis-je, en affectant une indifférence que j'étais loin d'éprouver.

— Vous l'avez renvoyée?

— Parfaitement.

— Elle ne vous plaisait plus?

— Oui, c'est ça.

— Et c'est la Junon qui l'a remplacée dans votre cœur? Moi, mon cher, j'aurais préféré cette fille aux yeux de feu, qui vous sert avec tant d'attention.

— L'une n'empêche pas l'autre, dis-je en riant.

— Quel pacha vous faites!

Le divertissement le plus en faveur en Orient est celui des danseuses *ghaziyèh*, que l'on appelle plutôt *ghawasies,* du nom de la tribu à laquelle elles appartiennent. On les confond souvent avec les almées, qui sont spécialement chanteuses et improvisatrices. Elles n'ont de commun que d'être appelées dans l'intérieur des harems et des maisons pour y faire montre de leurs talents. Les *ghawasies* ne jouissent pas d'une très-bonne réputation, tandis que les almées sont parfois des filles d'un grand mérite.

Pour que ma petite fête fût aussi complète que possible, j'avais donc fait dire à plusieurs de ces danseuses de venir nous récréer dans la soirée, après le café et les narghilés, car nous avions déjà pris l'habitude de fumer *comme des Turcs.* Elles arrivèrent suivies de musiciens arabes et de quel-

ques indigènes, toujours curieux de ce genre de
spectacle. Les *ghawasies* dansèrent avec assez de
grâce, et comme je les applaudissais devant Tomadhyr :

— Je danse mieux que ces ghawasies, me dit-
elle, veux-tu me permettre de prendre place sur le
dourkah ?

Le *dourkah* est le tapis placé au milieu de la salle
et que la danseuse ne doit pas quitter pendant
qu'elle se livre à ses trépidations.

Tomadhyr s'y élança, et agitant au-dessus de sa
tête de petites cymbales de cuivre, elle se livra sur
place à une danse effrénée, ralentissant ou accélé-
rant avec une audacieuse énergie les mouvements
de ses hanches et de ses reins assouplis à ce genre
d'exercice, suivant les diverses phases du sentiment lascif qui semblait l'animer, jusqu'à ce qu'elle
tombât haletante, épuisée sur le dourkah. Elle obtint les applaudissements des spectateurs et se retira couverte de gloire.

Pannychis s'était placée auprès de Dubertet. Au
milieu du tumulte, je vis celui-ci lui serrer furtive-
ment la main, et elle, lui répondre par un sourire
d'intelligence. D'un autre côté, Malek, dont j'avais
déjà remarqué les œillades de tigre amoureux, à
l'adresse de Sylvie, s'approcha d'elle, et dans son

mélange d'italien, de français et d'arabe, l'invita à briller aussi sur le dourkah, ce qui la fit beaucoup rire, mais lui suggéra l'idée de danser. Elle me pria de faire jouer quelques valses, et, sur mon ordre, la musique arabe dut céder la place à la fanfare du 3° dragons. Les danseuses européennes manquant, mes officiers s'emparèrent des ghawasies, de mes odalisques, de mes négresses, et, bon gré mal gré, les firent sauter. Je n'ai jamais rien vu de plus comique, cela ressemblait à une mêlée, où circulaient les bols de punch, les sorbets, les sucreries et les petits verres d'*aragui*, sorte d'anisette que les musulmanes avalaient sans sourciller. Cette petite fête dura jusqu'à cinq heures du matin.

Le lendemain, ne voyant pas paraître Pannychis à l'heure du dîner, je demandai à Tomadhyr si c'était jour de jeûne ou si elle était malade.

Elle a quitté la danse hier avec ton ami, celui qui demeure de l'autre côté du jardin.

— Qui ? Dubertet ?

— Oui, *Toubertié* (c'est ainsi qu'elle prononçait son nom), et elle n'est pas rentrée.

— Et elle a bien fait, si cela lui a plu ; mais si elle revient, tu lui diras de ma part qu'elle y retourne. Je ne veux plus d'elle chez moi.

— Oh ! je le lui dirai bien, sois tranquille ! Elle

n'avait pas le droit de te quitter ainsi. Elle aurait dû,
au moins, demander à divorcer.

— A quoi bon? je ne l'ai pas épousée plus que
toi.

— Tu ne tiens donc pas à tes femmes, que tu te
montres si indifférent à leur départ?

— Je ne tiens pas aux gens qui ne tiennent pas à
moi.

— En ce cas, si je te demandais de me permettre
de revoir mon pays, ne fût-ce que l'espace d'une
lune, tu croirais que je n'ai pas d'affection pour toi?

Je croirais que tu veux t'en aller.

Elle me regarda tristement et dit en soupirant:
Le soleil du Saïs est si chaud! Ici, j'ai froid! Je me
sens malade et j'ai peur de mourir.

— Je ne voulais pas lui rendre sa liberté, et je fis
la sourde oreille. Pour changer le cours de ses idées,
je lui dis:

— Maintenant que Mériem et Pannychis sont
parties, prends leur place dans le harem. Je te
donne toutes les odalisques et je te fais khanoune.

— Ma vie est à toi! dit-elle avec un soupir, et si
tu veux la conserver, envoie-moi me réchauffer au
soleil du désert. Je jure, par l'affection que je te
porte, de revenir dès que je serai en bonne santé.

J'hésitai quelques jours. Sans être épris d'elle,

j'éprouvais une sorte d'affection basée sur l'estime d'un caractère de femme supérieur aux autres.

Mais elle tomba tout à fait malade et ne parla plus que de son pays. Effrayé de sa nostalgie, je pourvus à ses besoins, et quand je l'embarquai pour la Haute-Égypte, l'espérance, le bonheur de revoir le désert l'avait déjà à moitié guérie.

De huit femmes qui peuplaient ma maison, quelques jours auparavant, il ne me restait plus que les deux négresses et la petite fellahine. Encore pouvaient-elles vouloir décamper d'un jour à l'autre. Je leur demandai quelles étaient leurs intentions. Les négresses, qui n'avaient aucune volonté pour leur propre compte, ne comprirent même pas ce que je voulais leur dire. La liberté pour elles, c'était la honte et la misère. Quant à la petite fellahine, elle me répondit avec une emphase comique :

— Je ne veux pas retourner avec ma mère pour ne manger que de la pastèque, et recevoir des coups de bâton. Tu m'as achetée trois fois plus cher que je ne valais, je suis à toi. Garde-moi, je t'en prie ; je te servirai de mon mieux, je le jure par Chamâ!

— Quel est ce saint-là?

— La grande idole de Medinet-Abou.

Elle jurait par l'une des statues de Memnon à

Thèbes, comme dans l'antiquité, on prenait à témoin de ses serments les roches de l'île de Philée. Cette fille avait-elle conservé quelque tradition de l'ancienne religion égyptienne?

Je la questionnai à ce sujet. Ses croyances étaient un mélange d'idolâtrie et de paganisme entés sur l'islamisme.

Je restai donc avec mes trois esclaves, et la maison n'en marcha pas plus mal, au contraire; les négresses étaient soumises comme des animaux domestiques, et Zabetta se montrait alerte et adroite dans ses fonctions de servante par intérim.

IX

Quelques jours après, je vis entrer chez moi Dubertet, la figure bouleversée.

— Mon cher, dit-il, j'ai fait une sottise et j'ai agi
comme un enfant. J'ai d'abord des excuses à te
faire pour t'avoir enlevé Pannychis, et je suis prêt
à te rembourser le prix qu'elle t'a coûté.

— Si cette fille te plaît, lui répondis-je, je t'en
fais cadeau et je te pardonne; tu étais ivre l'autre
jour.

— C'est la vérité : Sylvie aurait dû le comprendre et se montrer plus indulgente, au lieu de me
planter là.

— Vous êtes brouillés?

— A mort! Elle a surpris cette fille chez moi, et elle est partie sans me dire un mot, sans même emporter ses chiffons.

— Elle a peut-être été se jeter dans le Nil? La jalousie, la colère et l'amour-propre blessé sont de mauvais conseillers.

— Oh! elle ne se tuera pas, dit-il avec calme, je la connais! Du reste, ça ne battait plus que d'une aile chez nous, depuis notre départ de Civita-Vecchia, et ce qui est arrivé hier serait arrivé dans huit jours. En attendant, je me trouve très-embarrassé sans une maîtresse de maison. Pannychis a pourtant la prétention de l'être au suprême degré; mais elle ne sait ni recevoir, ni causer. Elle comprend seulement quelques mots de français.

— Donne-lui des maîtres, façonne-la à ton idée; elle est assez belle pour te faire honneur, et elle te donnera de beaux enfants.

— Oui, tu as raison, j'ai été assez longtemps l'esclave avec Sylvie, il est temps que je sois le maître chez moi. Voyons, dis-moi ce qu'elle t'a coûté.

Comme il me répugnait de revendre cette grosse personne qui avait mangé si souvent à ma table, je ne voulus point recevoir d'argent. Hector se fâcha presque, il me dit qu'il en était sérieusement amoureux et qu'il la voulait toute à lui. Je fus obligé de lui dire le prix que je l'avais payée : mille francs.

— C'est moins cher que Sylvie, dit-il, les voici.

— Veux-tu un reçu, un contrat de vente ?

— Tu plaisantes !

— Cependant, pour le montrer à ta future épouse quand elle voudra empiéter sur tes droits?

— Tu te moques de moi?

— Je l'avoue.

— Eh bien, ça m'est égal !

Nous nous quittâmes bons amis.

En traversant la cour, je vis la petite fellahine occupée à faire reluire mes bottes ; l'or de Dubertet me brûlait les doigts.

— Tiens, lui dis-je, je te fais cadeau de cette bourse ; achète-toi de belles robes et des parures.

— Tu me donnes tout ça ? s'écria-t-elle en lâchant mes bottes et en sautant sur les sequins.

— Oui.

— Oh ! je m'en vais acheter un *borghot* blanc et un *habbarah* de taffetas noir ! et des bottes jaunes ! Quand j'irai aux bains, on me prendra pour une cadine : et puis j'achèterai un corsage d'or et un tarbouch brodé !...

Je la laissai à sa joie d'enfant.

Le lendemain, je la trouvai dans une toilette fort

riche, sinon du meilleur goût. N'ayant pu dépenser qu'une faible partie de son trésor, elle avait imaginé de percer tout ce qui lui restait de sequins et d'en faire un quintuple rang de colliers, qui lui couvrait la poitrine comme une cuirasse d'or. C'est ainsi qu'elle cirait mes bottes tous les matins.

Quelques jours après, j'avais été au vieux Caire pour jouir, au soleil couchant, de la vue grandiose du dé? ordement du Nil, et je me promenais seul le long de la berge, quand, à la petite fenêtre d'un palais arabe, de l'autre côté du mur d'un jardin, je vis agiter un mouchoir. Était-ce à moi que ce signal s'adressait ? Je m'arrêtai, le mouchoir disparut, et une femme voilée montra sa tête. Elle était trop loin pour entendre ma voix. Par signes, je lui demandai si c'était à moi qu'elle en voulait. Comme la fenêtre était trop étroite pour lui permettre d'y passer la tête en même temps que le bras, elle se retira et agita de nouveau son mouchoir. Je recommençai à télégraphier pour lui demander par où je devais passer. Elle me fit signe de prendre à droite, et je m'engageai dans une ruelle.

Par une porte entre-bâillée, j'entendis une voix me crier en arabe : Par ici !

J'entrai, la porte se referma derrière moi, et je me trouvai dans un jardin, en face de Mériem.

J'avais oublié ma colère contre elle et je lui demandai ce que signifiaient ses signaux.

— Suis-moi, dit-elle, et tu le sauras.

— C'est inutile, repris-je en riant, je ne veux pas d'aventure galante avec une fille sainte ; n'es-tu pas religieuse ?

— J'ai renoncé au couvent di. elle en baissant les yeux, et d'ailleurs il ne s'agit pas de moi en ce moment, mais de la plus belle des sultanes.

Une idée folle, l'espoir de retrouver Djémilé, m'avait fait accepter l'aventure. Sans me vanter de ma ridicule espérance, je voulus en avoir le cœur net, et je suivis Mériem.

La nuit venait et l'intérieur de la maison était déjà plongé dans l'obscurité. L'ex-nonne me poussa dans une pièce mal éclairée, me dit que sa maîtresse était là et se retira après avoir laissé retomber derrière moi le tapis qui servait de porte. A la lueur d'une lampe brûlant dans un globe de verre bleuâtre, je distinguai, sur un sofa, la dame assise à l'orientale, enveloppée de draperies blanches et voilée jusqu'aux yeux : ce n'était pas ceux de Djémilé.

Elle me fit signe de m'asseoir à ses pieds. Je lui obéis et lui adressai quelques compliments auxquels elle ne répondit que par monosyllabes

inintelligibles, d'une voix gutturale qui semblait
une affectation. Je regardai sa main qu'elle avait
blanche et potelée, et je vis tout de suite que ce
n'était ni celle d'une juive, ni celle d'une cophte,
mais bien celle de mademoiselle Sylvie Guidamour.
Je me gardai bien de lui dire que je la reconnais-
sais. Je voulais voir jusqu'où irait la comédie.
Je lui parlai arabe si longtemps et si froidement
qu'elle s'impatienta et ôta son voile, en me disant
qu'elle ne m'avait pas appelé pour m'entendre ré-
citer le Koran.

— Quoi! fis-je en jouant l'étonnement, c'est
vous, Sylvie! Je suis heureux de vous avoir
enfin retrouvée : je vous cherche depuis huit
jours.

— Bah! vous me cherchez! Pour vous moquer
encore de moi?

— Non, vous êtes partie avec une telle précipi-
tation de chez Dubertet, que vous n'avez rien emporté, pas même vos bijoux.

— Je les ai envoyé chercher depuis.

— Ah, très-bien! Mais vous pouvez avoir besoin
d'argent...

— Certainement que j'en ai besoin! tout est hors
de prix, et ces chiens de Turcs nous exploitent
tant qu'ils peuvent. Si j'avais seulement une dou-

zaine de mille francs, je me tirerais d'affaire.

— Ça se trouve bien, j'ai justement un ami qui veut placer douze mille francs.

— A fonds perdus? dit-elle en riant.

— Parbleu !

— Et cet ami, c'est vous ?

— Non, c'est Jean Guidamour.

— Qu'est-ce que c'est que ça?

— Un brave et digne militaire qui se dit votre cousin.

— Il est officier?

— Non, c'est mon brosseur.

— Connais pas.

— Alors, je lui dirai de ne rien vous offrir, vous n'accepteriez pas.

— Voyons, ne plaisantez pas. Dites-moi que vous viendrez à mon secours.

— Dites-moi d'abord ce que vous faites ici sous ces vêtements d'odalisque : avez-vous épousé un musulman?

— Mon cher, c'est toute une histoire. Il faut que je vous raconte ça. J'aurais dû rester chez Dubertet et mettre l'odalisque à la porte ; mais j'avais la tête montée, et je suis partie pour aller droit chez vous; et puis j'ai pensé que vous ou vos trente-six esclaves ne me recevriez pas, et, de colère contre

8

Dubertet, de dépit contre vous, j'ai été comme une sotte pour me flanquer à l'eau.

— Mais vous ne l'avez pas fait?...

— Mais si, je l'ai fait ! Heureusement que c'était dans le petit bras du Nil, en face l'île du Lazardt. Quand je me suis sentie de l'eau jusqu'au creux de l'estomac, j'ai crié. Il était plus de minuit, et à cette heure il ne passe guère que des chats; alors j'ai crié plus fort. Je voulais être sauvée par quelqu'un et faire un esclandre qui aurait compromis Dubertet. Enfin, un homme est venu qui m'a tirée de là. Vous ne devineriez jamais qui ?

— Le général Bonaparte, peut-être ?

— Non, Malek, le beau mameluk!

— Ah ! ah ! et qu'a-t-il fait de vous?

— J'étais évanouie....

— Ce qui ne vous empêchait pas de crier.

— Vous riez toujours ! vous n'êtes donc pas un homme sérieux?

— Si fait ! je comprends qu'il vous a emportée.

— Et déposée ici.

— Cette maison est donc à lui ?

— Non, elle appartient à votre ancienne odalisque, Mériem, la chrétienne, qui l'a achetée avec ses économies et avec l'argent que lui avait donné

Mourad-bey pour livrer votre belle mameluke. Vous ne vous étiez pas vanté de sa fuite !

— Mais comment Malek, qui méprisait cette Mériem, vous a-t-il amenée chez elle ?

— Il ne la méprise pas tant que ça, bien qu'il prétende être amoureux de moi. Ces musulmans sont si rusés ! moi, je ne les estime pas. Ce Malek est beau comme l'Apollon du Belvédère, mais il n'est ni gai ni spirituel, avec son baragouin arabico-français. Et puis il m'enferme comme un jaloux, sans en avoir le droit. Il s'entend avec la Mériem, et je commence à avoir assez de leur compagnie. Tirez-moi de leurs griffes, colonel, ou je ne réponds pas de moi.

— Vous mériteriez de rester là, pour avoir été prendre un bain dans le Nil et avoir fait des coquetteries à un Arabe : mais je parlerai à Malek dès demain et je lui signifierai de vous laisser libre et tranquille.

— C'est convenu, vous êtes gentil comme tout ! Voulez-vous me faire la grâce de rester souper ?

Je la remerciai, prétextant un travail pressé, et je la quittai.

Le lendemain, je lui fis porter par Guidamour la somme qu'elle désirait. Comme elle reçut son cousin la figure voilée, il ne la reconnut pas.

Je n'eus pas besoin de mander Malek. Il vint de lui-même. Mériem n'avait pas manqué de lui apprendre que j'avais vu sa belle et que je lui avais envoyé de l'argent. Ce fut assez pour rendre le mameluk furieux de jalousie.

Il prit un air sombre et c'est lui qui me soumit à une espèce d'interrogatoire. Je n'avais rien à me reprocher. Je lui appris toute la vérité.

— Je te crois, dit-il, mais que la Française me trompe de fait ou d'intention, c'est la même chose pour moi. Je la punirai comme elle le mérite.

— Garde-toi bien de toucher à un cheveu de sa tête : c'est une femme libre et non une esclave. Estime-toi heureux et content si elle a daigné jeter les yeux sur toi. Tu n'as pas le droit de la retenir prisonnière et je t'avertis que la contrainte irrite les Européennes et ne les soumet pas.

— Je la soumettrai en la tuant!

— Tu ne la tueras point et tu vas la laisser partir.

— Oui, dit-il avec un sourire amer, je la laisserai partir, mais après lui avoir coupé les pieds.

— Malek! tu me forces de prendre la défense de cette femme dont, pour mon compte, je ne me soucie en aucune façon : mais j'ai des devoirs de compatriote à remplir et je les remplirai. Tu vas te rendre à la citadelle afin d'y prendre le temps de réfléchir, et cela dans ton intérêt; car la moindre tentative sur la personne d'une Française entraînerait ta mort.

— Si je n'avais à accomplir une vengeance plus sérieuse en tuant Mourad, je n'accepterais aucune condition. Que la Française fasse ce qu'elle voudra, tu peux le lui apprendre !

— Je n'ai rien à lui dire : je ne la vois pas ; c'est à toi d'être doux avec elle, si tu veux la garder.

— Les femmes de votre pays sont donc vos maîtres ?

— En amour, oui, certainement.

Quand il fut sorti, comme je ne me fiais qu'à demi à sa promesse, j'allai trouver le général, afin qu'il l'expédiât avec ses mameluks à Desaix. Il pouvait lui être utile pour s'emparer de Mourad.

Trois jours après, Malek recevait l'ordre de partir pour Beny-Soueyf, où était la division Desaix.

Le lendemain du départ de Malek, le 22 octobre, je rôdais à cheval avec Guidamour autour de la maison de mademoiselle de Cérignan, espérant lui fournir l'occasion de revenir de ses rigueurs, quand, grâce à ma connaissance de la langue du pays, j'entendis que les groupes auprès desquels

8.

nous passions nous qualifiaient gracieusement de
fils de truie. Je méprisai l'injure, mais elle me
donna à réfléchir sur les protestations d'amitié
dont les musulmans nous accablaient.

A quelques pas de là, la voix du muezzin cria
dans les airs, du haut d'une mosquée voisine,
une prière qui me parut apocryphe. Je m'arrêtai
pour écouter, et je saisis clairement les paroles
suivantes :

« L'heure est venue d'écraser les impurs chrétiens. Le peuple français (Dieu veuille détruire
son pays de fond en comble et couvrir d'igno-
minie ses drapeaux) est une nation de scélérats
sans frein.

» O vous, défenseurs de la foi, ô vous adorateurs d'un seul Dieu, qui croyez à la mission de
Mahomet, réunissez-vous et marchez au combat
sous la protection du Très-Haut.

» Comme la poussière que le vent disperse, il
ne restera bientôt plus aucun vestige de ces infidèles. Debout ! debout ! armez-vous, frappez, et
que les méchants périssent ! »

Une immense clameur, suivie de coups de feu
et de cris de détresse, répondit à cette proclamation
de révolte. Un flot de peuple en armes se rua de
notre côté, des balles sifflèrent à nos oreilles. Mon

cheval s'abattit. Je mis l'épée au poing en criant à
Guidamour : « Je me réfugie chez M. de Cérignan,
amène-moi un escadron et file vite. » Il partit ventre-
à-terre. Je courus à la maison d'Olympe. Une autre
bande d'insurgés débouchait par le haut de la rue.
La porte était fermée. Je grimpai sur le mur. Plusieurs balles passèrent sur ma tête. Je me jetai
dans le jardin. M. de Cérignan, suivi de deux
domestiques armés de carabines, s'élança à ma
rencontre.

— Ne tirez pas! lui dis-je, gardez votre poudre,
vous en aurez besoin tout à l'heure.

— Ah! çà, me dit-il, ce n'est donc pas à vous
seul qu'en veut cette canaille?

— C'est à tous les Français, monsieur, il s'agit
de se défendre.

— Oui, oui, barricadons-nous!

Quand ses gens eurent placé deux gros madriers
en travers de la porte de la maison, nous nous
préparâmes à en soutenir le siége, en attendant
l'arrivée de mes dragons.

Mademoiselle Olympe, en négligé du matin, et
les cheveux dénoués, accourut en tenant le petit
Louis par la main. Elle se troubla en me voyant
et me demanda si j'étais la cause de ce tumulte.

— C'est une révolution, lui dit son père avec sa légèreté habituelle, même au milieu du danger ; c'est pire qu'à Paris, car ici on ne guillotine pas, on empale. Ces gens-là font tout à l'envers !

— Monsieur de Coulanges, s'écria Olympe en joignant les mains, protégez-nous ! Mais avant tout, sauvez cet enfant.

La porte de la rue céda sous les efforts des assaillants et le jardin fut envahi.

M. de Cérignan me donna un fusil de chasse fleurdelysé, des balles, et je me postai à un des deux croisillons qui donnaient au-dessus de l'entrée, tandis qu'il courait à l'autre.

Les révoltés dirigèrent leurs efforts sur la porte de la maison et l'attaquèrent à coups de hache ; je voulus parlementer, je reçus une volée de coups de fusil. Alors, je ripostai à coups de carabine. Nous étions quatre contre cinq ou six cents. Nous tirions sans relâche. L'odeur de la poudre avait tellement enivré le vieux Cérignan qu'il parlait de faire une sortie.

A chaque coup de hache qui résonnait dans la porte comme un coup de canon, j'entendais mademoiselle de Cérignan invoquer le ciel, non pour elle mais pour Louis. Malgré ma préoccupation, je fus frappé de l'espèce de culte qu'elle lui rendait. Pour-

tant nos munitions s'épuisaient et mes dragon
n'arrivaient pas. Étaient-ils, de leur côté, aux prises avec l'ennemi ?

— Il n'y a plus de poudre ! cria M. de Cérignan ;
jetons-leur les meubles sur la tête.

Mais les croisillons et l'escalier étaient trop étroits
pour livrer passage au moindre coffre.

La porte cédait.

— Vite, vite ! criai-je, empilons les meubles
dans le couloir ; une barricade !

On s'empressa d'apporter tout ce qui tomba sous
la main. Olympe, surmontant sa frayeur, nous aida
bravement.

Louis s'était réfugié en haut de l'escalier et, d'un
air hébété par la peur, il nous regardait travailler.

Pour résister à une troupe de forcenés, il eût
fallu autre choses que des malles et des coussins.
Tout notre échafaudage fut vite renversé. Le vieux
royaliste était vraiment brave, mais inexpérimenté
en pareille matière. Il s'élança sans précaution sur
le premier qui se présenta et tomba, la tête fendue
d'un coup de hache. Un des domestiques fut écrasé
sous les pieds, l'autre s'enfuit. Je m'emparai de
mademoiselle de Cérignan ; elle s'accrochait à moi
avec désespoir. Je lui fis vivement grimper l'esca-

lier du premier étage, je ramassai Louis qui ne bougeait pas et je continuai à monter.

Aucune chambre, selon la coutume orientale, ne
fermait autrement que par des portières.

— Montrez-moi le chemin de la terrasse, dis-je
à Olympe, de là nous pourrons peut-être gagner
quelque maison voisine.

Dès que nous fûmes sur le toit, je rabattis la
trappe derrière nous. Des balles de coton se trouvaient là. A quoi étaient-elles destinées? C'est ce
dont je n'avais pas le temps de m'inquiéter. Je les
amoncelai sur la trappe à l'aide de ma compagne
qui commençait à reprendre courage.

Il n'y avait pas moyen de gagner la maison voisine, elle était à une distance de quinze pieds. Du
reste à l'abri des balles derrière le mur d'appui qui
tenait lieu de balustrade, nous pouvions encore braver la fureur des révoltés.

Ils pillèrent la maison, cassèrent ce qu'ils ne pouvaient emporter, et plantèrent à la porte du jardin
la tête du vieux Cérignan et celle de son domestique.

A la vue de ce hideux spectacle, Olympe tomba
comme foudroyée. Soit que Louis ne comprît pas,
soit qu'il fût peu sensible, il montra peu d'émotion.

Le tambour battait dans les rues du Caire, les

feux de mousqueterie crépitaient, le canon tonnait. Un nuage de fumée s'élevait de la ville.

Après avoir attendu là une grande heure, je vis enfin étinceler au soleil les casques de mes dragons. La cause de leur retard venait de ce que les habitants de Boulaq avaient également tenté de se révolter et qu'il avait fallu les maintenir.

Un instant après, un escadron pénétrait dans la ruelle, en chassant devant lui la populace en désordre.

Je criai au commandant de venir nous délivrer. Les dragons furent bientôt dans le jardin et massacrèrent tous ceux qui leur tombèrent sous la main.

Nous dûmes marcher sur les cadavres et dans le sang pour gagner la rue.

Avec la nuit, le combat avait cessé. Les musulmans croiraient commettre un péché en se battant ou en traitant une affaire quelconque après le coucher du soleil.

Un régiment de grenadiers vint prendre position et bivaquer dans l'enclos même. Mademoiselle de Cérignan et Louis ne pouvaient rester là. Je les emmenai. Quand nous arrivâmes à Boulaq, un officier d'ordonnance vint m'avertir de me tenir prêt à marcher au premier signal.

Olympe était tellement brisée de douleur et de

fatigue, que je la portai dans le divan sans qu'elle s'en aperçût. Elle faisait peine à voir.

Je la laissai aux soins de Daoura et de la petite follahine.

X

En traversant la cour, je vis Louis accoudé sur le bassin du marbre et regardant les poissons rouges, sans donner aucune marque de regret pour son père ou d'inquiétude pour sa sœur.

Je lui reprochai son insensibilité devant le malheur qui venait de le frapper dans la personne de M. de Cérignan.

— Il n'était pas mon père, dit-il.

— Mademoiselle de Cérignan n'est-elle pas ta sœur ?

— Non ! je suis orphelin. Mon père et ma mère ont été guillotinés ; et, sans des amis que je ne connais pas, on m'aurait bien laissé mourir au Temple.

9

— Qu'est-ce que tu chantes-là ?

— Je ne chante pas, dit-il en me regardant d'un air doux, et un jour, quand je serai roi, je me rappellerai que sans vous les Arabes m'auraient coupé la tête comme à mon pauvre menin !

Le Temple, le roi, sa gouvernante, son menin... qu'est-ce qu'il voulait dire? ce pauvre enfant avait-il perdu la raison au milieu d'émotions trop fortes pour son âge ?

— Il faut, lui dis-je, te coucher, dormir, oublier tout ça.

— Oui, oui, oublier... il faut oublier, dit-il d'un air singulier; mais en attendant j'ai bien faim !

— En ce cas, viens souper.

Je lui donnai ce que je trouvai. Moi-même, à jeun depuis le matin, je soupai quatre à quatre, car j'attendais à chaque instant l'ordre de monter à cheval. J'étais seul avec l'enfant. Il ne donnait aucun signe de démence et mangeait de fort bel appétit.

— Comment t'appelles-tu? lui dis-je.

— Je te le dirai si tu me promets le secret vis-à-vis de tout le monde.

— Même vis-à-vis de ta sœur ?

— Oh ! ma gouvernante le connaît bien, mon nom ! Cela m'étonne qu'elle ne te l'ait pas confié.

— Pourquoi ?

— Parce que tu es son bon ami.

— Cela n'est pas, mon petit garçon. Mais qui es-tu ? parle. Je ne le dirai à personne.

— Je suis le Dauphin.

— Quel Dauphin ?

— Le Dauphin de France, donc !

— Tu prétends être le fils de Louis XVI et de Marie-Antoinette ?

— Oui.

— Pour le coup tu me la bailles belle ! Si tu n'es pas fou, tu es un imposteur ou un mauvais plaisant. Louis Capet est mort au Temple, il y a trois ans.

— C'est celui qui a pris ma place qui est mort. Moi, je me porte bien. Veux-tu boire à ma santé ? ajouta-t-il en approchant son verre du mien avec un charmant sourire.

— A la santé du petit Louis, de tout mon cœur ! mais pas à celle du roi Louis XVII.

— Soit ! dit-il en trinquant, je ne demande pas à être roi. On vous met en prison, on vous tue... Ne dis à personne qui je suis !

Je regardais cet enfant et je lui trouvais en effet une frappante ressemblance avec les portraits de Marie-Antoinette. Son âge était celui qu'aurait eu

le Dauphin. Il ne m'était pas prouvé que celui-ci
fût mort, car j'avais souvent ouï dire que le petit
prisonnier mort au Temple n'était pas Louis de
France. Le docteur Desault, chargé de constater
son identité, l'avait parfaitement dit : il l'avait
même dit trop haut, car on prétendait que sa propre mort était le résultat du poison. On ne voulait
pas qu'il divulguât un secret d'État, qui, un jour ou
l'autre, pouvait rallumer la guerre civile. Un mys-
tère planait sur cette fin du savant, si rapprochée
de celle non moins mystérieuse du prince, et si, en
France, on n'y songeait déjà plus, en Égypte, nos
esprits inclinés au merveilleux se reportaient aux
légendes de la Terreur et ne rejetaient pas l'hypo-
thèse de mainte aventure plus ou moins admis-
sible.

En écoutant les révélations de Louis, je songeais
aux soins que ses prétendus parents prenaient pour
qu'il ne parlât à personne. Je l'examinai avec curiosité. Peut-être que sa folie me gagnait.

— Voyons, mon prince, lui dis-je en abondant
dans son sens, pourquoi me faites-vous l'honneur
de me confier un secret qui peut me faire fusiller
un jour ou l'autre? car vous êtes fort compromet-
tant, et bien des gens ont intérêt à se débarrasser
de vous et de vos confidents.

— Je me fie à toi, dit-il, d'abord parce que tu m'as sauvé la vie, et puis... je ne sais pas, tu me plais, et j'ai besoin de parler, de me confier à un ami ; tu feras enrager ma gouvernante en lui disant que tu connais son secret.

— Vous n'avez pas l'air de l'aimer beaucoup ?

— Oh ! elle m'ennuie tant avec sa dévotion.

— Est-ce une religieuse défroquée, comme elle me l'a dit ?

— Elle t'a dit ça pour se moquer de toi.

— Est-ce qu'elle était au Temple avec vous ?

— Oh non ! quand je suis sorti de dessous les paquets de linge de la citoyenne Simon, où on m'avait caché, pour monter en chaise de poste, je l'ai trouvée là avec son père.

J'allais lui demander des détails sur son évasion du Temple quand les trompettes sonnèrent le boute-selle. Je lui montrai sa chambre et je le quittai.

Les nouvelles du grand Caire étaient désastreuses. Les insurgés, auxquels s'étaient joints des bandes d'Arabes du désert et des mameluks, étaient maîtres de la ville. Le général Dupuy, commandant la place, Shulkowsky, aide de camp de Bonaparte, deux officiers appartenant à la commission des arts, avaient été tués. La plupart des maisons habi-

tées par les chrétiens avaient eu le sort de celle
des Cérignan.

C'en était fait de tous les Français, si Bonaparte
n'eût dompté la révolte, qui avait pris des propor-
tions formidables. Pendant la nuit, il couvrit de
canons et de mortiers les hauteurs du Mokattam.
A la pointe du jour, il lance ses colonnes d'infanterie sur la ville. Les murailles sont franchies, les
insurgés combattent avec énergie. Mais rien ne résiste à l'attaque furieuse des Français. Pourchas-
sés de rue en rue, de maison en maison, les révoltés courent se retrancher dans la grande mosquée d'El-Azhar. Bonaparte eut pitié d'eux, et,
comme je me tenais prêt à charger :

— Colonel ! me cria-t-il, vous qui parlez l'arabe,
allez, de ma part, offrir le pardon à ces malheureux.

Je me détachai en parlementaire avec un trom-
pette. Un mameluk, accompagné d'une dizaine
d'insurgés, s'avança au-devant de moi ; c'était Souleyman. Ma première pensée fut de lui demander
ce qu'il avait fait de Djémilé.

— Elle est sous la tente de son père, dit-il, et
elle sera ma femme quand j'aurai remis à Mourad
la tête de celui qui a enlevé sa fille.

— Chien maudit, lui répondis-je, la tienne ne

tient qu'à un fil, et ce fil, c'est moi qui le tranche-
rai. Si tu as tant soit peu de courage, tu viendras te
mesurer avec moi après que les tiens se seront sou-
mis au général.

— Je refuse le combat, et les miens ne veulent
pas se soumettre.

Je m'adressai aux autres en leur disant que le
général en chef leur offrait le pardon.

— Nous n'en voulons pas, dit l'un d'eux avec
emphase. Les troupes aussi redoutables que nombreuses du chef des croyants s'avancent par terre,
en même temps que ses navires, hauts comme des
montagnes, touchent déjà les rivages de l'Égypte.
Vous n'avez plus de flotte, vous ne pouvez fuir,
et nos sabres sont tranchants, nos flèches aiguës,
nos lances perçantes. Ce pays sera votre tombeau !

— Est-ce toute la réponse que je dois reporter
au général ?

— C'est toute la réponse ! dirent en chœur les
musulmans.

J'allai reporter ces paroles à Bonaparte. Il fronça
le sourcil, pinça les lèvres, et commanda qu'on fît
jouer l'artillerie.

Les canons vomissent la mitraille, les obus pleu-
vent, les maisons croulent, et, comme s'il eût voulu

se mettre de la partie, le ciel, ordinairement si pur, s'obscurcit, le tonnerre gronde, la foudre éclate et répond au fracas de l'artillerie. Les révoltés, saisis de terreur, croient que les éléments se déclarent en faveur du sultan El-Kebir (le sultan du feu), c'est ainsi que les Musulmans appelaient Bonaparte. Ils le supplient maintenant de faire grâce : « L'heure de la clémence est passée, répond Bonaparte ; vous avez commencé, c'est à moi de finir. »

Le canon foudroie la mosquée, les portes sont enfoncées à coups de hache, et cavaliers, fantassins, généraux, soldats s'y précipitent pêle-mêle. Tous frappent sans trêve ni merci. Au milieu du carnage, je cherchai Souleyman pour le tuer; mais il avait péri ou pris la fuite. Le massacre de la grande mosquée décida du sort de la journée. Dans le quartier de Hussein, pourtant, les Caïrotes soutinrent encore notre feu jusqu'au milieu de la nuit.

Le lendemain on compta quatre mille morts parmi les révoltés et environ trois chefs dans l'armée.

En rentrant, je trouvai Morin et mademoiselle Sylvie qui étaient venus chercher un refuge chez moi. Je dis à Morin de regarder ma maison comme sienne et de choisir la chambre qui lui plairait.

— Eh bien, et moi ? dit Sylvie ; m'enverrez-vous
dormir dans la rue, blessée comme je le suis ?

— Blessée ?

— Oui, voyez comme votre Malek m'a arran-
gée.

Elle ouvrit ses voiles, car elle était encore vêtue
en odalisque, et nous montra, sans vaine pudeur,
sa poitrine sillonnée d'une égratignure peu pro-
fonde.

— Où en serais-je, s'écria-t-elle, si j'avais manqué de présence d'esprit ! Il m'eût poignardée, ce
tigre ! mais je me suis esquivée à temps, et c'est
bien à temps aussi que la révolte est venue me délivrer de lui. Je la bénis, moi, la révolte !

Je m'abstins de lui répondre qu'elle nous coû-
tait un sang plus précieux que le sien, mais j'hésitai à lui accorder l'hospitalité.

— Pour le coup, reprit-elle, je ne vous reconnais
plus. Vous, le plus généreux, le plus aimable colonel de l'armée, le plus riche en même temps que
le plus beau...

Je savais que ma richesse m'embellissait beaucoup, et Sylvie prit mon sourire d'ironie pour un
témoignage de gratitude.

— Je reste ! s'écria-t-elle.

— Non, repris-je, vous reviendrez plus tard, si

9

vous voulez ; mais il y a ici une personne que vous n'appréciez pas autant qu'elle le mérite, et à qui j'ai dû offrir un asile avant que vous me fissiez l'honneur de me demander le même service.

— Mademoiselle de Cérignan ? Je ne lui en veux pas, moi ! Elle n'est pas coquette, elle ne se soucie pas de vous, elle ne sera pas jalouse de moi.

En ce moment, Louis entrait en sautillant. Je le pris à part pour lui demander des nouvelles d'Olympe.

— Elle va mieux, dit-il, et elle veut s'en aller. Fais-la donc rester. Nous n'avons plus de maison, pas d'argent, et je me plais bien ici. Ta petite esclave est si drôle, avec tous ses colliers ! Elle ressemble à la châsse de Sainte-Geneviève, et je ris, rien qu'à la regarder. Et puis, madame Sylvie est bien aimable, elle m'a bourré de confitures. Et le peintre Morin sait un tas de drôleries. Je m'amuserai bien mieux avec vous tous qu'avec ma gouvernante toute seule.

— Va la prier de me recevoir, et je lui ferai part de tes désirs.

Olympe était encore très-pâle, mais moins abattue.

Je commençai par lui dire que sa maison ayant été effondrée par les boulets, ce qui était la vérité,

et la ville n'étant pas encore bien apaisée, il y aurait imprudence de sa part à vouloir chercher une
autre demeure que la mienne.

— Vous n'y songez pas, colonel ! Je ne suis ni
votre sœur, ni votre parente pour braver les commentaires que l'on ferait sur notre intimité, et,
d'ailleurs, cela pourrait paraître étrange à mademoiselle Sylvie qui va être, m'a-t-elle dit, la maîtresse de la maison.

— Elle en a menti ! Je vais lui signifier de s'en
aller sur-le-champ, si vous le désirez.

— A quoi bon ? De toutes façons je ne dois
pas rester ici, quand ce ne serait que pour mon
frère.

— Êtes-vous bien sûre que Louis soit votre
frère ?

— Parfaitement sûre.

— Vous l'avez vu naître ?

— Voyons ! Est-ce que vous persistez à le croire
mon fils ?

— Non, certes, oubliez ma sottise.

— Le service que vous m'avez rendu en secou-
rant mon pauvre père et en sauvant cet enfant,
efface le souvenir de votre injure.

— Eh bien, écoutez, ma chère demoiselle ; puisque j'ai sauvé cet enfant si précieux et que vous

voilà orpheline, sans autre protecteur que moi,
confiez-moi la vérité. Je vous aiderai à cacher ce
redoutable secret de la naissance de Louis. Sachez
qu'il me l'a déjà dit ; mais, moi, je ne sais pas s'il
rêve qu'il est le Dauphin. Si cela est je ne m'engage
pas à servir sa cause. Au contraire, je la combattrai
jusqu'à la mort ; mais je protégerai sa vie. Je ne
suis pas de ceux qui font la guerre aux enfants et
aux femmes, vous le savez bien.

Mademoiselle de Cérignan était redevenue pâle,
et il me sembla lire dans ses yeux un moment d'hésitation ; mais, tout aussitôt, elle reprit son air
froid et accablé.

— Le véritable secret, répondit-elle, et le plus
douloureux, c'est que mon pauvre frère est frappé
d'aliénation mentale. Il est si jeune, il pourra guérir. Mais il y a des malheurs qui sont presque des
taches de famille. Un homme atteint de folie, ne
fût-ce que dans son enfance, n'inspire jamais la confiance et le respect. Tout l'avenir de mon frère est
perdu si je ne parviens, tout en le guérissant, à cacher le malheureux état de son cerveau. Voyez
d'ailleurs à quel prix nous exposeraient ses fausses
révélations, si on venait à les prendre au sérieux !
Vous-même vous avez failli en être dupe. Aidez-
moi donc à me cacher, au lieu de vouloir me gar-

der chez vous, où l'hospitalité vous fait un devoir d'accueillir vos nombreux amis.

— Laissez-moi les renvoyer tous et faire la solitude autour de vous.

— Non, votre caractère ouvert et bienveillant souffrirait trop de mon égoïsme.

— Vous craignez de contracter envers moi une dette d'affection ?

— Eh bien ! oui, je le crains, dit-elle avec fermeté. Je ne m'appartiens pas, je vous l'ai déjà dit. Je serais forcément ingrate, et j'en souffrirais trop. Laissez-moi partir.

Je dus céder. Je lui demandai s'il était vrai qu'elle fût sans ressources, comme Louis me l'avait raconté.

Elle répondit que c'était encore une des chimères du pauvre enfant, qu'elle avait une somme de cinquante mille francs chez le payeur général, enfin, qu'elle n'avait besoin de rien.

Elle consentit seulement à ce que je me misse en quête pour elle d'une autre habitation. Je lui en trouvai une assez jolie sur la berge du Nil, au vieux Caire, et je l'y installai le soir même. Je la quittai le cœur gros. Son isolement, sa fierté, son courage, imposaient le respect. Me trompait-elle ? Était-elle la victime d'un malheur de famille no-

blement accepté, ou me refusait-elle sa confiance
pour mener à bien une intrigue politique? L'amour-
propre me portait à croire à la folie du prétendu
Dauphin et à la sincérité d'Olympe. Elle ne s'expli-
qua pas sur ses projets ultérieurs, me promit de
m'appeler si elle avait besoin de moi, et me laissa
entre le doute et l'espérance, content de moi, en
somme, car, dans le désastre commun, j'avais songé
beaucoup aux autres, fort peu à moi-même.

Il devenait pourtant urgent d'y songer un peu,
car Sylvie me menaçait d'un envahissement qui ne
me souriait en aucune façon.

Dès le lendemain de la prise de possession de
mon harem par cette naïve personne, je mis Guidamour en campagne pour lui trouver un logement
en ville. Mais elle ne tenait pas à s'en aller et elle
sut si bien gagner mon brosseur en daignant enfin
le reconnaître pour son cousin, qu'il ne trouvait
pas pour sa cousine d'habitation plus convenable
que la mienne. Chaque fois que je rentrais, je
pensais la savoir déguerpie. Il n'en était rien et il
me fallut prendre le parti d'en rire. J'avoue que
j'étais un peu faible à l'endroit des femmes, même
quand l'amour n'y entrait pour rien. Dans cette vie
bizarre de l'Orient, je m'étais habitué à les regarder toutes comme des enfants, même celles de ma

race. Mademoiselle de Cérignan était la seule qui
eût le droit d'être prise au sérieux. Sylvie arriva
donc à m'amuser avec ses extravagances et ses
goûts de luxe. Je ne pouvais rencontrer une hôtesse mieux disposée à dépenser follement mon
argent. J'eus tous les jours quatorze ou quinze
personnes à dîner, avec bal ou soirée. Elle y paraissait dans des toilettes bizarres. Je me rappelle
entre autres un dolman de hussard tout chamarré
d'or avec une tunique prétendue grecque et une
sorte de turban à aigrette, qui fit rire Morin jusqu'aux larmes. Elle prenait des poses au milieu
du salon, pinçait de la harpe, assez mal, je dois le
dire, tenait le haut de la conversation, tranchait à
tort et à travers, débitait des bourdes de l'autre
monde; enfin elle était d'un ridicule achevé. Elle
tourna pourtant la tête à deux généraux, trois colonels, quinze capitaines et je ne sais combien de
lieutenants; mais elle se montra invulnérable. Ne
pouvant s'emparer de moi et, sachant qu'après
moi, le plus riche et le plus prodigue était Dubertet, elle ne songeait qu'à reprendre son empire sur
lui. Je pressentais son dessein et, ne voulant pas
être brouillé avec mon plus ancien ami, je me
gardais bien de rendre la réconciliation impossible. Cela eut lieu plus vite que je ne le pensais, car

il y vint de lui-même. Elle le reçut comme un transfuge et l'engagea, d'un ton protecteur, à lui présenter sa *Grecque*. Elle manœuvra si bien qu'il amena Pannychis, et qu'elle l'écrasa de sa supériorité, ce qui ne fut pas bien difficile. Dès le lendemain, elle me déclara que je n'avais pas besoin de m'occuper davantage de lui chercher un logement, vu qu'elle réintégrait le *domicile conjugal*. Je lui souhaitai de faire bon ménage, tout en blâmant l'incorrigible faiblesse de mon ami.

Mais l'aventure eut des conséquences inattendues. Il n'y avait pas une heure que Sylvie était partie et je déjeunais avec Morin, quand je vis arriver Pannychis.

— Et que viens-tu faire ici? lui dis-je.

Elle me répondit sans marquer ni honte, ni repentir, ni chagrin :

— Le Français m'a répudiée et, comme j'ai conservé une bonne amitié pour toi, je reviens à la maison. Fais-moi manger.

— Assieds-toi là et mange ! Quant à te reprendre chez moi, tu dois bien comprendre que cela ne se peut pas. Tu ne m'as même pas demandé la permission d'en sortir.

— Oui, j'ai eu tort ; mais le Français m'avait fait perdre la tête, et puis, je croyais revenir le soir même.

— Comment **trouvez-vous** l'aplomb de ces femmes-là ? dis-je à Morin.

— Grand comme les pyramides ! répondit-il, tout est grand en ce pays-ci. Mais c'est une beauté splendide, reprenez-la, colonel ! Elle fait si bien à table ! Voyez ! son appétit est à la hauteur de sa confiance. Je voudrais bien faire une étude d'après elle.

— Faites son portrait tant que vous voudrez, mon cher Morin, et gardez l'original avec la copie, si vous voulez, à condition de la loger, de la nourrir, de lui donner deux esclaves pour la servir, car elle se prétend de bonne famille, de lui fournir deux vêtements complets par an, sans compter les cadeaux.

— C'est trop de choses, c'est au-dessus de mes moyens. Gardez-la.

Elle me portait sur les nerfs, mais je ne pouvais la jeter dehors.

—. Puisque tu veux rester, lui dis-je, reste ; mais à condition que tu ne prendras pour te servir que Daoura la négresse, et que tu n'iras plus passer des mois entiers chez mes amis.

— Épouse-moi, tu seras bien plus sûr de ma fidélité !

— Madame est bien bonne, répondis-je en la saluant jusqu'à terre.

Les jours suivants se passèrent à rechercher les instigateurs de la révolte. Douze scheyks, un grand nombre d'agents subalternes et de pillards furent arrêtés et enfermés à la citadelle. Chaque nuit on en fusillait une vingtaine. Le Divan fut dissous et remplacé par une commission militaire. Puis, quand les exécutions eurent suffisamment jeté parmi les habitants ce qu'on appelle une terreur *salutaire*, Bonaparte proclama une amnistie générale. Les scheyks envoyèrent dans le Delta et les provinces révoltées un manifeste pour les inviter à déposer les armes et à payer l'impôt, en accusant de mensonge et d'imposture les beys Ibrahim et Mourad qui se disaient les amis du sultan dans le seul but de rallumer la guerre et de remettre le pays sous leur joug.

Le Caire reprit son aspect précédent, on oublia les massacres des 22 et 23 octobre, les relations amicales se rétablirent entre les soldats et les habitants.

Il y avait un mois que mademoiselle de Cérignan habitait sa nouvelle maison, quand le juif qui la lui avait louée et qui cumulait auprès d'elle les fonctions de propriétaire, de fournisseur et domestique, se présenta chez moi pour me demander de lui payer son loyer, ainsi que les déboursés pour les frais de nourriture ; car, disait-il, je n'ai pas encore vu la couleur de l'argent de ces Français-là.

Mademoiselle de Cérignan m'avait donc trompé en prétendant avoir de quoi pourvoir à ses besoins ? Je payai le loyer et les dépenses, et je répondis de celles à venir.

Le juif revint, huit jours après, me rapporter mon argent, en me disant que la jeune dame ne voulait pas de mes dons et qu'elle l'avait payé.

— Et où a-t-elle trouvé des fonds ?

— Ah ! voilà! fit-il d'un air malicieux.

— Garde cette bourse que tu me rapportais, et apprends-le moi.

— Comment ne te dirais-je pas la vérité? s'écria-t-il, les yeux brillants de cupidité ; je te dirai tout comme à Jéhovah ! mais à condition que tu me garderas le secret.

— Oui, parle !

— Eh bien, hier, à la nuit, un homme que je crois être un mylord anglais, est arrivé en bateau. Il m'a demandé si la dame française était seule, et sur ma réponse affirmative, il est entré chez elle, est resté un quart d'heure, puis il est remonté en barque.

— Comment s'appelle cet Anglais ?

— Il ne m'a pas dit son nom ; c'est un homme

grand, un peu fort, blond et sans barbe, d'une quarantaine d'années.

— Peux-tu savoir d'avance quand il reviendra et
venir m'avertir ? Tu seras content de ma généro-
sité.

— Je ferai de mon mieux, seigneur, dit-il en em-
pochant la gratification.

Quel était cet Anglais mystérieux ? j'aurais donné
n'importe quoi pour le savoir, car je me sentais
véritablement jaloux de mademoiselle de Cérignan.
Je me pris à réfléchir autant que me le permettaient l'agitation et le décousu de mon existence.
Si je suis jaloux à ce point, pensais-je, c'est que je
suis très-amoureux. Eh bien, il ne faut pas que
cela soit. Olympe a peut-être eu envie de m'aimer,
mais elle a eu la force de s'en défendre. Elle l'a dit,
elle ne s'appartient pas. C'est à moi de respecter
ses liens, quels qu'ils soient, et de l'oublier.

XI

Dans les premiers jours de Décembre, j'appris que le général Davoust était venu au Caire pour demander des renforts qu'il devait conduire à Desaix, toujours à la poursuite de Mourad.

Je demandai à faire partie de l'expédition avec mon régiment, ce que j'obtins comme une faveur.

Dieu savait seul si je reviendrais jamais. J'avais besoin de faire campagne. Je m'étais remis à penser à Djémilé. Je déposai à la caisse du payeur général l'argent qui me restait, avec ordre de faire passer le tout à mon père si je ne revenais pas.

Puis, laissant la maison sous la garde de Pannychis, des négresses et de la petite fellahine, je partis avec Guidamour et Morin, qui voulait dessiner les antiquités semées sur les deux rives du Nil et copier les inscriptions.

La colonne sous les ordres de Davoust se composait de 1,200 cavaliers, de 300 hommes d'infanterie et de six pièces d'artillerie qui furent embarqués sur une flottille.

Le voyage du Caire à Beny-Soueyf, où était la division Desaix, ne m'offrit qu'un médiocre intérêt.

Morin ne voulut pas passer devant les ruines de Memphis, récemment retrouvées par le général Dugua, sans les visiter. Je le suivis. Deux pauvres villages, quelques monceaux informes de décombres au milieu des monticules et quelques colonnes brisées, c'est là tout ce qui reste de la ville de Menès. Morin me montra une statue renversée et à demi-enfouie dans le sable, qui avait plus de cinquante pieds de long. Après avoir lu les hiéroglyphes gravés sur le colosse, il m'apprit que c'était l'image du grand conquérant Ramsès-Meiamoun, que nous appelons Sésostris.

Le 10 Décembre, nous étions à Beny-Soueyf, ville assez considérable défendue par une redoute que Desaix avait fait construire. Malek avait su se rendre utile. Il tenait le général au courant des mouvements de Mourad. Celui-ci avait rallié à lui toutes les tribus arabes du désert et de Yambo, sur la côte d'Arabie, et celles de la Mecque sans compter une foule de Nubiens et d'Éthiopiens.

Dès qu'il apprit l'arrivée du renfort, il quitta la rive gauche du canal de Yousef où il avait campé, pour se porter sur les bords du Nil.

Le 17 décembre, nous marchons sur Fechn où étaient les postes avancés des mameluks. Leur corps d'armée est, dit-on, à Saste-el-Sayené.

Nous y courons. Il n'a fait que passer et gagne Syout par la rive gauche du canal de Yousef. Nous marchons sur Syout. Mourad se rabat sur Girgèh (l'antique Abydos). Il n'y est déjà plus quand nous y arrivons. Veut-il éviter la bataille ou nous attirer dans un piége? L'espoir de l'atteindre nous avait donné des ailes. Soixante-quinze lieues en treize jours et dans le sable, c'était gentil! On fit halte à Girgèh pour attendre la flottille partie de Bény-Soueyf en même temps que nous. Elle portait les vivres, les munitions et le matériel de campagne.

La baisse des eaux du Nil lui rendait la navigation lente et difficile. Desaix, inquiet de ne pas la voir arriver et craignant qu'elle ne fût arrêtée en route par les Arabes et la population soulevée, envoya le 1ᵉʳ janvier 1799 le général Davoust avec une partie de la cavalerie. J'espérais prendre un peu de repos, visiter avec Morin les ruines de l'antique Abydos, m'enquérir de Djémilé. Point ! Il me fallut prendre le commandement de mes escadrons et donner la chasse aux Arabes et aux fellahs. Il y eut un engagement sérieux à Tahtha contre 2,000 Arabes et 5 à 6,000 bandits à pied. Selon leur habitude, les Bédouins prirent la fuite et abandonnèrent leurs compagnons qui furent hachés. Nous trouvâmes la flotille à la hauteur de Syout, et nous revînmes avec elle le 19 janvier à Girgèh.

Mourad, qui ne savait pas la cause de l'arrêt forcé de l'armée à Girgèh pendant une vingtaine de jours, crut probablement qu'elle se trouvait dans une position difficile puisqu'elle ne le poursuivait plus. Il se détermina à nous attaquer. Le 22 janvier, Desaix donne l'ordre de marcher à l'ennemi. Le 23 nous rencontrons l'armée mameluke auprès du village de Samanhoud.

L'action se passa comme aux Pyramides, les mameluks attaquèrent nos carrés de tous côtés à la fois, criant, hurlant, se jetant sur les baïonnettes, se faisant tuer comme des mouches. Le village fut bientôt pris, mais l'ennemi revint à la charge et peut s'en fallut qu'il ne nous délogeât tant il y mit de vigueur. Mais l'artillerie légère fit merveille et le forçr de rétrograder. Desaix attendait ce moment

pour lâcher sa cavalerie sur les mameluks. Dragons, hussards, chasseurs chargèrent à la fois.
Mourad était là, je voyais de loin son turban à aigrette blanche. Je me disais : si je peux m'emparer
de lui, je le forcerai bien à me rendre Djémilé !
Elle devait être aux alentours. Allais-je enfin la retrouver ?

Fol espoir ! Les mameluks, en voyant arriver
cette terrible charge, n'osèrent la soutenir. Ils tour-
nèrent bride en entraînant leur chef, qui brandis-
sait son cimeterre comme s'il eût voulu les ramener
au combat. Leur fuite entraîna celle du reste de
l'armée musulmane. Nous les poursuivîmes pendant quatre heures jusqu'à Farchout.

Desaix, ne voulant pas les laisser respirer, reprit
dès le lendemain sa poursuite acharnée. Le 29
janvier nous étions à Esnèh, le 2 février à Assouan
(la Syène des Romains), toujours poussant Mourad
devant nous. Le lendemain nous avançons au delà
de la première Cataracte. Voici l'île sainte de Philée, à la luxuriante végétation et aux curieuses
antiquités. Quinze lieues plus loin, nous sommes
sous le tropique ; c'est la limite que Desaix donne
à notre conquête, comme autrefois les Romains
l'avaient donnée à leur empire.

Les mameluks semblaient insaisissables. Desaix renonça à les atteindre et revint à Esnèh.

Il était impossible que Djémilé eût suivi son père dans cette course furieuse.

Des prisonniers m'apprirent que Mourad n'avait en effet avec lui ni ses femmes, ni ses richesses, mais ils ne surent ou ne voulurent pas me dire où elles étaient. J'appris aussi que Souleyman avait échappé au massacre du Caire et se trouvait au nombre des kiachofs qui suivaient le bey.

Cependant tous les mameluks n'avaient pas dépassé les Cataractes.

Les mois de février et de mars furent employés à empêcher les beys de se réunir et à leur donner la chasse. Abou-Manah, Benoutah, Bir-el-Bar, Bardys, Temeh, Beny-Adyn, Abou-Girgèh, Qosseyr, autant de villes ou de villages témoins de nos faits d'armes. Le soldat devenait féroce dans cette guerre d'extermination, et tout ce qui ne rampait pas devant lui était fusillé, sabré ou percé de coups de baïonnettes. Mes dragons avaient pris des mameluks de Malek la louable habitude de décapiter leurs ennemis, donnant pour raison que ceux-là ne reviendraient pas, le lendemain les attaquer par derrière.

Il est vrai que faire grâce aux musulmans, c'était avoir l'air de les craindre. Les relâcher sur parole, nous savions tous à quoi nous en tenir : c'est un acte de foi chez eux de tromper le chrétien. Nous n'avions un peu d'égards que pour les cophtes qui nous accueillaient toujours comme des coreligionnaires et des sauveurs. Sans eux et sans les juifs, race beaucoup trop méprisée en ce pays, nous eussions souvent manqué de tout.

Mon régiment prit en avril ses quartiers d'hiver à Esnèh avec la 21ᵉ demi-brigade, après en avoir chassé le schérif Hassan. Bâtie sur les bords du Nil, Esnèh, autrefois Latopolis, est une des places importantes de la Haute-Égypte, par son commerce de poteries, de toiles de coton bleu et ses manufactures de couvertures appelées *mélayeh*, qui, en voyage, peuvent servir alternativement de lit ou de tente.

C'est là que les caravanes du Sennaar viennent livrer leurs denrées, qui consistent en gomme arabique, plumes d'autruche et dents d'éléphant.

La grande place où se trouve la principale mosquée est entourée de maisons assez régulières, construites en briques de différentes couleurs qui forment des dessins capricieux et qui paraissent d'autant plus sombres qu'elles sont surmontées de colombiers en forme de pyramides tronquées, blanchies à la chaux. La végétation est belle et vigoureuse dans la partie septentrionale, tandis qu'au sud, le quartier, habité par les fellahs, est misérable et à moitié démoli.

Les habitants, dont la plupart étaient cophtes, nous virent avec plaisir fonder quelques établissements de commerce. J'allai prendre gîte dans le beau quartier chez un cophte époux d'une jeune femme qu'il s'empressa de mettre à mon service pour tout faire. Ce chrétien d'Orient me fit même l'offre singulière de me la céder par bail de trois, six, neuf ans, moyennant une rente, conformément aux droits et coutumes de sa race.

Elle avait les yeux fendus en amande, une croix bleue en tatouage sur chaque joue, et des lèvres rouges comme la chair d'une pastèque ; mais je me gardai bien de l'employer à quoi que ce soit, dans la crainte de déranger la nombreuse tribu qui avait élu domicile dans son épaisse crinière.

C'était à Esnèh que j'avais envoyé Thomadhyr ; je m'enquis d'elle, dès mon arrivée ; mais ce fut en vain. Les musulmans sont d'une discrétion désespérante quand il s'agit d'une femme. Ils ont l'air d'être jaloux, mêmes des vôtres.

J'accompagnai souvent dans ses tournées archéologiques mon ami Morin et parfois le naturaliste Geoffroy-Saint-Hilaire, avec lequel j'allais ra-

masser des insectes, tirer des oiseaux et des chauve-
souris ou pêcher dans le Nil.

L'accoutrement de ces messieurs était des plus
bizarres : c'était un mélange des modes orientales
et occidentales ; l'un portait un de ces vastes pan-
talons mameluks avec une petite veste de toile
blanche, un chapeau de paille à larges bords, un
sabre turc au flanc ; l'autre avait pris le pantalon
de coutil rayé de nos grenadiers avec le caftan léger des cophtes, la casquette à visière démesurée
des voyageurs anglais et le fusil en bandoulière.
Ils se faisaient suivre de trois ou quatre fellahs et
d'autant d'ânes pour porter leurs instruments,
leurs récoltes et leurs provisions. C'est en leur
compagnie et au milieu des ruines de Thèbes, au
pied des statues de Memnon, que j'appris en même
temps la déclaration de guerre de la Sublime-
Porte et l'expédition de Bonaparte en Syrie. Marcher sur Constantinople en s'emparant de l'Asie
Mineure était la meilleure réponse à rendre au
sultan.

J'étais transporté d'admiration pour Bonaparte,
et dans mon enthousiasme, je me tournai vers les
blocs de soixante pieds de haut, en leur disant:

— Colosses de granit, images de grands rois qui
ne sont plus, vous qui courriez à la conquête des

peuples d'Asie et d'Éthiopie avec des millions d'hommes, des milliers de chariots montés par des milliers de guerriers, et des engins de guerre qui couvraient des lieues de terrain, vous êtes bien petits auprès de ce général d'Occident qui, avec une poignée de soldats, a délivré votre pays de l'esclavage et va porter la lumière et la liberté aux peuples de l'Asie.

Deux nègres que Morin avait pris à Esnèh pour conduire son âne et porter son bagage, me regardèrent avec épouvante, et l'un dit à son compagnon :

— Le français parle avec les idoles !

— Oui, repris-je, et je somme Chamâ de me répondre, puisqu'il parle, lui aussi, quand le soleil se lève.

Ils prirent la fuite en se bouchant les oreilles et sans regarder derrière eux.

Nous apprîmes bientôt que Mourad, après avoir trompé la vigilance du général Belliard, laissé à Syène pour le maintenir en Nubie, était rentré en Égypte. Un jour, on le disait dans la grande oasis, le lendemain à Syout. Il était beaucoup plus près que nous ne le pensions.

Un matin, on vint avertir le général Davoust qu'il était aux environs de Thèbes, où il attendait le shérif Hassan-Bey, qui lui amenait un contingent d'Yambos et d'Arabes de la Mecque.

Les mameluks de Malek et mon régiment furent envoyés pour empêcher la réunion des forces ennemies. En arrivant près des ruines de Médinet-Abou, nous vîmes défiler au loin les convois et la cavalerie de Mourad.

Dès qu'il nous aperçut, il fit enfoncer ses chameaux dans le désert et lança ses mameluks sur nous. Nous n'étions pas de l'infanterie pour nous former en carré et les recevoir sur nos baïonnettes. Nous les chargeâmes, mais la cavalerie française n'a jamais pu soutenir seule le choc de ces intrépides adversaires. Ce n'est pas que le courage ne fût égal de part et d'autre, mais les mameluks, habitués dès l'enfance au maniement des armes, montrèrent, en cette circonstance surtout, une supériorité incontestable. Ce fut un combat corps à corps. Combien des miens je vis tomber sans pouvoir leur porter secours ! J'avais trop à faire pour mon propre compte.

Souleyman était là, et je poussai à lui en lui criant de se défendre. Au lieu de s'attaquer à moi, il m'évita, fit faire un écart à son coursier, et se couchant sur sa selle, il coupa d'un coup de cimeterre le jarret de mon cheval. Je roulai dans la poussière ;

mais, aussitôt debout, je courus à lui. Un flot de
cavaliers m'empêcha de le rejoindre. L'un d'eux
faillit m'écraser sous les pieds de son cheval. A
son aigrette blanche et à son maintien superbe, je
reconnus Mourad. Je sautai sur lui, et en le saisis-
sant à la ceinture, je cherchai à le désarçonner, en
criant :

— Rends-moi Djémilé, et je te laisse la vie !

Pour toute réponse, je reçus un coup de sabre
qui fendit mon casque et une ruade de son cheval
dans la poitrine. J'allai tomber à dix pieds de là,
à demi-suffoqué. Un de ses mameluks se jeta sur
moi et me saisit par les cheveux. Il levait déjà le
bras pour me trancher la tête, quand Malek lui
brisa les reins d'un coup de pistolet, puis il me
transporta hors de la mêlée.

Mourad abandonna le champ de bataille et re-
joignit ses chameaux, sans être inquiété davantage.
Quand je pus parler, j'appelai Malek et lui dis : Si
je t'ai laissé la vie aux Pyramides, tu viens de sauver la mienne. Ce n'est pas par des paroles que je
veux te prouver ma reconnaissance, mais par des
faits. Si tu souhaites quoi que ce soit, parle ! je suis
prêt à te satisfaire, je le jure !

— En ce moment, je ne veux rien ; mais rappelle-
toi la parole que tu me donnes. Un jour, nous ver-

rons si tu sais la tenir comme Malek a tenu la
sienne.

Nous étions trop mal arrangés pour poursuivre
Mourad. Le sol était jonché de morts et de blessés.
Nous revînmes à Esnèh, l'oreille basse.

La ruade que j'avais reçue dans la poitrine ne
m'avait heureusement rompu aucune côte ; mais je
crachai le sang pendant près de quinze jours, et
je gardai le lit plus d'un mois.

Je dois rendre justice à la jeune cophte chez qui
je logeais. Si elle négligeait beaucoup sa personne
elle veilla du moins avec dévouement sur la mienne.
Dès que je pus me tenir sur mes jambes, j'allai me
jeter dans le Nil, et, comme je m'en trouvai fort
bien, je lui conseillai d'en faire autant. Elle refusa,
disant avec fierté qu'elle n'était pas une infidèle
pour faire des ablutions.

Quelques jours après, je fus invité par le colonel
Sabardin à venir dîner chez lui en compagnie du
général en chef et de nombreux convives tant Français que musulmans. Il me promettait une soirée
dans le genre de celle que je lui avais donnée au
Caire ; une des plus brillantes almées du Saïs devait y venir danser et chanter. Je m'y rendis. Le
repas fut bruyant. Au dessert, la célébrité se présenta, accompagnée de plusieurs autres almées,

d'une troupe de musiciens, de danseuses et de psylles, c'est-à-dire d'escamoteurs, de jongleurs et char-
meurs de serpents. Cette étoile, c'était Tomadhyr,
fraîche, pimpante et en parfaite santé. Elle me reconnut sur-le-champ; mais alla d'abord saluer le
maître de la maison, puis vint à moi et me baisa le
bout des doigts. Je lui rendis son salut oriental.

On passa dans la salle, où nous attendaient les
pipes et le café.

Tomadhyr, après avoir gazouillé des chants d'a-
mour et de guerre tirés des aventures d'Antar, se
livra à la danse. Elle fut couverte d'applaudissements, et quelques notables indigènes, pour lui
témoigner leur satisfaction d'une manière galante,
lui appliquèrent au front, sur la gorge et les bras, de
petites pièces d'or, humectées du bout de la langue.

Quand elle passa devant moi, j'imitai la galante-
rie arabe.

Tandis que les danseuses et les psylles parais-
saient alternativement sur le dourkah, elle vint à
moi, me pria de lui faire une place sur mon divan,
s'y installa familièrement, but sans façon mon café
et me prit ma pipe, ce qui, en public, était le signe
de la grande intimité. J'en fus un peu surpris, mais,
avant de lui demander la cause de cette affectation,
je voulus savoir pourquoi, depuis deux mois que

j'étais dans son pays, elle ne m'avait pas donné signe de vie.

— J'ai couru, répondit-elle, le Saïs et la Nubie avec toute cette bande de psylles qui dépend de moi ; aussi j'ai gagné beaucoup d'or, et comme tu es mon maître, tout cela est à toi. Tu sais que les esclaves ne peuvent rien posséder, et, d'ailleurs, je serais libre, que tu pourrais bien prendre tout ce que j'ai, j'en serais heureuse.

Le désintéressement de cette fille était chose si rare chez les individus de sa race, que je n'y crus pas. Je ne l'en remerciai pas moins, et je lui offris de lui rendre sa liberté.

— A quoi bon? dit-elle. Je ne serais pas ton esclave de fait et de droit, que je te demanderais à l'être. C'est un peu un calcul de ma part.

— Et comment?

— Comme almée et danseuse, je me montre librement à visage découvert dans les fêtes. Je ne suis pas laide, et ma profession autorise les hommes à me le dire et à me proposer de fumer à leurs narghilés, tu comprends ! J'ai donc une excuse toujours prête pour les refuser sans les blesser, en leur disant : Je ne le puis, seigneur, je suis l'odaleuk d'un bey, je ne m'appartiens pas. C'est ainsi que je te reste fidèle.

— Voyons, est-ce que tu veux m'ensorceler de toi!

— Tu sais bien que je suis magicienne, dit-elle avec un charmant sourire.

— Je ne l'ai pas oublié, et tu m'as bien manqué. J'aurais voulu savoir tant de choses!

— Je t'apprendrai tout ce que tu voudras; j'y vois mieux que je ne voyais avant d'être malade. Si tu ne m'avais pas envoyée dans ce pays, j'étais morte; aussi je t'en garde une grande reconnaissance.

Je voulus rendre une fête à Sabardin.

La maison du cophte était grande et donnait sur les jardins qui avaient appartenu au bey Hassan et que la 21° demi brigade avait convertis en promenade publique. J'y donnai plusieurs soirées dans lesquelles Tomadhyr exécuta mainte fois la danse de l'*abeille*. Elle avait fait des progrès, et dansait admirablement. J'avoue qu'elle me devenait chère; mais l'espoir de retrouver Djémilé me préoccupait sans cesse. C'était comme une idée fixe dont je ne me débarrassais que pour la retrouver plus intense.

Nous étions dans les premiers jours de juin, quand Malek se présenta un matin devant moi:

— Veux-tu t'emparer de Mourad? me dit-il sans préambule.

— Tu sais où il est.

— A Khardjèh, dans la grande oasis.

— Djémilé y est-elle?

— Djémilé y est.

— Allons-y; je vais faire prévenir le général De-saix, qui prendra le commandement de la colonne d'expédition.

Malek sourit d'un air de pitié.

— Mourad a des espions partout, et avant que l'armée française se mette en mouvement, il sera averti et aura décampé, selon son habitude. Ce n'est pas avec quatre mille hommes qu'il faut aller trouver le bey, c'est avec trois ou quatre de mes mameluks et Tomadhyr.

— Tu es fou!

— Je sais ce que je dis.

— Nous n'allons pas nous embarrasser d'une almée?

— Sans Tomadhyr, il n'y a rien à faire là-bas.

— Mais elle ne voudra pas nous suivre, et c'est la mener à la mort.

— Elle est magicienne, elle ne mourra pas. D'ailleurs, c'est nous qui la suivrons, puisqu'elle va se rendre avec sa bande d'almées et de psylles dans l'oasis, pour les fêtes du mariage de Djémilé avec le shérif Hassan.

— Que me dis-tu là? N'était-elle pas promise à Souleyman?

— Souleyman t'a menti; c'est un trop petit seigneur pour la fille de Mourad.

—Combien de jours nous faut-il pour aller là-bas, enlever Djémilé et revenir?

— Huit jours, ou l'éternité.

— Je vais demander un congé de quinze jours au général.

— Ne lui dis pas où tu vas, ni ce que tu veux faire.

—Soit. Quand partons-nous?

— Demain dans la nuit, avec Tomadhyr.

— Lui en as-tu parlé?

— Elle hésite à nous laisser venir avec elle. Dis-lui que tu le veux; elle le voudra.

— La crois-tu donc si obéissante?

—Elle est ton esclave. Tu prendras les vêtements et les armes de l'un de mes mameluks. Tu parles assez bien l'arabe à présent pour tromper l'oreille la plus soupçonneuse. Nous nous joindrons aux psylles et aux almées. Nous avons trois jours de marche dans le désert. Arrivés là-bas, nous nous ferons passer pour des mameluks d'Hassan. Allah seul sait le reste.

— Avant tout, je dois parler à Tomadhyr.

—Parle-lui.

Je la mandai sur-le-champ et lui reprochai de ne m'avoir rien dit de son prochain départ.

—Tu dois bien comprendre, dit-elle, que je ne suis pas assez folle pour croire que, lorsque tu auras revu Djémilé, tu voudras encore me regarder. Je sais bien qu'elle était dans la maison avant moi et qu'elle est ta khanoune, tandis que je ne suis que ton odalouk; mais je t'aime plus qu'elle ne t'aime !

—Puisqu'elle est ma khanoune, je ne puis la laisser marier avec un autre, il faut que j'aille la réclamer.

—C'est ton droit et ton devoir, je le sais. Tu ne serais pas un homme si tu te la laissais enlever, et, à présent que tu sais où elle est, je n'ai rien à dire; mais je serai jalouse d'elle, je ne te le cache pas. Tu veux que je t'aide dans ton entreprise. Viens ! Mais c'est la plus grande preuve de reconnaissance que je puisse te donner. Après cela, ne me demande plus rien.

J'obtins de mon général la permission de m'absenter pendant une quinzaine, donnant pour prétexte une tournée scientifique avec Morin. Comme il fallait tout prévoir, dans le cas où je serais retenu prisonnier, je confiai sous le sceau du secret à mon ami le dessinateur le but de mon voyage. Je lui confait aussi mon testament et une lettre d'adieux à mon père, dans le cas où j'aurais la tête tranchée.

Puis, après avoir fait le sacrifice de ma chevelure, j'endossai les vêtements et l'armure d'un Circassien : cotte de mailles, casque, rondache, sabre de Damas, pistolets, rien n'y manquait. Je me trouvai plus à l'aise sous cet attirail que je ne l'aurais cru. Malek prétendait que j'étais beaucoup mieux ainsi que sous mon uniforme.

La nuit venue, nous prîmes avec nous quatre mameluks et six fellahs, tous à cheval, et nous allâmes rejoindre Tomadhyr qui nous attendait avec sa caravane de bateleurs à la porte de la ville.

J'aurais bien voulu céder aux prières de mon brave Guidamour qui voulait m'accompagner ; mais, bien qu'il eût appris passablement l'arabe, son accent français nous eût trahis.

Tomadhyr ne me dit pas un mot, ni là, ni durant le voyage. Elle était triste et résolue. Je pensai alors que c'était un malheur pour elle de m'avoir aimé sincèrement, et peut-être une faute de ma part de n'avoir pas été insensible à sa grâce et à son affection. Tant que je m'étais préservé d'y répondre, elle avait été dévouée et soumise à Djémilé ; n'allait-elle pas la prendre en haine ? Je comptai sur l'ascendant que j'exerçais sur mon almée ; je n'étais pourtant pas sans inquiétude, et je n'osais ni la flatter, dans la crainte d'exalter sa passion, ni avoir l'air de douter d'elle.

Après avoir franchi la chaîne lybique, nous nous engageâmes dans le désert. Il ne faudrait pas croire comme je me l'imaginais moi-même, que ces plaines et ces vallées qui se succèdent pendant des journées entières soient complétement dépourvues de végétation. On y trouve, très-disséminés il est vrai, des bouquets de palmiers nains et parfois des dattiers. Le sol est recouvert, en certaines parties, de touffes d'absinthe, d'hysope, de camomille et de beaucoup d'autres plantes qui forment de grandes plaques d'un vert cru au milieu de la blancheur éclatante des sables.

Nous suivîmes le chemin des caravanes, reconnaissable aux ossements de chevaux et de dromadaires dont il est semé. Le sable, soulevé par le vent, et la réverbération du soleil me fatiguaient terriblement les yeux. La chaleur était accablante, et je priai Malek de ne voyager que la nuit.

Le quatrième jour au matin, nous sortîmes des solitudes sablonneuses pour entrer à Dakakyn, village placé à la limite de l'oasis. De là nous prîmes, vers le nord, le chemin de Khardjèh.

L'oasis, dans son ensemble, est une grande val-

lée qui s'étend du nord au sud sur une longueur
de 40 lieues et une largeur de cinq à six de chaque
côté du chemin. Partout où suintaient des eaux de
source, ce n'étaient que champs de blé, rizières,
plantations de coton, bouquets de dattiers, villages
entourés d'arbres fruitiers. Je remarquai en passant plusieurs temples ruinés que, bien entendu,
je ne m'amusai pas à visiter.

Nous arrivâmes à Khardjèh à nuit close, et nous
allâmes nous loger dans un caravansérail, auberge
ouverte à tout venant, où l'on ne trouve ni maître,
ni valet, ni provisions.

Dès le matin, Malek et moi, nous allâmes chacun
de notre côté aux informations.

La boutique du barbier est, en Orient, le rendez-
vous des flâneurs et des beaux esprits; c'est de là
que partent les nouvelles politiques ; c'est là que
se forgent les histoires vraies ou fausses, là que
l'on médit de son voisin.

Sous prétexte de me faire raser, j'entrai chez celui dont la devanture ouverte en plein vent me parut la plus achalandée. J'appris d'abord qu'un
homme du désert de Derne, se disant l'ange El
Mahdy, c'est-à-dire le Messie annoncé par le Koran,
venait de partir pour le Delta après s'être entendu
avec Mourad-Bey, suivi d'une bande de fanatiques.

Il allait prêcher la guerre sainte dans toutes les villes de la basse Égypte. Ces bons musulmans faisaient des vœux pour qu'il nous chassât tous et ne manquaient pas de nous charger d'imprécations. Puis on passa à la chronique du jour. Les noces du shérif Hassan et de Djémilé devaient être splendides. Tous les gros turbans de l'oasis étaient invités et les cérémonies étaient fixées à trois jours de là.

Il n'y avait pas de temps à perdre pour enlever Djémilé ; mais comment pénétrer auprès d'elle ? Pourrait-elle fuir ? Le voudrait-elle seulement ?

J'allai me promener autour du palais de Mourad. C'était une construction massive, percée de petites ouvertures grillées comme celles d'une prison, et entourée, du côté des jardins, d'une haute muraille flanquée de tours carrées.

Je cherchais avec précaution le moyen de me glisser dans cette forteresse, quand j'entendis un chant d'amour avec accompagnement de *gouzla*, espèce de mandoline. L'endroit était désert. Sous les murs du palais, en face des champs de blé, le chanteur était assis, les jambes croisées, à l'ombre d'un caroubier. Il me tournait le dos. Je m'arrêtai pour écouter : à ses plaintes, à ses propositions de fuite, je reconnus Souleyman.

Je me dissimulai dans un fourré de lentisques.

Un fellah, poussant un âne chargé de paniers de grains, passa sur le sentier. Souleyman se tut. Quand il jugea ne pouvoir plus être entendu, il reprit son chant monotone.

Cette psalmodie finit par me porter sur les nerfs, et je m'avançai vers lui en lui demandant à qui s'adressaient ses soupirs. Il crut sans doute avoir affaire à un gardien du palais, car il se sauva comme un voleur pris sur le fait.

Je revins au caravansérail avec peu d'espoir. Malek et Tomadhyr causaient à l'écart avec beaucoup d'animation. En me voyant, le mameluk m'appela.

— Voilà Tomadhyr, dit-il, qui est entrée dans le palais; elle a parlé à Djémilé. Elle connaît sa pensée. Elle sait que fuir Hassan est le plus ardent désir de la fille de Mourad, et elle ne veut pas nous aider à l'enlever, à moins que tu ne t'engages à la prendre pour ta seconde femme.

— Malek, je ne puis m'engager à cela ; j'ai juré à Djémilé de n'avoir pas d'autre femme qu'elle, et je ne veux pas que Tomadhyr me prouve davantage sa reconnaissance. Il est plus simple que j'aille demain demander ouvertement à Mourad la main de sa fille.

— Il est trop tard. Mourad s'est engagé, et d'ail-

leurs jamais il ne donnera sa fille à un chrétien et
à un Français.

— Tout cela est vrai, me dit Tomadhyr, et il
n'y a que moi qui puisse t'aider. Eh bien, je t'aiderai. Je ne te fais pas de conditions. Je te demande seulement, en retour de ce que je vais faire
pour toi, de me conserver une place dans ton
cœur.

Le lendemain elle partit avec sa bande de jongleurs en me disant de rester dans le caravansérail et d'attendre qu'elle eût trouvé un moyen. Malek alla rôder par la ville et ne revint pas de la
journée. J'allais envoyer à sa recherche, quand
Tomadhyr arriva avec sa troupe.

—Tout va bien, me dit-elle à voix basse; tu vois
ce vieux temple païen, là-bas, sur la pente de la
colline, à une heure de marche d'ici. Malek nous y
attend, et tu vas t'y rendre de ton côté, sitôt la nuit
venue; moi, je pars en avant.

—Une heure après, je me dirigeai vers les ruines.
Une série de pilônes ou portes monumentales me
conduisit à l'édifice entouré d'une muraille ruinée
en plusieurs endroits. Après avoir franchi plusieurs
degrés, je me trouvai dans l'enceinte. J'appelai en
vain Tomadhyr à plusieurs reprises et je la cherchais à travers les décombres, quand je la vis sor-

11.

tir de dessous terre, à quelques pas de moi. Elle
me prit par la main pour me guider dans l'obscurité et m'entraîna sur une pente rapide en suivant
un long couloir. Parvenue au bout, elle descendit
une vingtaine de marches, ramassa une lampe dont
elle raviva la flamme et me montra un puits d'une
quinzaine de pieds.

— C'est là ta cachette ? lui dis-je ; comment descendre dans ce trou ?

— Il ne s'agit que de prendre cette corde à nœuds
et de se laisser glisser au fond. Il n'y a pas d'eau.
Je l'ai fait, tu peux le faire !

Et, me donnant l'exemple, elle disparut. Quand
je l'eus rejointe, nous nous engageâmes dans un
nouveau couloir, qui aboutissait à une chambre
taillée dans le roc.

Quelques marches et une porte tellement enfouie
qu'il fallut nous baisser jusqu'à terre pour y passer,
nous donnèrent accès dans une seconde chambre
assez vaste, que je reconnus pour être un hypogée.

Les murailles, le plafond couverts d'hiéroglyphes
et de sculptures représentaient probablement les
faits et gestes du mort dont le sarcophage de ba-
salte occupait le milieu de la salle. Le couvercle
était brisé et la boîte de bois qui avait contenu la
momie gisait entr'ouverte et vide dans un coin.

Quelques statuettes et des fragments d'ustensiles dont je ne compris pas l'usage entouraient le mausolée. Mon imagination vivement frappée me reportait à l'époque des Pharaons, quand Malek, que je n'avais pas encore aperçu, me rappela au présent.

— Tomadhyr, dit-il, a consulté le destin : nous réussirons, c'est une bonne sorcière !

— Oui, répondit-elle, je suis bonne sorcière, et j'ai pensé à tout. Voici des prévisions, de l'huile, du café et du tabac. Nous allons souper et causer.

Quand elle eut tout préparé : Le seul moyen, dit-elle, que nous ayons trouvé, Djémilé et moi, c'est que je prenne sa place quand elle se rendra voilée dans la salle où son père doit la livrer au sherif Hassan. Comme l'époux ne peut enlever le voile de sa fiancée que lorsqu'il sera seul avec elle, et qu'il n'a jamais vu le visage de Djémilé (s'il le connaissait, ce serait une profanation que Mourad eût puni de mort), il ne peut s'apercevoir de la substitution. Au moment de la cérémonie nuptiale, tous les invités, danseurs, psylles et almées quitteront le palais. Elle sortira avec eux et te suivra.

— Alors, tu te résignes à épouser Hassan ?

— Oui, puisqu'il le faut.

— Tomadhyr, je n'accepte pas ce sacrifice !

— Et qui te dit que c'en soit un? Hassan est un vaillant guerrier; et d'ailleurs, ne suis-je pas sorcière? Je le charmerai et ne lui appartiendrai que si je veux.

En parlant ainsi, elle me regardait fixement pour voir si je devenais jaloux. Certes, malgré moi, je l'étais; mais c'est là un sentiment dont il ne faut pas abuser en Orient, vu que les femmes en abusent encore plus à nos dépens. Tomadhyr était assez séduisante pour charmer en effet le sherif. Devenir sa première ou seulement sa seconde femme était pour elle une meilleure situation que de s'attacher à ma fortune errante. J'affectai un grand calme en lui donnant ce conseil qu'elle parut accepter.

— Maintenant, dit Malek, voilà qui est résolu, et j'approuve. Mais écoute : je ne t'ai pas amené ici seulement pour t'aider à enlever une femme. Je suis venu pour en finir avec Mourad; il est temps que tu le saches.

— Tu veux tuer le bey?

— J'y suis résolu et tu vas m'aider.

— Mais il est le père de celle qui doit être ma compagne.

— Souviens-toi de la promesse que tu m'as faite quand je t'ai sauvé la vie à Medinet-Abou. Tu étais encore étourdi du coup de sabre que t'avait porté celui que tu voudrais respecter aujourd'hui; mais aujourd'hui, moi, je te somme de tenir ta parole.

— Et comment approcher de Mourad au milieu de ses gardes !

— Je puis bien dire tout haut devant cette sorcière ce qu'elle lit dans ma pensée. J'espère qu'elle sera muette comme ce tombeau. Écoute : Demain quand Mourad et Hassan se rendront à la mosquée, nous nous mêlerons au cortége, tu frapperas le shérif en même temps que je casserai la tête du bey des beys, d'un coup de pistolet. Il mourra de la mort qu'il a donnée à mon père Aly pour lui voler Sitty-Nefyssèh, ma mère.

—Quoi ! m'écriai-je, tu es le fils de Sitty-Nefyssèh, le frère de Djémilé par conséquent? Pourquoi ni elle, ni toi ne m'en avez-vous jamais rien dit? Et toi, Tomadhyr, le savais-tu?

— Je l'ignorais, répondit-elle.

Malek reprit :

—Djémilé ne me connaît pas. J'avais dix ans e j'étais exilé depuis longtemps quand elle est née. Pour moi, je ne considère pas comme ma sœur la fille de l'assassin de mon père.

— Ta haine ne peut anéantir les liens du sang. Ta mère te maudira !

—Ma mère aurait dû assassiner Mourad. Si elle me maudit, je la maudirai aussi.

J'eus beau chercher à ébranler sa résolution, j'y usai mon éloquence. J'en eus probablement fort peu, je ne pouvais me défendre d'admirer cet Hamlet oriental qui avait peut-être, lui aussi, la vision de son père devant les yeux, car, après être entré dans une grande colère contre moi, il s'apaisa tout à coup; son regard devint fixe et comme extatique. Sa parole s'embarrassa et ses paupières s'appesantirent comme s'il eût été surpris par l'ivresse. Tout à coup il me tourna le dos, se roula dans son *melayeh* et s'endormit profondément. Tomadhyr, qui l'avait observé à la dérobée, me dit en se rapprochant de moi :

— J'avais déjà tenté de le détourner de son dessein. Il m'a dit que sa volonté était plus forte que celle d'une sorcière. J'ai voulu lui prouver qu'il se trompait. Je lui ai fait boire un philtre dans son café. Quand il se réveillera, tu seras déjà bien loin avec Djémilé.

Y songes-tu? Il est mon ami; je ne veux pas l'abandonner.

— Ne crains rien. J'ai pris toutes mes mesures. Demain matin, ses hommes le couvriront de son *melayeh*, comme s'il était mort. Ils le chargeront

sur un chameau et regagneront Esnèh. Je lui ai
versé du sommeil pour plus de vingt-quatre heures
et je lui sauve la vie, car son entreprise ne pouvait
pas réussir, les astres me l'avaient dit. A présent,
écoute-moi bien. Demain soir, le sherif Hassan dormira plus profondément que Malek ; il dormira
pour ne plus s'éveiller.

— Les astres te l'ont dit?

— Non, c'est ma volonté qui m'a parlé. J'irai,
avec mes psylles, vous rejoindre, toi et Djémilé, à
Dakakyn. Nous rencontrerons là Malek endormi et
tes cavaliers, et nous regagnerons Esnèh tous ensemble. Tu m'as promis une place dans ton cœur,
je ne te quitte plus.

— Est-ce que tu veux donner du poison au sherif?

Elle ne répondit pas. Tomadhyr, capable de tout,
m'effrayait pour l'avenir de Djémilé. Mais quel
était cet avenir? Pouvais-je espérer accomplir sa
délivrance? Cette almée qui se disait voyante et que
j'avais peut-être trop facilement crue sur parole, ne
se moquait-elle pas de moi? Je me demandai si le
soleil d'Égypte ne m'avait pas tapé sur la tête ainsi
qu'à tant d'autres, et si mon désir d'enlever la fille
de Mourad n'était pas une vaine fantaisie peut-être
irréalisable : mais je m'étais engagé trop avant pour
reculer. et je me serais cru poltron, si la prudence

l'eût emporté sur ma soif d'aventures. La bizarre-
rie de ma situation me plaisait. Je m'endormis au
fond de l'hypogée, entre mon Hamlet et ma sorcière.

XIII

Il faisait grand jour quand Towadhyr m'éveilla.

—Il est temps, me dit-elle. Je passe devant pour avertir deux des cavaliers de Malek de venir chercher ce beau dormeur. Ne me suis pas ; rends-toi au palais de Mourad. Promène-toi en regardant toutes les femmes qui en sortiront. Djémilé aura mon habbarah et mon masque de crin noir. Tu le reconnaîtras bien ? Il a un croissant de corail au front. N'aborde pas la fille du bey dans la rue. Passe devant et amène-la ici. Tu y trouveras un des cavaliers de Malek avec des chevaux. Attends la nuit, et pars !

Une heure après, mêlé à la population, j'étais devant les hautes tours du palais.

Des alméas dansaient dans l'intérieur, aux sons d'un orchestre plus bruyant qu'harmonieux. La journée s'avançait.

Je me hasardai jusqu'à la porte, mais les schaouss m'en interdirent l'entrée. Une heure après, les musiciens, psylles, alméos et ceux des invités qui n'étaient pas de la famille, se retiraient. Mourad allait, disait-on, se rendre à la mosquée.

Je cherchai vainement à reconnaître Djémilé parmi toutes ces femmes masquées qui sortaient. Aucune n'avait de croissant de corail au front. On ferma les portes. Un silence de mort régnait dans le palais. Que se passait-il ?

Le soleil venait de descendre derrière l'horizon, et je longeais les murailles de cette forteresse lorsque, sur le haut d'une tour, la silhouette d'une femme se dessina au milieu du ciel déjà parsemé d'étoiles. Elle assujettit promptement une corde à un créneau, et, avec une hardiesse dont Thomadhyr seule était capable, elle se risqua dans l'espace et se laissa glisser. Il s'en fallait de plus de dix pieds que la corde fût assez longue pour atteindre le sol. La fugitive n'hésita pas à sauter. J'arrivai à temps pour amortir la chute. Elle jeta un cri, se dégagea vivement, et s'enfuit à travers les blés.

Je fus bientôt près d'elle.

— Thomadhyr! lui dis-je, ne crains rien, c'est ton maître.

Elle s'arrêta et revint en courant se jeter dans mes bras.

Ce n'était pas Thomadhyr, c'était Djémilé!

— Ah! chère fille! m'écriai-je en la serrant sur mon cœur, je te tiens donc enfin!

— Emporte-moi, cache-moi, sauve-moi! reprit-elle. On doit être déjà à ma recherche.

En effet, l'éveil était donné. Des cavaliers passèrent au galop sur le chemin près des blés où nous étions. Du côté de la ville, les habitants munis de falots allaient, venaient, se croisaient. De loin on eût dit d'une volée de lucioles. Les muezzins hurlaient du haut de la grande mosquée.

Il fallait nous réfugier au plus vite dans l'hypogée. Je ne connaissais pas le pays, je me trompai et je fis beaucoup plus de chemin qu'il n'était nécessaire.

Je retrouvai enfin le temple égyptien. Les cavaliers qui devaient m'attendre n'y étaient pas. Nous nous engageâmes dans le passage qui menait aux souterrains. Pour Djémilé, qui venait de descendre du haut d'une tour, ce n'était rien que de gagner le fond du puits, au moyen d'une échelle laissée par les cavaliers de Malek lorsqu'ils avaient dû emporter leur maître endormi.

Je retirai l'échelle, et nous gagnâmes l'hypogée, où, en effet, Malek ne se trouvait plus.

Je pus seulement alors contempler ma chère Djémilé. C'était bien toujours la même mignonne enfant, avec ses doux sourires, ses grands yeux de gazelle et sa jolie bouche ; mais, si ses traits avaient peu changé, sa taille avait pris un rapide développement. C'était véritablement une belle jeune fille. On ne pouvait plus hésiter entre l'amour et le sentiment paternel.

Il restait des provisions, et, tout en soupant, elle me raconta comment son père, après l'avoir enlevée de chez moi, l'avait emmenée d'abord dans le Fayoum, puis dans la haute Égypte et enfin dans l'oasis.

— Mon mariage avec Hassan, dit-elle, fut décidé sans que je fusse seulement consultée. Je me résignai ; mais je n'avais qu'une idée, me sauver ! Aussi quand, avant-hier, je reconnus Tomadhyr, je compris tout de suite qu'elle venait de ta part. Je la fis appeler près de moi. Nous convînmes de tout, et aujourd'hui, à l'insu de l'eunuque chargé de garder ma porte, j'échangeai ma riche toilette de fiancée contre les vêtements de l'almée. Nous sommes à présent de la même taille. Je me voilai le visage, je m'enveloppai de son habbarah et je la laissai à ma place. Il n'y avait rien à craindre, nous étions convenues de nous retrouver demain à Dakakyn. J'allai sous la galerie en attendant le moment de me glisser parmi les femmes des boys invités à mes noces. Je ne pus parvenir jusqu'à elles. Les eunuques redoublaient de vigilance, comme s'il eussent eu connaissance de mon projet. Tomadhyr, déguisée et voilée, fut amenée au milieu de la salle et, placée entre mon père et ma mère, elle asista aux danses. Dans la soirée, tous ceux qui n'étaient ni parents, ni alliés de ma famille, se retirèrent. C'était le moment de fuir, et j'allais descendre quand un eunuque me signifia de regagner le harem et d'attendre, avec les almées, que Mourad eût permis au shérif de voir le visage de sa future épouse, après quoi la fête recommencerait. Ni Tomadhyr ni moi n'avions pu prévoir cette infraction aux coutumes. Tout était perdu! J'entendis mon père s'écrier : « Ce n'est pas là ma fille! » Puis Hassan dire : « Que cette chienne soit punie comme elle le mérite!» Tomadhyr jeta un cri déchirant qui me glaça d'épouvante. Toutes les femmes et les eunuques coururent sur la galerie, et moi, je me précipitai dans un escalier dérobé qui menait au jardin. Je gagnai la porte, elle était fermée. En voyant un paquet de cordes auprès de la citerne, je pensai sur-le-champ à fuir par dessus la muraille. Je m'emparai de ces cordes, je courus à une des tours...

— Je sais le reste ; mais parle-moi de la pauvre Tomadhyr ! Crois-tu qu'elle ait été tuée?

Djémilé allait me répondre, lorsque le nom de Tomadhyr vibra sous le plafond de l'hypogée, comme s'il eût été prononcé par un écho mystérieux. Djémilé devint pâle. Je me levai, je fis quelques pas et je reconnus, avec une inexprimable surprise, la voix de Malek qui appelait Tomadhyr avec angoisse et colère. Je courus vers le puits :

— Maudite sorcière, disait-il, rends-moi l'échelle, je suis blessé, poursuivi...

Je me hâtai de le faire descendre.

— Ah ! c'est toi? dit-il ; où est l'empoisonneuse qui prive les gens de leur volonté?

— Hélas! je crois que Tomadhyr a payé de sa vie son dévouement pour moi !

— Elle était mauvaise sorcière si elle s'est laissée tuer, dit-il sèchement. Allons, retire l'échelle, moi je ne puis t'aider.

— Es-tu blessé?

— Oui, à la main.

Nous gagnâmes l'hypogée.

— Tu as ta femme? me dit-il en voyant Djémilé ; je resterai de l'autre côté de la porte.

— Comme tu voudras.

Quand il se fut installé dans la première chambre, je lui demandai ce qui lui était arrivé.

— Je me suis réveillé, dit-il, à mi-chemin de Dakakyn. J'ai sauté sur mon cheval et je revenais, d'abord pour punir Tomadhyr de m'avoir donné un philtre, ensuite pour accomplir mon dessein, lorsque, à une heure d'ici, j'ai rencontré Mourad et Hassan escortés seulement de cinq cavaliers et de quelques esclaves portant des falots. Je ne sais pas ce qu'ils cherchaient, mais l'occasion était trop belle pour la laisser échapper.

J'ai marché droit à mon ennemi et de mes deux pistolets j'ai fait feu à trois pas. Il s'est affaissé sur le cou de son cheval et je le crois mort. Hassan m'a chargé et m'a coupé d'un coup de sabre ces deux doigts de la main gauche. Tiens, regarde. Je ne saigne plus et je ne sens rien. D'ailleurs la vie de Mourad valait bien la perte de la main tout entière. Des mameluks sont accourus au bruit du combat. On s'est battu dans l'obscurité. Deux de mes cavaliers ont été tués et je suis venu chercher un refuge ici.

— Es-tu suivi ?

— On a perdu ma trace. — Maintenant que nous n'avons plus rien à faire dans l'oasis, nous pourrons repartir pour Esnèh demain ou cette nuit même, car, pour rester longtemps dans ce tombeau à respirer la poussière des morts et à mourir de faim, je ne le veux pas.

— Je n'y tiens pas non plus, lui dis-je ; mais, cette nuit, toute l'oasis doit être sur pied.

— Qu'importe ! le désert est à une portée de pistolet, nos chevaux sont là-haut cachés dans l'intérieur du temple. Crois-moi, partons sur-le-champ. Nous couperons tout droit à travers les sables.

— Une traversée de trois jours sans eau, sans provisions, c'est impossible, et Djémilé ne peut faire le trajet à cheval.

— Alors, attendons la nuit prochaine. Je vais dormir comme je n'ai pas encore dormi depuis la mort de mon père. J'ai le cœur léger. Mourad est mort...

— Ne le dis pas à Djémilé, elle l'apprendra assez tôt.

— Ne crains rien, je ne lui en parlerai jamais; mais elle ne peut avoir beaucoup de larmes pour celui qui la forçait à épouser Hassan.

Djémilé dormait dans l'hypogée, je m'étendis

en travers de sa porte, à deux pas de Malek.

Si la satisfaction d'avoir assouvi sa vengeance lui procura un profond sommeil, la mort de Tomadhyr et le danger que courait Djémilé me tinrent éveillé. Et puis, j'étouffais dans cette tombe. Je montai respirer l'air plusieurs fois et m'assurai que l'ennemi n'était pas sur nos traces.

Le jour venu, il fallait agir prudemment pour ne pas attirer l'attention sur nous. Je craignais que Malek ne commît quelque imprudence ; j'obtins de lui qu'il resterait pour veiller sur Djémilé. Je me mis en quête des dromadaires qui avaient amené Tomadhyr ; j'envoyai les fellahs faire de l'eau au puits le plus voisin et j'allai aux provisions avec deux cavaliers.

La ville était en émoi. On criait fort autour de la boutique du barbier, j'y entrai hardiment et je criai aussi fort que les autres, afin de savoir ce qui se passait. Mourad était vivant. Il n'avait été blessé que fort légèrement à l'épaule, et on disait que le meutrier n'était autre que Souleyman, furieux de n'avoir pas obtenu la main de Djémilé.

Quelques-uns prétendaient que la fille du bey n'avait pas quitté le palais et qu'une esclave seule avait pris la fuite. D'autres soutenaient que son père l'avait tuée pour avoir outragé d'avance son

12

époux. Quant à l'attaque nocturne de Malek, on la mettait sur le compte d'une incursion de pillards bédouins dans l'oasis, et c'était ce qui préoccupait le moins. La grande nouvelle était le retour du sultan Kébir (Bonaparte) au Caire, après avoir échoué dans son expédition de Syrie, et l'on se disait tout bas que Mourad et Hassan allaient marcher de concert, l'un sur Minieh, l'autre sur Medineh, avec cinq ou six mille mameluks, bédouins, magrebins, darfouriens, et chasser les Français de la moyenne Égypte. L'intérêt politique l'emportait sur les intérêts privés.

J'avais une envie démesurée d'aller trouver Mourad et de juger par moi-même de ce caractère indomptable et de cette infatigable activité. J'admirais cet homme qui, presque à bout de ressources, avait su conserver tant d'autorité, tant de prestige sur ceux qui lui avaient longtemps disputé le pouvoir. Mais le salut de Djémilé m'imposait la prudence, et puis Hassan, ce lion des déserts de l'Arabie, qui sait s'il ne tuerait pas sa fiancée fugitive comme il avait sans doute tué ma pauvre almée? Il la faisait chercher ; on fouillait les maisons des fellahs et on questionnait les propriétaires. Une forte récompense était promise à celui qui livrerait Djémilé, ou dirait seulement où elle était cachée.

Il fallait fuir au plus tôt. Nos outres pleines et nos provisions faites, je revins près de mes compagnons leur donner des nouvelles; mais je me gardai bien de dire à Malek que Mourad était vivant, il eût risqué une nouvelle tentative.

Nous nous mîmes en route vers le milieu de la nuit, à l'heure où l'oasis tout entière dormait. Au jour, nous en étions déjà bien loin. Nous marchâmes jusqu'à ce que nos montures fussent épuisées; nous dressâmes nos tentes dans un repli de terrain, auprès d'un fourré de lentisques et de palmiers nains. Nous achevions de prendre notre repas quand un des fellahs, placé en observation, signala une troupe à cheval.

Malek et moi, gravîmes la petite éminence de sable qui protégeait notre campement. Un nuage de poussière s'élevait de l'horizon.

— C'est la cavalerie de Mourad! dit Malek, nous ne pouvons fuir, nos bêtes sont trop fatiguées. Il faut abattre les tentes, cacher la femme, les fellahs et les bêtes dans le fourré. Nous et les deux cavaliers, nous monterons à cheval et agirons de ruse.

En un instant ses ordres furent exécutés. Je rassurai du mieux que je pus Djémilé, qui était pâle, mais ne tremblait pas, et j'allai rejoindre Malek et ses deux cavaliers.

— Attirons-les loin d'ici, me dit-il, et laisse-moi porter la parole; il sera toujours temps de se battre.

Nous fîmes un quart de lieu au galop, à l'abri derrière le repli de terrain, et nous nous arrêtâmes sur une butte de sable bien en vue.

L'ennemi nous vit et se dirigea de notre côté.

— Ils sont plus de vingt, me dit Malek, et nous ne sommes que quatre; mais ce sont des bédouins et des yambos. Ils sont vêtus de laine, tandis que nous sommes maillés de fer; on peut en venir à bout si Allah le permet! Allons au-devant d'eux.

Quelques instants après nous étions à portée de la voix. Ils avaient fait halte en nous voyant accourir.

— C'est Hassan-Bey, en personne, me dit tout bas Malek en arrêtant son cheval. S'il ne se contente pas de mes paroles, il faudra le tuer.

— Je m'en charge, répondis-je.

Malek s'adressant alors directement à lui :

— Ya Sidi Sherif, tu as été trompé comme nous aux pistes de cette caravane.

— Que veux-tu dire? répondit Hassan.

— Ne cherches-tu pas comme nous celle que Mourad appelle sa fille?

— Si tu le sais, pourquoi le demandes-tu?

— J'aurais pu te donner un renseignement, mais puisque tu n'en veux pas...

— Parle, où est ma fiancée?

— Dans l'oasis, à Dakakyn.

— Tu mens, j'en arrive!

— O Sherif, dit à Hassan un de ses cavaliers, que je reconnus pour être Souleyman, cet homme te trompe en effet. C'est Malek-Ben-Aly, c'est lui qui a enlevé Djémilé, pour le compte du colonel français.

Malek répliqua en lui tirant un coup de pistolet qui le fit rouler à terre; puis, mettant le sabre à la main, il fondit sur le gros de la troupe. Je courus au sherif, et le combat s'engagea. Hassan était un homme vigoureux, expérimenté dans le maniement des armes, ce qui ne l'empêcha pas de recevoir une blessure au bras qui lui fit lâcher son sabre, et j'allais en débarrasser Djémilé sur l'heure, car il était hors d'haleine, si ses Arabes ne fussent venus à son secours. J'en tuai un, mais en pure perte. Je fus renversé de cheval et maintenu à terre par quatre bédouins qui, sur l'ordre d'Hassan, me lièrent les jambes et les bras.

Malek et l'un des cavaliers étaient également pris, l'autre était mort. A nous quatre, nous leur avions tué cinq hommes, nous en avions mis quatre hors de combat sans compter Hassan et Souleyman blessés.

12.

En voyant que sur vingt il n'en restait que neuf, je ne perdis pas l'espoir d'en venir à bout, quoique Malek et moi fussions liés de cordes.

Nous fûmes amenés devant Hassan qui avait mis pied à terre pour panser sa blessure.

— Voilà trois rudes compagnons, dit-il, et les nourisseront bien désolées de les voir arriver en paradis sans leur tête.

— Tu plaisantes agréablement, répondis-je; mais ne crois pas m'effrayer; je te sais plus cupide que méchant et tu préféreras notre rançon à notre mort.

— Pourquoi ton kiachef ne parle-t-il pas lui-même?

Et se tournant vers Malek :

— Dis-moi d'abord s'il est vrai que tu conduisais la fugitive à ton chef français?

— Je ne connais pas celle dont tu veux parler, répondit Malek, et il y a longtemps que le Français ne pense plus à elle.

— Alors, que venais-tu faire à Kherdjèh?

— Je venais me joindre aux cavaliers de Mourad avec ces deux bons musulmans, qui, comme moi, ont déserté le drapeau de nos oppresseurs.

— Tu me crois bien sot pour me donner à boire de telles impostures. Ta langue a assez menti. Je vais te la faire couper.

Je crus qu'il plaisantait; mais je fus bien vite détrompé en voyant deux de ses bourreaux renverser mon compagnon et lui ouvrir la bouche avec leurs sabres. Ce fut en vain que j'implorai sa grâce, que j'offris des monceaux d'or et que je dis qu'il était le frère de Djémilé : le malheureux Malek fut mutilé sous mes yeux.

Vaincu par la souffrance, il s'évanouit.

Hassan s'adressa ensuite à moi :

— A ton tour, dit-il; veux-tu avouer la vérité?

Un frisson glacial me passa dans les veines. J'avais vu la mort souvent en face; mais j'avoue que l'idée d'être mutilé comme cet infortuné paralysait toutes mes facultés. Je n'avais qu'une idée, celle de fuir, et je faisais des efforts surhumains pour rompre mes liens. Tout à coup je sentis qu'une des cordes qui me retenait les coudes l'un contre l'autre cédait. L'espoir et la présence d'esprit me ranimèrent.

— Oui, je veux bien parler, dis-je avec aplomb : que veux-tu savoir?

— Tu n'es ni Arabe, ni mameluk.

— C'est vrai.

— Qui es-tu?

— Le chef français lui-même.

— Toi!... fit-il en s'approchant.

— Oui ! et je suis venu chercher ma femme.

— Qui, Djémilé?

— Elle est mariée avec moi depuis longtemps.

— Et tu l'as emmenée?

— Oui.

— Où est-elle?

— Pas loin d'ici !

En ce moment, ma corde se desserra tout à fait, mais je restai immobile.

— Tu consens à me la rendre?

— Puis-je faire autrement? Fais moi délier les pieds, et je te conduirai près d'elle.

Comme un sot, il en donna l'ordre.

Dès que j'eus les jambes libres, et, pendant que son esclave était encore agenouillé devant moi, je rompis mes liens, et, avec la promptitude de l'éclair, j'arrachai le yatagan que celui-ci portait sur l'épaule comme un carquois; je me jetai sur Hassan qui était à trois pas de moi, et lui plantai la lame tout entière dans la poitrine. Ce fut si vite fait que j'eus encore le temps de couper la corde qui retenait les mains du mameluk prisonnier avant que les bédouins fussent revenus de leur stupeur.

Pendant qu'ils s'empressent autour de leur sherif, le mameluk et moi nous leur tombons sur le dos à notre tour. J'en abattis un pour mon compte, lui deux; nous étions devenus enragés. Souleyman prit la fuite avec ceux qui restaient. Mon mameluk songea d'abord à les poursuivre; mais je le rappelai pour qu'il allât chercher quelques-uns de nos fellahs, et un dromadaire afin d'emporter Malek, qui semblait mort. Il obéit, mais il ne voulut pas partir avant d'avoir tranché sans pitié les têtes des trois bédouins qui respiraient encore. Hassan se tordait sur le sable, en rugissant de douleur et m'accablant d'imprécations. Je lui brûlai la cervelle pour en finir.

Quelques instants après, Malek hissé sur le dromadaire, et mes fellahs ayant dévalisé et décapité les morts, y compris le shérif, je repris le chemin du bois de lentisques en emmenant les chevaux. Djémilé accourut au-devant de moi et, sans prononcer une parole, me prit la main et y colla ses lèvres.

Ne voulant pas attendre que Mourad, averti par Souleyman, pût venir nous rejoindre avec une armée tout entière, je donnai l'ordre de repartir sur-le-champ, afin de prendre de l'avance. Les chevaux étaient fatigués, il est vrai, mais les dromadaires pouvaient encore fournir une longue marche.

Nous avions d'ailleurs plus de chevaux qu'il n'en

fallait pour monter tout le monde. Nous partîmes
au soleil couchant. Le khamzine s'éleva. C'est un
vent du sud-ouest qui, chargé de l'atmosphère em-
brasée du désert, vous énerve et vous dessèche les
poumons. Dans sa furie, il soulève des tourbillons
de sable et ensevelit parfois les caravanes qui se
laissent surprendre. Il souffla toute la nuit et il
nous sembla respirer l'air qui sortirait d'une four-
naise. Malgré les haltes fréquentes pour rafraîchir
les hommes et abreuver les bêtes, dix de mes chevaux tombèrent fourbus et deux fellahs moururent
suffoqués. Avec le retour du jour, le khamzine re-
doubla de violence. Le soleil était tellement voilé
par les nuages de sable qu'il semblait un boulet
rouge. Les dromadaires se couchèrent. Il fallut
s'arrêter. Grâce à la précaution que nous avions
prise, Djémilé et moi, de garder constamment une
éponge imbibée d'eau sur la bouche, nous suppor-
tâmes ce vent desséchant. Je fis porter sous ma
tente le malheureux Malek, dont la soif exaspérait
encore la douleur et je cherchai à lui donner courage.

Djémilé, à laquelle j'avais appris qu'il était son
frère, sut lui parler beaucoup mieux que moi dans
le sens du fatalisme musulman. Après l'avoir écoutée
d'un air sombre, il parut se soumettre à son sort.

Tout à coup il se leva, prit la main de Djémilé et la porta à son front et à sa poitrine, voulant dire par là qu'il la reconnaissait pour sa sœur. Puis il me fit comprendre que j'eusse à lui donner ses armes. Je les lui remis, pensant qu'une idée de combat traversait son esprit et en réveillait l'indomptable énergie. Il prit ses pistolets, en fit jouer les batteries, les chargea, et les rejeta loin de lui d'un air mécontent. Puis il tira son sabre, en examina la pointe affilée, le remit au fourreau, et sortit de la tente en me faisant signe de le suivre. Il fit trois pas, s'arrêta, me fit voir avec un geste de désespoir sa bouche mutilée, sa main estropiée; puis, levant au ciel un regard résigné, il me serra la main et s'éloigna. Je crus qu'il voulait me quitter et j'allai vers lui; mais avant que je l'eusse rejoint, il avait tiré son sabre, et, à deux mains, se l'enfonça dans la poitrine.

En me voyant près de lui, il sourit tristement, ferma les yeux et retomba mort. Ses hommes vinrent le relever.

— Ce qu'il a fait là, dit l'un d'eux, est d'un lâche sans foi ni religion. Il faut savoir supporter ce qui doit arriver. Il a eu tort.

Dans la situation de Malek, un vrai musulman se fût dit en effet, que *c'était écrit*. Mais, comme la plupart des mameluks nés dans le rite grec et convertis ensuite à l'islamisme, Malek ne croyait pas à la fatalité. Il avait compté sur la mansuétude divine et s'était soustrait par la mort à la honte de vivre mutilé.

Les fellahs refusèrent de lui donner la sépulture et je dus, avec l'aide des mameluks, lui creuser une fosse et l'ensevelir. La douleur de Djémilé ne pouvait être bien grande, elle ne connaissait ce frère que depuis quelques heures, et le sentiment de la famille est peu développé chez les Orientaux.

Il fallait songer à se remettre en route. Je donnai l'ordre de plier les tentes et de recharger les outres. Les deux dromadaires et trois chevaux furent seuls en état de repartir. Le vent soufflait toujours. La soif se fit bientôt sentir et les fellahs absorbèrent ce qui restait d'eau. Nous avancions lentement. A chaque instant c'était un homme ou un cheval qui restait en chemin. Vers minuit, mon cheval refusa d'aller plus loin. Il n'y en avait pas d'autre. Je grimpai sur le dromadaire qui portait Djémilé. Trois heures après, nous étions seuls. Notre monture refusa de marcher et se coucha. Nous dûmes rester là sous des tourbillons de sable qui menaçaient de nous ensevelir. La soif, l'ardente soif, me brûlait la gorge. J'avais épuisé les quel-

ques gouttes d'eau qui me restaient. Les provisions
étaient restées sur l'autre dromadaire. Ma compagne souffrait de la faim ; elle était écrasée par le
manque d'air et la fatigue. Je cherchais à la récon-
forter en lui disant que nous ne pouvions pas être
loin d'Esnèh, qu'il fallait attendre que notre dromadaire eût pris un peu de repos. Je voulus le faire
lever, mais le maudit animal ne bougeait pas plus
qu'une borne. Il ruminait paisiblement, le cou
allongé sur le sable. Que cette nuit fut longue et
cruelle ! Au matin, Djémilé était glacée. Son regard était voilé. Allait-elle mourir ?

— Écoute, lui dis-je, je donnerai ma vie pour
sauver la tienne. Veux-tu boire mon sang ?

— C'est horrible ! répondit-elle d'une voix
éteinte.

— C'est nécessaire, je veux que tu vives !

Je me fis une entaille au bras. Elle but.

Le ciel était moins chargé de nuages de poussière
du côté de l'Orient, le vent faiblissait. Je vins à bout
de mettre le dromadaire sur pied et nous repar-
tîmes.

Enfin nous vîmes les minarets d'Esnèh, et le
même jour, ma chère compagne était sous la protection de la France. Nous avions dû au vent du
désert de n'avoir pas été rattrapés par Mourad.

13

Cette expédition avait duré dix jours, et, sur treize personnes, je revenais seul.

A la suite des privations que nous avions endurées, Djémilé fut malade assez longtemps; moi même je m'en ressentis plus de quinze jours.

XIV

Aussitôt que Djémilé eut recouvré ses forces, elle me témoigna une affection dont je fus vivement touché.

— Dis-moi donc que tu m'aimes, me disait-elle, il me semble que tu ne me l'as pas encore dit.

— C'est vrai. Je ne te l'ai pas dit comme je le sens. Je ne saurais pas le dire.

— Mais tu me l'as prouvé; c'est pourquoi Djémilé aime par-dessus tout celui qui lui a sauvé deux fois la vie et qui l'a délivrée, par son courage, d'un maître odieux. Aussi, pour toi, j'ai fui ma famille; pour toi, je renoncerai à ma religion si tu le veux. Je t'obéirai aveuglément. Je ne te demande

qu'une chose, c'est de souffrir près de toi ton esclave
Djémilé.

— Chère enfant adorée, lui dis-je en la serrant
sur mon cœur, ce que je t'ai dit, il y a un an, alors
que je te vis pour la première fois, je te le répète
ici : c'est moi qui suis ton esclave.

— Non, il faut être mon maître, me commander,
m'instruire. Je ne sais rien et je veux tout apprendre. Avec ton sang, j'ai bu tes pensées, tes désirs ;
aujourd'hui, j'ai encore soif, mais c'est ton âme
tout entière que je veux boire.

Quel homme n'eût été enivré par cette enchante-
resse, et comment aurais-je pu douter d'elle?

J'avais raconté mon expédition dans l'oasis au
général Desaix. Il me blâma de ne pas lui en avoir
parlé avant de partir. Je vous eusse donné, dit-il,
le moyen de parler à Mourad ; j'estime sa bravoure,
et peut-être eût-il été sensible à des propositions de
ma part. Mais c'est partie remise. Vous avez sa
fille, gardez-la bien.

Il n'était pas nécessaire de me faire cette recommandation, je ne la perdais pas de vue. J'en étais
devenu jaloux comme un tigre.

Le noble caractère et la sage administration de
Desaix lui avaient valu, de la part des habitants de
la haute Égypte, le surnom de *Sultan juste* ; il se vit

à regret forcé d'abandonner la garde du pays aux troupes indigènes et d'aller rejoindre Bonaparte à son quartier général de Gizèh.

Mourad marchait sur le Caire, en même temps qu'une flotte anglo-turque s'avançait vers Alexandrie.

Nos préparatifs furent bientôt faits. Je m'embarquai avec Djémilé.

Morin se joignit à nous avec ses cartons, et, durant le voyage, il se montra si aimable auprès de ma compagne, qu'il obtint de faire un dessin d'après elle. Décidément ce garçon faisait une collection de portraits de femmes. Comme il me montrait la série de ceux de Sylvie, de Pannychis, de Daoura, de mon hôtesse cophte à Esnèh, et de Tomadhyr, je le priai de me faire une copie de celui-ci. Je voulais garder l'image de cette pauvre fille ; mais Djémilé en parut contrariée et j'y renonçai. Nous étions ingrats tous les deux. L'almée avait payé notre bonheur de sa vie, puisqu'elle n'avait pas reparu !

Le 10 juillet, la division Desaix était de retour à Gizèh, et mon régiment, en attendant de nouveaux ordres, revenait prendre ses quartiers à Boulaq.

Ma maison était toujours à la même place, mais Pannychis en avait décampé quelques jours après mon départ. J'en fus fort aise. Elle avait passé avec armes et bagages, c'est-à-dire, avec ses chiffons et ses bijoux, dans les bras d'un *Riz-pain-sel*. C'est ainsi que nous appelions ces munitionnaires qui faisaient souvent, aux dépens du pauvre soldat, de si rapides fortunes.

Il ne me restait que Daoura, Choho et Zabetta pour recevoir Djémilé. Elles l'accueillirent par des cris, des pleurs, des rires à n'en plus finir. Daoura sautait autour d'elle absolument comme un chien qui retrouve son maître.

Je courus embrasser Dubertet qui me dit, en me parlant de Sylvie : J'ai eu envers elle bien des torts qu'elle m'a pardonnés. La fidélité de cette femme est inimaginable, mon cher ! Elle a dédaigné de se venger alors qu'elle pouvait le faire impunément.

Malek n'était plus là pour dire le contraire, et je n'étais pas chargé de détromper Dubertet. L'amour vit d'illusions, et mon ami se trouvait heureux.

En le quittant, je m'occupai de trouver un professeur pour Djémilé.

Elle voulait apprendre à lire, à écrire et à parler le français qu'elle commençait à bégayer. Je ne pouvais m'adresser à un meilleur maître qu'à Fosco qui m'avait montré l'arabe, et j'obtins qu'il lui donnât des leçons. J'eus le loisir de surveiller les progrès

de l'élève, car j'étais chargé de garder le Caire avec
mes dragons. Je ne pus donc, à mon grand regret,
assister le 22 juillet à la glorieuse bataille d'Aboukir
où Murat fit une si belle charge pour couper l'armée turque et la pousser jusque dans la mer.

Bonaparte quitta le Caire le 18 août 1799 avec
plusieurs de ses généraux et quelques savants.
Croyant qu'il allait en tournée scientifique, personne
ne s'en inquiéta : aussi le désappointement fut grand
lorsque nous sûmes qu'il s'était embarqué à Alexandrie le 22 et faisait voile pour la France. Il laissait
le commandement à Kléber qui vint au Caire et fut
reconnu général en chef le 1ᵉʳ septembre, aux ac-
clamations de l'armée et de la population.

Celui-ci montra d'abord les dispositions les plus pa
cifiques et ne songea qu'à s'attirer la confiance des
habitants. Les mois de septembre et d'octobre se
passèrent en fêtes. Djémilé aimait à paraître, je la
conduisis partout. Sa jeunesse et sa beauté furent
très-remarquées. Elle eut les hommages des hommes et l'envie des femmes.

En novembre l'infatigable Mourad reparut dans
le Fayoum et Desaix marcha contre lui avec deux
colonnes mobiles composées de cavalerie, d'artillerie et d'infanterie montée sur des dromadaires. Dans
la crainte qu'il ne vînt encore me ravir sa fille, je

fis faire bonne garde autour de ma maison.

Je n'avais pas revu mademoiselle de Cérignan, je n'en avais même pas de nouvelles par son propriétaire juif, quand, un matin, j'aperçus Louis rôdant autour de ma maison. Il avait beaucoup grandi et semblait mieux portant.

— Où vas-tu ainsi tout seul, petit Louis?

— Je venais chez toi, dit-il en accourant se jeter dans mes bras; il y a plus de huit mois que je ne t'ai vu! Veux-tu que je déjeune avec toi?

— Avec plaisir; mais tu seras raisonnable?

— Est-ce que je ne le suis pas toujours?

— Ce n'est pas ce que dit ta sœur.

— Elle prétend me faire passer pour aliéné, dit-il en haussant les épaules. Je lui pardonne ce mensonge. C'est à bonne intention, pour ne pas donner l'éveil sur mon secret; mais, à force de prudence et de soins, elle en est arrivée à me devenir insupportable. Elle m'ennuie!

— Ce que tu dis là serait odieux si tu en sentais la portée. Ta sœur...

— Ne l'appelle donc pas ma sœur. Cela me rappelle madame Royale et me fait de la peine!

— Voilà ta folie qui te reprend? Allons viens déjeuner; mais que votre *majesté* daigne au moins garder l'incognito.

— Oh ! sois tranquille, je suis prudent, dit-il d'un air grave.

Je l'emmenai dans la salle à manger où Djémilé m'attendait. Ce jour-là elle était vêtue d'or et de soie, elle avait son *tarbouch* d'émeraudes et ses colliers de perles. Elle savait déjà assez de français pour se faire comprendre.

Quand je lui eus présenté Louis comme le fils de l'un de mes amis, elle le fit asseoir près d'elle et lui demanda quel âge il avait. Puis elle me dit qu'il était joli et qu'il ressemblait à une fille. Lui ouvrait de grands yeux et la regardait avec admiration. Puis il toucha du bout du doigt, et d'un air craintif, ses vêtements, ses colliers, ses cheveux et ses mains.

— C'est une fée ! lui dis-je en riant ; prends garde de la faire envoler.

— J'en serais bien fâché, dit-il ; et s'adressant à Djémilé : Voulez-vous que je vous embrasse, madame la fée ? Elle y consentit sans façons.

Pendant le déjeuner, cet enfant se montra très-sensé ; s'il n'était ni très-instruit ni très-intelligent, il était au moins affectueux et plein de bons sentiments. En sortant de table, qu'il fût fils de roi ou non, il avait gagné mon affection.

Pour venir me voir, il avait profité d'une visite

13.

que mademoiselle de Cérignan était allée rendre, et, quand je lui parlai de le reconduire, il me dit :

— Laisse-moi passer avec toi tout le temps que je pourrai. Si la Cérignan est inquiète de moi, elle viendra bien me chercher ici. J'ai dit au juif où j'allais.

Je le laissai libre de faire ce qui lui plairait. Djémilé lui proposa de jouer au *manyallah*, espèce de jeu de trictrac très à la mode en Orient.

Après un quart d'heure, il bâilla et me demanda à voir mes chevaux ; quand ce fut fait, il voulut aller se promener dans la caserne. En voyant mes dragons, il me manifesta son désir d'être soldat un jour. De retour à la maison il demanda à Guidamour de lui apprendre à faire l'exercice ; puis il alla taquiner la petite fellahine en lui dérangeant ses échafaudages de pâtisserie et il se pâmait de rire devant les impatiences de cette fille. Djémilé, qui n'était guère moins enfant que lui, s'en mêla et la maison fut bientôt sens dessus dessous. Elle finit par en faire sa poupée et l'habilla en odalisque.

On annonça en ce moment mademoiselle de Cérignan. Louis, pris de terreur, demanda à Djémilé de le cacher, et ils s'enfuirent dans le harem.

J'allai au-devant d'Olympe, qui me demanda avec inquiétude si son frère était chez moi.

— Tranquillisez-vous, lui dis-je, il est ici.

— Ah ! quel enfant terrible ! comme il m'a fait peur !

— Vous craignez qu'on ne vous l'enlève ?

— Sans doute ! dit-elle imprudemment ; puis se reprenant : un enfant qui ne sait ni ce qu'il fait, ni ce qu'il dit, peut suivre le premier venu.

Après l'avoir priée de s'asseoir :

— Voyons, mademoiselle de Cérignan, cessez de feindre avec moi. Louis n'est pas plus fou qu'il n'est votre frère. Je ne sais s'il est réellement le Dauphin ; mais c'est un enfant aimable et bon que vous tenez trop sévèrement et que vous *ennuyez*. Tant pis, le mot est lâché !

— Il vous a dit que je l'ennuyais ? dit-elle en se redressant.

— Parfaitement !

Elle était profondément blessée.

— Je l'ennuie ! Ah ! voilà bien l'ingratitude des princes ! Dévouez-vous donc pour eux, sacrifiez-leur toutes vos affections, résignez-vous à vivre loin du monde, pour ainsi dire cloîtrée ; brisez-vous le cœur : ils vous en savent gré en vous faisant dire : *Vous m'ennuyez !*

— C'est donc décidément un prince ?

Elle se tut, rougit et baissa les yeux, puis elle me regarda hardiment et me dit avec l'accent de la vérité :

— Je vous ai trompé jusqu'à ce jour. Je le devais ! Puisque cet enfant, par ses révélations, me force à vous confier son sort, sachez qu'il est bien le fils de Louis XVI. Vous l'avez sauvé de la mort, à présent protégez sa vie ! Un jour, quand il remontera sur le trône de ses aïeux, il vous en saura peut-être gré, si jusque-là vous avez le talent de ne pas l'ennuyer. Moi, j'ai échoué, c'est à votre tour d'être dévoué et de lui sacrifier tout : à vous le devoir et l'honneur de garder l'héritier de trente-six rois et de l'amuser, ce qui est malaisé, je vous en avertis !

Et elle sourit avec amertume.

— Mademoiselle Olympe, en admettant que vous disiez la vérité, je ne veux rien de tout cela ; d'abord parce que je ne suis pas ambitieux, ensuite parce que je suis de ceux qui ne veulent pas le retour du passé.

— Alors, vous allez dénoncer le roi ?

— Je ne suis pas convaincu qu'il soit ce que vous dites, non que je doute de votre sincérité, mais vous pouvez avoir été trompée. Quant à dénoncer qui que ce soit, cette sorte de patriotisme n'est pas de mon goût. Je suis peiné de voir que vous m'estimez si peu !

— Excusez-moi, monsieur de Coulanges, j'ai pour vous une grande estime, au contraire ! mais j'ai eu tant de déceptions et je suis tellement dégoûtée de la vie que je suis injuste.

— Oui, vous êtes injuste !

— Accablez-moi, je le mérite ; mais croyez à ma sincérité, à mon affection...

Elle était si émue que je crus voir un aveu s'échapper avec ses larmes. Que j'eusse été heureux si elle eût été sincère en temps utile ! mais il était trop tard !

— Voici votre protégé, lui dis-je en voyant entrer Djémilé et l'enfant, qui avait repris ses vêtements masculins.

A la vue de Djémilé, mademoiselle de Cérignan resta atterrée. Elle la regarda en pâlissant, puis reportant les yeux sur moi, elle voulut parler. La parole expira sur ses lèvres. Elle gagna la porte, repoussa Louis qui l'avait suivie par habitude, et lui dit d'une voix tremblante de colère :

— Vous pouvez rester avec vos nouveaux amis, moi je n'ai pas le talent de vous amuser.

Et elle partit sans rien écouter et sans se retourner.

Louis se prit à pleurer, mais en montrant plus d'effroi de se voir abandonné que de tendresse pour la pauvre Olympe. Djémilé l'embrassa, lui essuya les yeux et l'emmena jouer.

Je n'étais nullement satisfait d'avoir en garde ce prétendu rejeton royal. Mais que faire ? Je ne pouvais le mettre sur le pavé. Je lui accordai l'hospitalité pour la nuit. Le lendemain, jugeant que la colère de mademoiselle de Cérignan devait être tombée, je me rendis chez elle, mais je ne trouvai que le vieux petit juif. Il m'apprit qu'elle avait quitté le Caire.

— Est-ce pour longtemps ?

— Qui sait ! Peut-être pour toujours.

— Si tu sais quelque chose, parle !

— Je sais qu'elle a versé beaucoup de larmes depuis hier, et qu'elle s'est embarquée ce matin.

— Et où va-t-elle ?

— Je l'ignore ; mais elle a dû aller rejoindre le lord anglais.

— Qu'est-ce qui te le fait supposer ?

— Il y a quelque temps, un soir, il a frappé à la porte de chez moi. Je ne voulais pas lui ouvrir avant qu'il ne m'eût dit son nom, afin de vous l'apprendre à votre retour.

— Et qu'a-t-il répondu ?

— Qu'il venait de la part du prince.

— Quel prince? il y en a beaucoup!

— Je n'ai pu en savoir plus long. Je devinais bien qu'il apportait de l'argent. Je craignais de n'être pas payé, car vous étiez parti, et je l'ai introduit chez la dame française. Alors je suis monté sur ma terrasse, d'où je pouvais entendre leur conversation. Je sais assez de français pour comprendre.

— Très-bien, et qu'as-tu entendu?

— Oh! bien des choses, car il est resté ce jour-là plus d'une heure. Le petit garçon avait été envoyé au lit tout de suite après souper. Le mylord n'était donc pas gêné par sa présence. Il a d'abord dit à la dame qu'elle demandait trop souvent de l'argent à la famille, et que celui qu'il apportait était tout ce dont on avait pu disposer. Elle se récria sur l'exiguïté de la somme; à quoi l'Anglais répondit qu'il était prêt à lui donner tout ce qu'elle demanderait si elle consentait à le suivre. Enfin, il lui proposa de l'acheter comme on achète une esclave au bazar; mais il voulait le petit garçon par-dessus le marché.

— Et qu'a répondu la Française?

— Elle s'est fâchée très-fort, lui a dit qu'il était l'ennemi de son pays, que jamais elle ne vendrait

l'enfant qui lui était confié, et qu'il était un misérable et un insolent. Alors l'Anglais lui a parlé
plus poliment ; il lui a proposé d'être son mari.

— A-t-elle accepté?

— Elle n'a dit ni oui ni non. Elle a fait une de
ces réponses comme les femmes en font quand
elles ont besoin des gens qu'elles n'aiment pas.
Enfin, il est parti en disant qu'il reviendrait ; mais
il n'est pas revenu, et la dame française n'a plus
reçu d'argent. Je crois qu'elle n'a plus rien. .

Je payai largement ce rapport et je me retirai,
cherchant à pénétrer les motifs de la fuite d'Olympe.
Sans doute elle était à bout de ressources, et, ne
voulant pas en accepter de moi pour son compte,
elle me confiait le prince, sachant qu'il était en
sûreté sous la garde de mon honneur et qu'il ne
manquerait de rien chez moi. Il n'était pas probable qu'une personne si dévouée ne fût pas partie
avec l'intention de lui chercher des protecteurs plus
à même que moi de l'élever. Pourquoi ne m'avait-
elle pas dit franchement les choses, au lieu de
feindre une colère qui ne pouvait pas être dans
son cœur?

XV

Je pris le parti de garder Louis et de veiller sur lui. Comme il était peu ferré sur sa grammaire et voulait apprendre un peu l'arabe, je l'associai aux leçons que Fosco donnait à Djémilé. Elle commençait à parler passablement notre langue, mais avec un accent arabe très-prononcé. La petite fellahine, qui, pour les convenances, assistait aux leçons, apprit sans y songer, et parla bientôt plus purement qu'elle ; mais il n'eût fallu lui demander ni de lire ni d'écrire. Louis était doux, nonchalant et distrait. Il préférait à l'étude, des exercices corporels, l'équitation, l'escrime, la natation. Sa santé s'en trouva bien, et je le vis grandir rapidement. Il devenait fort joli garçon, un léger duvet blond tein-

tait déjà sa lèvre supérieure. Ce n'était plus un enfant et ce n'était pas encore un jeune homme. Il
avait quinze ans.

De son secret ou de sa monomanie princière il
ne se confiait qu'à moi. Sa réserve vis-à-vis de
tous les autres n'indiquait pas un état de démence,
et je ne lui en vis jamais donner le moindre signe.
Quand il me parlait de ses droits à la couronne,
je rabattais ses espérances en lui disant qu'il fallait
être avant tout un citoyen, savoir se rendre utile à
son pays, et ne pas songer à le dominer. Je ne sais
si je l'*ennuyais*, mais il ne me le fit jamais dire.

Un soir, en rentrant chez moi, j'entendis chu-
choter dans la chambre du rez-de-chaussée, où
couchait Louis. Comme il taquinait beaucoup la
fellahine, qui devenait une fillette assez gentille et
pas trop mal tournée, je voulus savoir s'il ne l'a-
vait pas attirée là dans un but moins innocent que
ne le comportait son air novice.

Je m'approchai sans bruit. La personne avec laquelle le petit-fils de Louis XV causait, n'était
autre que Djémilé. Je prêtai l'oreille.

— Pourquoi pleurez-vous? lui demandait-elle,
avec intérêt.

— Parce que vous m'avez fait de la peine.

— Moi? je ne vous ai jamais grondé!

— Oui, c'est vrai, vous êtes bonne pour moi, petite fée, très-bonne! mais vous êtes méchante aussi quand vous agissez comme hier au soir.

— Qu'ai-je donc fait?

— Vous ne m'avez pas embrassé en me disant bonsoir.

— C'est que vous devenez trop grand. Vous voilà bientôt un homme, et moi qui ne suis guère plus âgée que vous, je ne dois plus vous traiter comme un enfant.

— En ce cas, vous ne m'aimez plus, petite Djémilé de mon cœur?

— Si fait, mais je ne puis avoir d'amour pour vous.

— Je comprends bien ce que vous dîtes; mais j'en ai bien du chagrin! Je voudrais être encore petit! Vous parlez d'amour: qu'est-ce que c'est donc, au juste?

— C'est de livrer son cœur tout entier, c'est d'être prêt à verser son sang et à faire le sacrifice de sa vie pour la personne que l'on aime.

— En ce cas, je suis amoureux de vous, car je donnerais tout cela pour vous et davantage. Je vous ferais reine dans mon pays.

— Vous parlez comme un enfant.

— Alors, si je suis un enfant, embrassez-moi comme par le passé.

Et elle l'embrassa en lui disant : C'est pour la dernière fois.

Je jugeai à propos d'intervenir et je me montrai en disant à Louis :

— Si tu tiens tant à être embrassé, va trouver mes négresses.

Il resta tout penaud. Djémilé éclata de rire.

Quand j'eus remmené ma compagne, je lui dis qu'il n'y avait là rien de si risible, et je lui demandai ce qu'elle avait été faire chez Louis.

— Je l'ai trouvé, dit-elle, pleurant au milieu de la cour ; je l'ai questionné, ce qui a augmenté son chagrin et l'a fait fuir. Voulant savoir s'il n'était pas malade, je l'ai suivi dans sa chambre, où il m'a enfin répondu.

— En es-tu plus avancée, maintenant que tu connais son amour pour toi ?

— Bah ! ce n'est pas de l'amour. Crois-tu que je prenne cela au sérieux ?

J'avais confiance dans ma compagne ; mais elle était fille de l'Orient, c'est-à-dire facile à émouvoir, et, devant les promesses extravagantes d'un garçon tout bouillant d'ardeur juvénile, elle pouvait faiblir. Il valait mieux ne pas l'exposer au danger.

Il fallait donc éloigner Louis. Il savait assez

monter à cheval et suffisamment manier le sabre pour devenir l'ordonnance, voire l'aide de camp d'un général. Je commençai par lui faire endosser un uniforme et porter un sabre, ce qui le rendit fou de joie. Puis, dans un bal que donnait Kléber, je le lui présentai comme un mien cousin et lui demandai de le prendre dans son état-major. Kléber l'accepta, et dès le lendemain, après avoir recommandé à Louis de ne jamais confier à personne le secret de sa naissance s'il ne voulait être fusillé, je le conduisis au quartier général ; après quoi je défendis à Guidamour de le recevoir jamais chez moi quand je n'y serais pas.

En quittant l'Égypte, Bonaparte avait promis à Kléber de lui envoyer des secours : non-seulement les secours n'arrivaient pas, mais encore nous étions sans nouvelles. Les uns le croyaient mort ou pris par les Anglais durant la traversée, les autres disaient qu'il abandonnait l'armée, et parlaient tout haut d'évacuer l'Égypte. Il y eut même des tentatives de révolte dans l'armée. Cette irritation des esprits, jointe a un nouveau débarquement des Turcs soutenus par une flotte anglaise, décida le général en chef à entrer en négociations avec le grand visir et sir Sidney Smith, dont l'intervention était indispensable.

Les Anglais, maîtres de la mer, nous eussent empêchés de passer. Après bien des pourparlers la convention fut signée à El-Arych, avec le grand visir, le 28 janvier 1800.

Les généraux Desaix, Davoust et Rapp, contraires à l'abandon de notre conquête, se brouillèrent avec Kléber et partirent sur-le-champ pour la France.

Le général en chef donna l'ordre du départ à la satisfaction de l'armée. La nouvelle du changement de gouvernement qui venait de s'opérer en France et l'*avénement* de Bonaparte au consulat remplissaient le cœur des soldats d'espérance et de joie. Je n'étais pas moins désireux de revoir mon pays, mon père et mes amis, après cinq ans d'exil tant en Italie qu'en Égypte.

Si Djémilé était enchantée à l'idée de voyager sur mer et de voir la France, ses deux négresses se croyaient déjà la proie des requins. Je vis bien qu'il valait mieux les laisser sur leur terre d'Afrique, et, après leur avoir assuré à chacune une petite fortune qui les affranchissait à jamais de l'esclavage, je les congédiai. Elles partirent après avoir versé beaucoup de larmes et en me couvrant de bénédictions. La petite fellahine refusa de nous quitter.

Nous étions à la fin de février. Plusieurs régiments étaient déjà prêts à s'embarquer à Alexandrie ; quelques places fortes du littoral avaient été remises fidèlement, selon les clauses du traité d'El-Arych, à l'armée turque, quand un officier anglais, du nom de Humphrey, envoyé par l'amiral Keith, informa Kléber que le gouvernement britannique ne consentirait point à ce que nous sortissions d'Égypte sans mettre bas les armes, en abandonnant nos munitions et nos vaisseaux.

Si Kléber, dégoûté du séjour de l'Égypte, avait faibli un instant en consentant à livrer notre colonie aux Turcs et aux Anglais, il se releva avec fierté devant tant d'insolence. Il convoqua tous les officiers généraux en conseil de guerre, et, leur mettant la lettre de Keith sous les yeux :

— Messieurs, dit-il, que devons-nous faire ? J'attends votre décision.

— Nous devons nous battre ! répondirent-ils tous.

— C'est aussi mon avis, dit Kléber ; on ne répond à de telles insolences que par des victoires. Préparons-nous donc !

Kléber contremanda sur-le-champ les ordres de départ et rassembla ses divisions sur le Caire.

Il me fit appeler.

— Haudouin, me dit-il, Desaix m'a appris que tu avais pour maîtresse la fille de Mourad. L'as-tu toujours?

— Oui, général. J'ai eu assez de peine à la ravoir.

Sur sa demande, je lui racontai brièvement comment je l'avais trouvée aux Pyramides, comment son père était venu me l'enlever en mon absence, et ce que j'avais fait pour la lui reprendre à mon tour.

— Bien! dit Kléber, Mourad est un héros de légende, sa fille une héroïne de roman, et toi, un enragé troupier. Je voudrais la voir, ta sultane, parle-t-elle français?

— Oui, général.

— En ce cas, je désire m'entretenir avec elle d'un projet qui, s'il réussit, doit avoir une grande importance pour l'armée. Elle peut me rendre un service signalé dans les circonstances présentes. J'irai avec mon secrétaire Poussielgue te demander à dîner demain, sans façon, en famille.

— Ne puis-je savoir de quoi il est question?

— Je te le dirai demain. D'ici-là, tu contrecarrerais peut-être mes plans.

Je m'en retournai assez inquiet et je prévins Djémilé de la visite du général en chef. Elle en fut très-fière. Le sultan des Français n'allait pas dîner chez tout le monde et c'était un grand honneur, disait-elle.

Je recommandai qu'on soignât le dîner, car le général aimait la bonne chère, et je l'attendis avec impatience.

Il arriva à l'heure dite avec Poussielgue, baisa galamment la main de la maîtresse de la maison, lui adressa sur sa beauté un compliment qui la fit rougir de satisfaction, et lui offrit le bras pour se rendre à table. Il avait déjà conquis ses bonnes grâces.

Au dessert, quand j'eus renvoyé Guidamour et la petite fellahine qui s'acquittaient du service, j'engageai Kléber à me faire part de ses projets.

— Parfaitement, dit-il.

Et, se tournant vers Djémilé :

— Belle dame, il s'agit d'une mission que je veux vous confier, mission délicate à remplir; mais je m'en rapporte à votre intelligence et à votre cœur pour vous en acquitter mieux que personne. Il s'agit d'aller trouver votre père, en ce moment du côté de Suez.

— Vous voulez qu'elle retourne dans le désert? m'écriai-je en voyant pâlir Djémilé. Elle en a assez, du désert, je vous en avertis !

14

— Et moi aussi, répondit-il, j'en ai assez, ainsi que de la vallée du Nil, de la ville du Caire et de ses environs. J'y reste pourtant ; mais ce n'est pas à toi que je m'adresse. Ne dégoûte pas d'avance madame d'un rôle glorieux pour elle. Nous allons avoir fort à faire avec les Anglais et les Turcs réunis. Nous les battrons ; mais nous n'y gagnerons rien si nous n'avons la sympathie de la population et si nous ne faisons alliance avec de vaillants guerriers comme Mourad. Voyons, chère enfant, portez-lui de ma part des propositions de paix. Vous n'aurez rien à redouter. Poussielgue vous accompagnera, et je vous donnerai un régiment si vous le souhaitez. Offrez en mon nom à votre père le gouvernement de la Haute-Égypte. Je ne lui demande en échange que son amitié, et de prêter serment à la République Française, car nous sommes toujours la république, bien qu'on l'ait coiffée d'un consul.

Djémilé l'avait écouté avec un calme apparent ; au fond, sa vanité était extrêmement flattée. Comme elle se taisait, je pensais qu'elle refuserait.

— C'est à la mort que vous voulez l'envoyer, dis-je à Kléber. Son père est capable, dans un premier moment de fureur, de la tuer sans vouloir l'entendre.

Elle m'imposa silence, et en relevant le front :

— J'accepte la mission, dit-elle. Je saurai bien parler à mon père. Si je suis coupable envers lui, je n'en suis pas moins sa fille, et je lui apporte, avec l'amitié du plus grand guerrier de l'Occident, la couronne de la Haute-Égypte. Peut-être me pardonnera-t-il? En tout cas, je n'aurai pas passé dans la vie sans avoir tenté de faire une action courageuse. Si j'échoue et si je meurs, on me plaindra, mais on parlera de moi. Si je réussis, j'aurai la gloire d'avoir assuré la paix de l'Égypte.

— Vous êtes une brave fille! s'écria Kléber. Vous réussirez. Il n'y a que les imbéciles qui échouent, et vous êtes une femme d'esprit!

— Dans tout ceci, dis-je avec dépit, on me laisse un peu de côté. Aurai-je au moins le droit d'accompagner madame?

— Je n'y vois pas d'empêchement, dit Kléber, si tu peux être revenu à temps pour rentrer en campagne.

— Il vaut mieux que tu ne viennes pas, me dit Djémilé; tu as amassé trop de colère sur ta tête; et puis, tu brusquerais mon père.

J'allais répondre que je la suivrais malgré elle, mais c'eût été entamer une querelle d'intérieur devant le général; je me tus.

Il fut convenu qu'elle partirait dès le lendemain avec Poussielgue, muni des pouvoirs du général pour traiter, et avec un détachement du régiment des dromadaires. Auprès de ma maîtresse comme à la bataille, Kléber l'emportait sur toute la ligne.

Dès que je fus seul avec Djémilé :

— Alors, lui dis-je, tu veux me quitter?

— Te quitter, toi? répondit-elle en venant se jeter dans mes bras. Non, jamais!

— En attendant, tu vas partir sans moi. Tu prends des décisions sans même me consulter. Tu as la tête montée par cette folle entreprise et pour le général lui-même. Je le vois bien. Mais est-ce là ce que tu m'avais promis? N'avais-tu pas juré de m'obéir aveuglément?

— Tu ne m'as pas défendu d'aller porter la paix à mon père, et tu ne peux vouloir me le défendre. Je veux rendre service à l'armée française. Est-ce que tu ne m'en aimes pas davantage?

— Je ne puis t'aimer davantage tu le sais bien. C'est pour cela que je ne veux pas te laisser aller là-bas sans moi.

— Je le désire aussi, mais cela peut rendre les choses plus difficiles.

— Pourquoi cela? Ne m'as-tu pas dit jadis que

je devais aller demander ta main à ton père? J'irai
dans ce but.

— C'est bien inutile.

— Tu ne veux plus être ma femme?

— C'est au contraire le plus ardent de mes désirs;
mais il n'est pas nécessaire que tu t'exposes pour
cela. Je dirai à mon père et à ma mère que nous
sommes mariés. Ne le sommes-nous pas, de fait:
N'ai-je pas bu ton sang? N'as-tu pas donné ta vie
pour moi? Quel plus beau contrat?

— Bien. En attendant je pars demain avec toi.

— Viens donc! dit-elle d'un ton dépité qui m'irrita
davantage et me décida d'autant plus à ne pas la
perdre de vue.

Je ne savais pas Djémilé si vaillante. Je l'avais
aimée avec toutes les idées de domination que les
femmes d'Orient autorisent par leur soumission
passive ou leur nullité absolue. Elle me faisait voir
que cette nullité n'existait pas chez elle et que sa
soumission était toute volontaire. Elle me devenait
d'autant plus chère et plus précieuse; mais l'amour
est inconséquent et tyrannique. J'étais furieux con
tre elle, j'avais cru régner sans contrôle; le devoir
du citoyen et du soldat me mettait pour ainsi dire
aux ordres de mon esclave.

14.

XVI

Dès trois heures du matin, Poussielgue était devant chez moi avec son escorte de cavaliers à dromadaires. Le fondé de pouvoir montait un de ces animaux. Djémilé s'installa sur un autre et moi sur un troisième. Nous avions vingt lieues à faire tout d'une traite et nos chevaux n'eussent pu fournir une pareille étape. Le voyage pour se rendre au lac Temsah, où nous devions trouver Mourad, n'offre rien d'intéressant. Le désert s'y montre dans toute son aridité. C'est une surface plate, sablonneuse, d'un gris noirâtre, sillonnée par des lits de torrents desséchés. Une stérilité et un silence de mort, un soleil impitoyable. De temps à autre, un coup de vent qui soulève le sable et nous couvre de poussière. Le mirage était le seul événement qui vînt rompre la monotonie du trajet. C'était des lacs, des montagnes, des forêts de palmiers, des villes. En réalité, il n'y avait rien sur cette immense étendue : tout au plus un bouquet d'alfa sur les rares renflements du sol.

Djémilé était très-préoccupée et ne disait rien.

Nous arrivâmes dans la soirée en vue du campement de Mourad. Bien que brisée de fatigue, Djémilé résolut de se présenter sur-le-champ devant sa famille. Elle aimait mieux, disait-elle, savoir à quoi s'en tenir tout de suite que de passer une nuit dans l'incertitude. Il me sembla qu'elle était impatiente de revoir ses parents. C'était assez naturel, mais je lui en fis un crime. Je dus céder pourtant. Remettre l'entrevue au lendemain nous eût exposés à des désagréments avec les Bédouins qui étaient déjà venus galoper et hurler autour de nous. Nous avançâmes donc jusqu'à ce qu'un détachement de mameluks accourût à notre rencontre. L'un d'eux demanda ce que nous voulions.

Djémilé porta la parole et demanda, à son tour, dans des termes assez humbles, que Sitty Nefyssèh voulût bien accorder l'hospitalité à une personne qui venait lui apporter des propositions de paix et des nouvelles de sa fille.

Un cavalier sortit des rangs, vint me regarder sous le nez d'un air insolent et partit au galop du côté des tentes. C'était Souleyman le déserteur.

— Monsieur, dit Djémilé à Poussielgue, avez-vous pensé, avant de partir, que vous pouviez laisser votre tête ici?

— Pas le moins du monde. La personne d'un parlementaire est inviolable.

— Pour des Européens peut-être, reprit-elle, mais pour des gens qui ont une insulte à venger, non!

— Vous n'êtes pas rassurante, belle dame! Je vous avoue que je n'aimerais pas laisser ici ma tête.

Il me sembla que Djémilé, en mettant le pied sur les domaines de son père, prenait une attitude fière et un ton presque menaçant.

— Vous allez savoir votre sort, dit-elle en nous regardant, comme pour interroger notre courage.

Souleyman revenait transmettre l'ordre que nous eussions à entrer dans le camp. A trente pas de la tente de Mourad, il nous signifia de nous arrêter, nous dit que nous pouvions nous installer là, et pria Djémilé de le suivre.

— Reste, me dit-elle, tu peux m'entendre d'ici. Si je crie, viens à mon secours avec tous tes soldats.

Je ne tins compte ni de son ordre ni de la défense de son guide d'aller plus loin.

— Prenez vos pistolets, dis-je à mon compagnon, et brûlez la figure du premier qui vous empêchera de passer. En même temps je tirai les miens de ma ceinture et j'en fis jouer les batteries en regardant Souleyman. Il doubla le pas et n'osa nous empêcher d'escorter Djémilé jusqu'à l'entrée de la tente.

— Attendez ici, nous dit-elle, et elle ajouta pour moi seul : J'ai bien peur, adieu !

Je prêtai l'oreille :

— Noble voyageuse, dit une voix de femme qui ressemblait extraordinairement à celle de Djémilé, sois la bienvenue puisque tu m'apportes des paroles de paix, mais de la part de qui?

— De la part du sultan des Français.

— Alors, il faut appeler Mourad.

— Non, pas encore. Je viens aussi te donner des nouvelles de ta fille.

— De ma fille ! mais... c'est toi-même. C'est toi ! enlève ton voile, Djémilé?

— Ah ! ma mère, ma mère... Oubliez ma faute, pardonnez-moi !

— Oui, va, je te pardonne, je suis si heureuse de te retrouver ! Viens m'embrasser.

Voyant que les choses prenaient si bonne tournure, je fis signe à Poussielgue, et nous nous retirâmes par discrétion. Une heure après, Mourad fit mander Poussielgue près de lui. Il y resta si longtemps que je crus qu'il y coucherait. Je fus appelé à mon tour et introduit auprès d'une femme d'un certain âge, encore très-belle. En la voyant, il me sembla voir ce que serait Djémilé dans une vingtaine d'années : c'était la même taille, le même genre de beauté, le même regard et la même voix.

— Tu ne peux être que la mère de celle que j'aime, lui dis-je.

— Oui, répondit-elle, je suis Nefyssèh ; je suis ta mère aussi, car je te pardonne et te regarde comme mon fils.

Après l'avoir saluée avec les cérémonies orientales, je l'assurai de mon respect.

— Il faut, dit-elle, que tu aies ensorcelé ma fille pour lui avoir fait quitter sa famille. Du reste, tu es beau, jeune et vaillant, cela suffit pour émouvoir le cœur des femmes. Ce que tu as fait pour la venir enlever jusque dans l'oasis est d'un brave, et Mourad apprécie le courage ; nous sommes alliés maintenant. Djémilé a transmis à son père les propositions du sultan des Français. Mourad ne veut s'engager à rien avant d'avoir réfléchi. Seulement

je peux te dire tout de suite qu'il restera neutre
tant que les hostilités avec la Turquie n'auront pas
été reprises. Après la première bataille livrée, il se
prononcera. Djémilé restera avec nous jusque-là.
Tu viendras faire ta demande selon les usages, et
il t'accordera sa main. Tu te feras musulman. C'est,
avec sa succession la souveraineté de l'Égypte, car
les Français la quitteront un jour ou l'autre, chas-
sés, non par la force, mais par l'ennui et la lassitude, et l'ambassadeur a promis d'en faciliter l'entière possession à Mourad.

Quelques jours auparavant, un prétendant au
trône de France m'avait offert d'être son conseil-
ler et son ministre; aujourd'hui la femme du futur
sultan d'Égypte m'offrait le sceptre des Pharaons.
Décidément, je montais en grade; mais la condition de me mahométiser ne m'allait pas plus que
celle de laisser Djémilé.

En ce moment une portière à laquelle je n'avais
pas pris garde se souleva au fond de la tente pour
donner accès à Mourad et à Djémilé.

Mourad s'avança vers moi d'un air majestueux
et me dit avec un accent de colère mal dissimulé:

— Sitty Nefyssèh t'a-t-elle fait part de ma volonté relativement à toi?

— Oui.

— Et tu acceptes?

Je fus sur le point de lui rompre en visière et de refuser net; mais c'était perdre Djémilé.

Je cherchai à tourner la difficulté.

— Si je t'écoute, lui dis-je, ce sera à une condition, celle de remmener Djémilé, comme otage, jusqu'à ce que tu aies ratifié le traité avec Kléber.

— Je refuse cela! dit Mourad d'un ton sec.

— N'insiste pas, me dit Djémilé, aie confiance dans la parole de mon père et nous nous reverrons bientôt.

— Si tu désires rester, soit, lui répondis-je; et je sortis de la tente après avoir salué la famille aussi respectueusement que ma colère me le permettait.

La nuit était fort avancée lorsque je rejoignis mon compagnon. Il dormait et se réveilla en m'entendant entrer.

— Ah! c'est vous, enfin, colonel? je vous croyais à tout le moins empalé.

— Et vous ne vous dérangiez pas plus que cela pour venir me débrocher?

— Que voulez-vous? je suis fatigué... Je suis brisé, je tombe de sommeil. Maudit dromadaire, va! Quand je pense qu'il faudra recommencer demain! C'est égal, nous avons enlevé la chose. Votre maîtresse est une femme d'esprit. Vous êtes-vous arrangé de votre côté avec M. votre beau-père?

— Tout va selon mes souhaits, cher monsieur. Dormez en paix.

Il me répondit par un ronflement.

Je me débarrassai de mon casque et de mon uniforme, que je posai, faute d'autre meuble, sur la malle de mon compagnon, au pied de son lit de camp, et je m'étendis sur ma couche, mon sabre d'honneur et mes pistolets à portée de la main, car je me méfiais de quelque trahison. Je voulais me tenir éveillé, mais la fatigue l'emporta et je m'endormis.

Je fus réveillé par des cris étouffés et par la lutte de deux hommes dans l'obscurité. Je lâchai un coup de pistolet en l'air, un homme s'échappa de la tente. Je courus sur lui ; mais il disparut comme par enchantement. Je revins vers l'envoyé de Kléber qui criait : A moi ! je suis assassiné. Mon coup de feu avait jeté l'alarme. Quelques cavaliers de notre escorte entrèrent avec un fallot, et je vis mon compagnon baigné dans son sang. Il avait une légère entaille au cou, comme si on eût voulu lui trancher la tête. Je ne pouvais soupçonner Mourad de cet attentat. A quoi cela lui eût-il servi? C'était plutôt l'œuvre de Souleyman. Dans l'obscurité, et trompé sans doute par la présence de mon uniforme près de mon compagnon, il l'avait frappé, croyant s'adresser à moi.

Une espèce de chirurgien arabe vint donner des soins au blessé et dit que ce ne serait rien.

Au jour, je portai plainte à Mourad et j'accusai Souleyman en demandant qu'on me le livrât. Mais Souleyman fut introuvable. Il faut dire qu'on ne mit pas beaucoup d'ardeur à le chercher.

Dans la soirée, Poussielgue se sentant en état de se remettre en route, et moi n'ayant plus rien à faire là, nous prîmes congé de Mourad, qui nous répéta ce qu'il nous avait déjà dit la veille, et nous partîmes en lui laissant Djémilé.

C'était bien la peine d'être descendue du haut d'une tour au risque de se rompre le cou, d'avoir fait tuer la malheureuse Tomadhyr, d'avoir été cause de la mort de son frère Malek, d'avoir failli mourir de soif dans le désert, enfin d'avoir tant de fois exposé sa vie et la mienne pour m'abandonner ainsi!

J'étais en proie au désespoir, et je me trouvai stupide de l'aimer; mais je l'aimais follement et je n'étais pas au bout de mes chagrins.

Le soir, nous étions de retour. Poussielgue alla rendre compte de sa mission au général et je rentrai chez moi de si mauvaise humeur que je ru-

doyai la petite fellahine qui, ne m'attendant pas
sitôt, n'avait rien préparé. Elle se mettait en quatre
pour réparer sa faute ; moi, pour l'en punir, je refusai d'attendre et je me couchai sans souper,
comme un enfant qui s'en prend à lui-même pour
faire enrager les autres. Aussi la faim augmentant
le chagrin, je ne profitai pas de la fatigue, qui, du
moins, m'eût fait dormir et oublier.

XVII

Pendant que je m'affectais pour une femme oublieuse ou rebelle, la situation de l'armée devenait des plus graves. Nous avions livré les postes les plus importants, et le visir s'avançait à grandes journées pour occuper le Caire, qui devait lui être remis selon les clauses du traité d'El-Arych. La population était agitée. Celle de la ville, sachant l'armée turque si près d'elle, n'attendait que le signal pour se révolter. Kléber intima au visir l'ordre de rebrousser chemin jusqu'à la frontière. Celui-ci invoqua les traités et continua d'avancer.

Il n'y avait plus qu'à combattre.

Le 20 mars 1800, l'armée française, au nombre de dix mille homme tout au plus, sous le commandement de Kléber, sortit du Caire avant la pointe du jour, et alla se déployer dans les plaines d'Héliopolis.

Les forces de l'armée turque s'élevaient à près de quatre-vingt mille hommes.

L'affaire s'engagea par un combat de cavalerie et la prise du village d'El-Mattarieh, défendu par les janissaires.

On ne s'amusa pas à ramasser le butin laissé par eux ; on se porta en avant. Au delà d'Héliopolis, nous aperçûmes un nuage de poussière qui s'élevait à l'horizon sur la largeur de plus d'une lieue et s'avançait sur nous. Un coup de vent dissipa ce nuage, et nous permit de voir l'armée turque, sous le commandement du grand visir. Celui-ci, au milieu d'un groupe de cavaliers aux armures étincelantes, se pavanait devant le front de baudière. Quelques obus envoyés à son adresse le firent promptement rentrer dans la masse confuse de son armée.

Il nous répondit par le feu de son artillerie, mais ses boulets nous passaient par-dessus la tête, ce qui excita l'hilarité de nos soldats. Ses pièces furent bientôt démontées par les nôtres ; alors cette masse d'hommes et de chevaux s'ébranle et vient fondre sur nous. On les reçoit sur les baïonnettes,

on les mitraille. La fumée, la poussière nous em-
pêchent de voir ce qui se passe. Après plusieurs
tentatives infructueuses et des pertes considérables,
l'ennemi renonce à nous entamer. La fumée se dis-
sipe, nous distinguons, aussi loin que la vue peut
s'étendre, des bandes de fuyards courant dans tous
les sens, et du côté du lac des Pèlerins, Mourad-
bey qui, à la tête de sept à huit cents cavaliers mameluks, est resté froid spectateur du combat.

En voyant le grand visir se retirer en désordre
sur El-Khankah, il prend une direction tout opposée et disparaît dans le désert. Il avait tenu parole
à Kléber. Il était resté neutre.

On court au visir qui prend la fuite en abandonnant ses bagages et ses vivres. On fit halte au
coucher du soleil, et on déjeuna, dîna et soupa
tout à la fois, car nous n'avions eu, pour nous soutenir depuis vingt-qutre heures, que des rations
d'eau-de-vie.

Nous célébrions notre victoire, lorsque, dans le
silence de la nuit, le canon se fit entendre du côté du
Caire. Kléber pressentit tout de suite que les corps qui
avaient tourné sa gauche étaient allés soulever la
ville. Il avait laissé à peine deux mille hommes pour
garder la citadelle et les forts. Il donna l'ordre à quatre
bataillons de leur porter secours et de partir sur-

le-champ. Chaque coup de canon me faisait trembler pour la vie de ceux que j'avais laissés au Caire. Je savais par expérience que les révoltés n'épargnaient personne.

Nous poursuivîmes les Turcs pendant quatre jours, sans leur donner le temps de souffler. Le visir s'enfuit à travers les déserts de Syrie avec 500 hommes seulement. Son départ fut, dans son armée, le signal de la déroute la plus complète.

Les Turcs, saisis d'épouvante, se débandèrent, abandonnnant tout, camp, artillerie, bagage, et se jetèrent sans vivres et sans munitions dans le désert.

Les bédouins, qui suivaient les deux armées comme des nuées de vautours pour profiter des dépouilles du vaincu, se mirent à leur poursuite et les massacrèrent tous sans pitié.

C'était le sort qui nous était réservé, si nous eussions été mis en déroute. Nous trouvâmes dans le camp abandonné, sur une superficie d'une lieue carrée, une multitude de tentes, de chevaux, de canons, sur quelques-uns desquels était gravée la devise anglaise : *Honni soit qui mal y pense.* Une grande quantité de selles et de harnais, 40,000 fers de chevaux, des vivres à profusion, des coffres pleins d'or, de vêtements, d'étoffes, de soie, de flacons d'essences, de parfums et d'autres objets de luxe. A côté de douze litières en bois sculpté et doré, se trouvait une voiture suspendue à l'européenne et de fabrique anglaise. Quelques-uns de nos officiers s'amusèrent à l'atteler et à se faire promener dedans; d'autres prirent des vêtements orientaux, se coiffèrent de turbans et se livrèrent aux danses les plus folles, avec accompagnement de grosse caisse et de fanfares. Au lieu de se reposer, on ne songeait qu'à rire et à s'amuser. S'il y avait eu quelques sultanes parmi le butin, ce bal improvisé eût été complet.

Kléber, après avoir chargé les généraux Lanusse et Rampon de parcourir le delta et de faire rentrer dans le devoir ou de reprendre les villes et villages du littoral, laissa à Salahyeh la division Réynier pour surveiller la frontière, et partit pour le Caire avec avec une demi-brigade d'infanterie, le 7ᵉ de hussards, le 3ᵉ et le 14ᵉ de dragons.

Nous arrivâmes le 27. La ville était en pleine insurrection. Les Turcs de Nassyf-pacha, les mameluks d'Ibrahim-bey, la population soulevée, avaient commis des atrocités. Une partie de la garnison française était enfermée dans la citadelle, l'autre retranchée sur la place d'Esbekieh avec les Cophtes qui tenaient pour nous. La division envoyée à leur secours cam-

pait dans les jardins du quartier général. Si beaucoup de Français et de chrétiens avaient pu y trouver un asile, combien d'autres avaient été massa-
crés! Les habitants de Boulaq, du vieux Caire et de
Gizèh s'étaient également révoltés et avaient pillé
les maisons des chrétiens, la mienne, par conséquent. Au milieu de cette tourmente, qu'étaient devenus Louis, Morin, Dubertet, Sylvie, la petite fellahine?

Je les retrouvai tous au quartier général. Mourad, en apprenant le retour de Kléber, vint établir
son camp à Torrah, sur la rive droite du Nil, à
deux lieues au-dessus du Caire, et y amena sa
femme et sa fille. Après avoir ratifié ses conventions avec Kléber, et, comme preuve de sa bonne
foi, il lui offrit ses services pour faire rentrer les
Caïrotes dans le devoir. Ses négociations restèrent
sans succès; alors il ne trouva pas d'autre expé-
dient que celui d'incendier la ville. Kléber refusa,
voulant ménager la capitale du pays où nous devions rester et dont nous avions besoin pour vivre.
Cette considération l'avait déjà empêché de la bom-
barder du haut de la citadelle. Lancer ses soldats
à travers des rues défendues par des barricades, et
prendre un à un tous les quartiers, était s'exposer
à perdre plus d'hommes que n'en eussent coûté

dix batailles. Il résolut de gagner du temps et de laisser l'insurrection se fatiguer elle-même. Il fit bloquer toutes les issues en attendant le retour de la division Reynier.

Les pourparlers, les négociations, les opérations pour reprendre la ville menaçaient de durer long-temps. Sylvie m'offrit gracieusement de partager la tente de Dubertet. Il l'y autorisait, tant il comp-tait sur elle. S'il comptait aussi sur moi, il avait raison. Je refusai.

J'allai bivaquer avec Guidamour et la petite Fel-lahine qui s'attachait à moi comme une âme en peine. La crainte et la pudeur lui étant venues avec ses quatorze ans, elle se blottit au fond de la ca-bane de planches qui me servait d'abri et n'osa plus en bouger. Le fait est qu'elle aurait pu courir quelques risques au milieu de tous nos soldats en-tassés dans les jardins. Avec moi elle pouvait être fort tranquille. Ce n'en était pas moins une singu-lière installation. Mon logement se composait de deux pièces, la première de six pieds carrés, dont un lit de camp occupait la moitié ; la seconde n'a-vait pas deux pieds de large, c'était là que nichait Zabetta, séparée de moi par une barre de bois. A force de passer et de repasser, elle finit par trou-ver plus simple de rester dans ma chambre, de faire de la sienne le garde-manger, et de dormir roulée dans sa couverture à mes pieds. Comme elle ne ronflait ni ne bougeait, je la souffris dans cette intimité.

Dès que la division Reynier fut arrivée, le vieux Caire et Gizèh furent promptement réduits. Boulaq fut bombardé, car il fallut en venir là pour soumettre les Osmanlis, qui s'en étaient emparés. Enfin la ville se rendit, et les troupes turques se retirèrent le 25 avril. Tout cela avait demandé un mois.

Kléber sentait qu'il avait commis une grande faute en se hâtant d'abandonner la colonie, aussi la répara-t-il glorieusement.

En trente-cinq jours et avec vingt mille hommes, il reconquit toute l'Égypte sur les Turcs, les mameluks d'Ibrahim et la population soulevée.

Il ne se montra pas moins humain qu'habile après la victoire. Il pardonna et se contenta de frapper une contribution sur les villes insurgées. Il s'occupa ensuite de l'administration et de l'organisation de la colonie. Il fit entrer dans les rangs de l'armée des Égyptiens, des Cophtes, des Syriens, des Turcs déserteurs. Les caravanes d'Éthiopie amenaient une grande quantité d'esclaves noirs, il les fit tous acheter, et la 21ᵉ demi-brigade,

qui avait beaucoup souffert, fut complétée par des
nègres qui, étrangers à tous les préjugés des musulmans, prirent bien vite les habitudes et se montrèrent jaloux d'égaler la bravoure du soldat français. Ils étaient tout fiers de se dire nos compagnons, ne se croyant d'abord que nos esclaves.

J'étais retourné avec Guidamour et la petite fellahine dans ma maison qui, vu sa distance de Boulaq, avait peu souffert du bombardement. Les
meubles avaient été brisés ou enlevés, mais les
pertes matérielles n'étaient pas bien graves et j'a-
vais chez le payeur général de quoi les réparer.

Mourad, investi de son commandement, fit ses
préparatifs de départ pour aller chasser de la
Haute-Égypte les détachements de l'armée turque,
venus par la mer Rouge. Ne voulant pas se faire
suivre de sa femme et de sa fille dans son expédition, il les mit sous la protection de Kléber. Elles
s'installèrent avec leurs esclaves et le reste du
harem dans le palais qu'elles avaient à Gisèh avant
notre occupation, et que le général leur fit resti-
tuer.

Ce fut là que je revis enfin Djémilé, mais sous
les yeux de sa mère, contrainte qui parut lui être
beaucoup moins pénible qu'à moi. Sitty Nefyssèh
me déclara encore qu'elle me considérait comme

son gendre, vu que Mourad me dispensait de me faire musulman ; mais il exigeait que sa fille ne retournât chez moi que bien et dûment mariée selon la loi de mon pays. Notre intimité la plaçait au rang des esclaves, disait-elle, et je devais trouver bon qu'une personne de sa qualité reprît le rang qui lui était dû.

Je n'avais rien à dire, d'autant plus que Djémilé, redevenue princesse dans ses habitudes et dans ses idées, n'eût pas compris ma résistance. Il me fallut donc, pour remplir les formalités devant le commissaire des guerres, attendre que mon père m'eût envoyé son consentement, ce qui exigeait au moins quatre mois. Je lui écrivis, non sans appréhension d'un refus : mon père était excellent, mais notaire et positif. Ma future position de successeur au gouvernement de la Haute-Égypte pouvait fort bien ne pas le séduire. Il se pouvait aussi qu'une bru mameluke lui fît l'effet d'une sauvage ou d'une sorcière.

XVIII

On ne songeait plus à évacuer l'Égypte. Bonaparte, à la tête du gouvernement, surveillait de loin
la colonie. Il ne se passait pas de semaine sans qu'il
arrivât quelques bâtiments qui apportaient des munitions, des denrées d'Europe, des journaux, la
correspondance. La solde était payée régulièrement en argent. Notre armée était encore de vingt-
trois mille hommes, sans compter les auxiliaires
et les recrues. Le commerce avec l'Arabie, la Grèce
et l'intérieur de l'Afrique prenait chaque jour plus
d'extension. Les officiers, voyant l'occupation résolue, s'étaient arrangés pour vivre le moins tristement possible. Beaucoup avaient pris chez eux des
filles de l'Orient, soit comme esclaves, soit comme

maîtresses. Enfin la tristesse était bannie et la colonie florissante.

Souleyman reparut sur l'horizon.

Djémilé m'avertit, un jour que j'avais été la voir, qu'il était revenu chanter sous son moucharaby, et qu'il l'avait menacée de l'enlever si elle ne lui accordait pas un rendez-vous.

— Et tu ne lui as pas répondu?

— Non, mais je n'ose plus sortir.

— Il faut se débarrasser de ce chanteur-là ; mais c'est difficile. Il a le don de disparaître, et puis il est défendu expressément à tout Français de porter la main sur un musulman, et, si je le bâtonnais dans la rue, j'encourrais les peines les plus sévères: tout ce que je peux faire, c'est de le dénoncer comme déserteur à la police arabe; mais c'est parfaitement inutile.

— Si je m'en plaignais au général Kléber lui-même? Il doit venir causer demain avec ma mère.

— Ce serait le meilleur moyen; mais est-ce que Kléber vient souvent voir Sitty Nefyssèh?

— Il est venu deux fois depuis que nous sommes ici.

— Seul, ou avec Louis?

— Une fois avec Louis.

— Pourquoi rougis-tu?

— Je ne sais, tu me questionnes comme si tu me soupçonnais !

— Ce n'est pas toi que je soupçonne ! Ta mère est encore fort belle...

— Que tu es fou ! dit-elle en riant, ils ne s'entretiennent que de politique !

— En ce cas, parle à Kléber à propos de Souleyman, et ne bouge pas de chez toi. De mon côté, je vais me mettre à sa recherche.

Huit jours après, j'appris qu'il avait été arrêté et conduit devant Kléber, qui l'avait interrogé. Souleyman ne se vanta ni d'avoir failli assassiner Poussielgue en croyant s'adresser à moi, ni d'avoir été chercher un refuge dans l'armée turque après sa méprise. Je n'étais malheureusement pas présent à son interrogatoire. Il prétendit que Mourad lui avait promis la main de sa fille et qu'il usait de son droit d'amant en chantant sous son moucharaby. Kléber, sachant fort bien qu'il n'en était rien, lui signifia qu'il eût à quitter l'Égypte, et, comme Souleyman lui répliqua insolemment, il lui fit donner vingt-cinq coups de bâton, après quoi il ordonna sa déportation.

Je croyais mademoiselle de Cérignan bien loin, quand je reçus d'elle le billet suivant :

« Colonel, je suis de retour au Caire depuis quinze jours. J'ai revu Louis, que vous avez placé en qualité d'ordonnance auprès du général en chef. Je ne sais si vous avez bien fait. En tout cas, j'ai à vous parler de lui, en sa présence et devant son général. Veuillez donc bien venir dîner chez moi, demain 14 juin, à quatre heures. J'habite en ce moment l'ancien palais d'Osman-bey, dans l'île de Roudah. Venez, vous ferez grand plaisir à celle qui se dit votre servante.

« OLYMPE DE C.... »

Que signifiait ce dîner en petit comité, avec le général en chef? Que pouvait-elle vouloir de moi? Qu'était-elle devenue depuis six mois? L'ambition lui faisait-elle tenter auprès de Kléber quelque démarche en faveur de Louis? Elle l'avait donc revu et lui avait pardonné? J'étais fort intrigué. Je pouvais savoir d'avance quelque chose par Louis, et j'allai le relancer au quartier général. Il avait suivi Kléber à Abou-Zabel, et ils ne devaient rentrer qu'à la nuit.

Le lendemain, dès trois heures, j'étais chez mademoiselle de Cérignan. Il n'y avait encore personne, et elle s'habillait. Je l'attendis trois quarts d'heure. Enfin, elle apparut dans une toilette à la grecque qui, pour une personne si austère, était une véritable transformation. Robe et tunique de gaze lamée d'argent; plusieurs rangs de camées lui ceignaient la taille, le cou et les bras, qu'elle avait nus jusqu'à l'épaule, et qui, par parenthèse, étaient les plus beaux que j'eusse vus de ma vie; des perles étaient mêlées à son abondante et souple chevelure blonde. Je l'avais toujours rencontrée en costume de voyage, ou si enveloppée que je ne soupçonnais pas sa beauté. J'en fus ébloui et inquiet en même temps. Je l'avais laissée dénuée de tout, je la retrouvais dans un palais, entourée de serviteurs, couverte de bijoux. D'où venait tout ce luxe, sinon du *milord anglais*, comme l'appelait le petit juif?

Cette pensée m'apportait une grande déception : je le lui donnai à entendre.

— Fort bien, dit-elle avec un sourire amer, vous me croyez *entretenue!* Oh! dites le mot. Nous sommes dans un milieu et dans un pays où il faut s'habituer à tout. Eh bien, quand cela serait? Je ne sache pas avoir de comptes à vous rendre. Mais je veux bien vous dire que tout ce que vous voyez ici est à moi et me vient de bonne source. J'ai converti ce qui me restait de biens-fonds pour vivre libre et à ma guise; car, depuis que je ne vous ai vu, j'ai été en France.

— Avec l'Anglais?

— Quelle est cette nouvelle folie?

— Vous ne pouvez nier l'existence d'un Anglais mystérieux qui venait vous voir en cachette.

— Je ne suis pas sa maîtresse! dit-elle en relevant la tête.

— Sa femme, peut être?

— Pas davantage.

— Comment s'appelle-t-il?

— Que vous importe!

— Il m'importe de savoir quel est l'homme auquel vous avez recours plutôt qu'à moi pour vous obliger. D'ailleurs, je le saurai un jour ou l'autre : à quoi bon me le cacher?

— Eh bien, c'est lord Humphrey. En êtes-vous plus avancé?

— Humphrey? c'est le nom de l'officier qui est venu de la part de lord Keith apporter à Kléber des conditions si insolentes! Et c'est cet homme-là que vous aimez? Non, c'est impossible! Je vous estime trop pour le croire, et pourtant vous le recevez en secret.

— Ah ça, vous me faites donc espionner? c'est beaucoup d'honneur pour moi. Cela prouve que vous pensez à moi.

— Oui, je pense à vous, ou du moins j'y ai pensé beaucoup trop.

— En vérité? dit-elle en me regardant d'un air étonné. Mais alors, comment arrangez-vous cela avec votre mariage? car vous aimez la fille de Mourad-Bey au point de vouloir l'épouser.

— Oui, et d'ailleurs je me suis engagé vis-à-vis de sa famille.

— Ce n'est pas la possession de cette fille que vous ambitionnez, c'est la couronne d'Égypte dont vous voulez parer un jour votre front de colonel. Comme Bonaparte, tous ses officiers se croient appelés à renouveler les aventures et conquêtes des Croisés. Ils sont ridicules d'ambition, ces beaux républicains. Ils ne se contentent plus de couronnes civiques.

— Vos railleries ne m'atteignent pas, mademoiselle de Cérignan; je suis plus sérieux que cela.

— Alors, pourquoi contracter une union qui va faire de vous un bey mameluk? Voyons, monsieur de Coulanges, parlons sensément. Que cette Djémilé vous plaise, je le comprends; elle est jeune et jolie. Quant à son esprit, ce n'est pas le côté par où elle brille; ignorante et superstitieuse comme ceux de sa race, elle ne dit que des niaiseries. Dans le monde français du Caire, où vous la montriez comme une des sept merveilles du monde, ses naïvetés ont prêté à rire. Vous avez voulu lui donner

des maîtres, lui apprendre le français et les bonnes
manières : elle n'a pu perdre ni son accent arabe,
ni ses allures d'odalisque ; mais elle a pris les mi-
nauderies de nos coquettes et la vanité des courti-
sanes. C'est un produit métis, qui n'est ni turc ni
français, et vous eussiez mieux fait de lui laisser
son originalité. Quand vous présenterez madame
de Coulanges dans le monde, on dira certainement :
Voilà une charmante créature ! mais ne lui laissez
pas ouvrir la bouche, si vous ne voulez qu'on dise
aussi : Mon Dieu ! qu'elle est sotte ! Non, non, si
vous voulez vous marier, ce n'est pas la fille d'un
mameluk qu'il vous faut, ce n'est pas la fille d'un
homme dont le père était un simple paysan, grossier et farouche, d'un aventurier qui a été d'abord
l'esclave, puis le favori, et enfin l'assassin de son
maître. Je ne parle pas de votre future belle-mère,
une femme qui n'a pas hésité à se donner au meur-
trier de son époux et qui a laissé exiler son fils ! Et
ce fils lui-même, qui n'avait d'autre but dans la vie
que de boire le sang de son beau-père ! Ce sont là
les mœurs orientales, me direz-vous ! Oui, c'est
possible ; mais vous êtes un Français, un être civi-
lisé, intelligent, instruit ; et vous allez vous jeter de
gaieté de cœur dans la barbarie et l'ignorance !

» Devenu le gendre de Mourad, vous allez avoir

un millier de sujets et d'esclaves. Vous ferez donner des coups de bâton à ceux qui refuseront l'impôt à votre beau-père, car sa cause et ses intérêts
seront les vôtres. Vous lui succéderez même, c'est
possible ; alors vous renierez forcément le christianisme pour conserver votre influence sur vos
scheyks et kiatchefs. Et un jour vous ferez la guerre
à votre pays, car vos intérêts seront diamétrale-
ment opposés aux siens.

» Après avoir été ridicule, vous deviendrez
odieux ; et tout cela pour une petite fille de quinze
ans qui n'est ni plus jolie, ni plus distinguée, ni
plus intelligente que l'une de nos grisettes, et qui
ne vous en saura pas le moindre gré, car elle vous
trompera avec le premier venu. Elle s'est donnée à
vous, me direz-vous ; le beau mérite chez une
femme qui, par éducation et par principe, croit
devoir subir avec résignation le droit du vainqueur !

» Vous pensez lui devoir la réparation du mariage ? C'est trop naïf ! Alors pourquoi ne pas épouser toutes celles à qui vous avez fait la cour, moi
entre autres ? J'ai encore votre furieuse déclaration
d'amour, et, si je n'avais pas été enchaînée à la
garde du Dauphin et que je vous eusse répondu,
vous m'offriez donc votre main ? Non, n'est-ce pas !

Eh bien, sans fatuité, je suis autrement intelligente que cette petite Arabe. Je ne suis pas aussi jolie qu'elle, c'est vrai ; je n'ai plus quinze ans, c'est encore vrai, mais à vingt-quatre, je peux encore prétendre à plaire, non pas à vous, je le sais, et je n'y tiens pas ; d'ailleurs, je ne veux pas faire assaut de coquetteries et de séductions avec votre maîtresse ; non ! Gardez-la. Emmenez-la à Paris, achetez-lui un fonds de magasin et qu'elle mette pour enseigne : *A la Belle Mameluke.* Je n'y vois pas d'inconvénients. Elle fera fortune. Soyez-lui fidèle tant que vous voudrez, je souhaite qu'elle vous le rende. Ce ne sera pas moi qui chercherai à porter le trouble dans votre ménage ; mais ne l'épousez pas. Croyez-moi, réfléchissez-y vous-même, et soyez assez sincère pour m'avouer que j'ai raison. C'est dans votre intérêt que je vous donne ce conseil. Tout à l'heure vous m'avez dit que vous m'estimiez trop pour me croire la maîtresse de lord Humphrey. Moi, je vous estime assez pour vouloir vous dissuader d'un mariage qui vous deviendra funeste. »

Mademoiselle de Cérignan avait raison. J'étais un Français et non un Arabe. Elle faisait vibrer en moi des cordes qui s'étaient détendues dans la mollesse de la vie orientale.

Si j'étais violemment épris de la jeunesse, de la

beauté et de l'originalité de la jeune Mameluke,
je n'avais pas cessé d'être amoureux de la distinction et de l'esprit de la charmante Française. Avec
elle, je pouvais causer de tout, je ne trouvais jamais ces hautes murailles qui, chez Djémilé, m'in-
terdisaient l'accès de son intelligence. Il n'y avait
pas de portes closes entre elle et moi, pour empêcher l'échange de nos sentiments, de nos impressions, de nos idées. Enfin, c'était ma pareille et
Djémilé n'était pas l'égale de mademoiselle de Cérignan. Je le sentais bien, je n'y pouvais rien changer, aussi je ne trouvais rien à répondre.

Olympe me tira de mes réflexions en me disant :

— Il est six heures, Kléber ne viendra plus.

— Devait-il venir? lui dis-je en souriant.

— Ah ça, reprit-elle, vous devenez très-fat avec
vos succès mameluks ; vous croyez que je me mé-
nageais un tête-à-tête avec vous ?

— Où serait le mal? nous avons tant de choses à
nous dire !

— C'est vrai, et je ne vous ai pas tout dit, mais
le dîner ne peut attendre davantage, offrez-moi le
bras.

Nous passâmes dans la salle à manger aux murailles émaillées d'arabesques. Olympe me fit asseoir en face d'elle en donnant l'ordre d'enlever les

couverts de Kléber et de Louis. En présence de ses gens, je ne pouvais l'entretenir que de choses sans intérêt direct. Le théâtre du Caire, achevé et ouvert, fournit un sujet de conversation. Sylvie avait organisé une troupe d'amateurs, composée de jeunes officiers. Dubertet, sur l'instigation de sa maîtresse, en avait pris la direction et faisait jouer des pièces françaises.

Je racontai à Olympe, curieuse comme toutes les femmes du monde des détails de coulisses, comment Sylvie, soi-disant par amour de l'art, mais en réalité pour exhiber ses toilettes et briller aux yeux de son cortége d'adorateurs, avait tout combiné, tout arrangé et mis un bandeau sur les yeux de Dubertet.

Au dessert, quand ses gens se furent retirés, Mademoiselle de Cérignan m'adressa des questions plus directes. Elle voulait savoir jusqu'où avaient été mes relations avec Sylvie, quel genre de femme c'était, si je l'avais aimée; enfin elle se montrait jalouse avec plus de naïveté que je ne l'eusse espéré d'une personne si indépendante et si fière.

— Il m'est très-facile de vous répondre, lui dis-je. Je ne suis nullement le sultan que vous croyez. Je suis au contraire un des Français qui ont le moins abusé des faciles voluptés de l'Orient. J'ai

assez de raison pour n'être infatué de rien, et de
mademoiselle Sylvie moins que de toute autre. Je
n'ai fait à Dubertet aucun sacrifice en ne lui disputant
pas cette conquête ; mais vous paraissez curieuse
d'entendre ma confession, la voulez-vous ?

— Je vais en entendre de belles ! dit-elle en souriant, et je ferais aussi bien de me boucher les
oreilles.

— N'en bouchez qu'une. J'ai d'abord été vivement épris de vous, le jour où je vous ai rencontrée sur la frégate ; mais vous êtes restée à Alexandrie et je vous ai perdue de vue. J'ai ramassé sur
le champ de bataille une petite fille que je respectais
comme un objet merveilleux. Je vous ai retrouvée
au Caire, et vous savez bien que j'étais sincère en
vous disant que je vous aimais. Vous m'avez rebuté
par vos dédains, et puis j'ai été jaloux de votre Anglais, comme je le suis encore aujourd'hui. J'en ai
pris du dépit. Je suis parti pour ne plus vous voir,
pour vous oublier.

— Vraiment, vous avez une manière d'entendre
l'amour qui n'appartient qu'à vous, et je serais
bien sotte de vous croire ! Vous me faites une cour
assidue pendant tout un bal, sous les yeux de mon
père, vous m'écrivez que vous m'aimez, vous pas-
sez tous les jours sous mes fenêtres, vous me sauvez

d'un danger effroyable au péril de votre vie, vous
m'entourez de soins et d'affection, enfin vous faites
tout votre possible pour me brûler le cœur ; et
puis, tout à coup, vous partez sans m'en avertir.
J'apprends votre retour par hasard. Je cours chez
vous. J'avais les droits de l'amitié et de la reconnaissance ; si je m'en étais arrogé d'autres, que
n'aurais-je pas souffert en me trouvant en présence
de votre maîtresse ! Trouvez-vous que votre conduite, en ce qui me concerne, ait été celle d'un
galant homme ? Aujourd'hui mon ressentiment est
dissipé ; je puis vous parler avec calme, et vous
dire...

Elle fut forcée de s'interrompre. Elle feignit de
tousser, mais je vis une larme briller à travers ses
longs cils.

· Je me jetai à ses pieds.

— Non, relevez-vous, monsieur de Coulanges,
dit-elle avec un regard suppliant ; ne cherchez pas
à me rendre plus malheureuse que je ne le suis.
Je sais bien que je vous ai plu, mais je veu~ être
aimée ; c'est bien différent du sentiment que je vous
inspire.

— Je vous comprends ! aimez-moi, et il me sera
facile de me dégager de tout autre lien. Djémilé ne
m'aime pas ou ne m'aime plus. Sa famille me

trompe en feignant de consentir à notre union. Moi-même j'ai senti le vide de cet amour des sens qu'une femme de sa race inspire et partage, sans croire son cœur ou sa conscience engagés. Dites un mot, je reprends possession de moi-même.

Olympe réfléchit : Je sais, dit-elle, que vous ne doutez de rien et que vous me ferez les plus belles promesses du monde ; mais si je vous demandais votre fortune ?

— Je vous la donnerais.

— Votre vie ?

— J'en ferais le sacrifice.

— Écoutez-moi. J'ai quitté le Caire, où je ne pouvais plus être utile à Louis, puisqu'il était en révolte contre moi, pour aller savoir quel avenir lui réservait la France. Depuis la mort de mon pauvre père, j'avais formé ce dessein. Le dépit que m'a causé votre conduite a précipité ma résolution. Je pouvais revoir la France, les émigrés rentrent tous. J'ai vu ce qui se passait, j'ai étudié l'état des esprits : il est temps que le Dauphin se fasse connaître ; si ce n'est pas l'avis de quelques membres de sa famille qui ont tout intérêt à le laisser croire mort, c'est celui de ses véritables amis et le mien.

— Il s'agit, alors, d'une conspiration contre le repos de la France ?

— Appelez-vous repos, l'ordre de choses actuel ? après une révolution sanglante, une réaction terrible ; la peur, la famine, l'échafaud, les massacres, les noyades, les déportations, les dénonciations, la lutte de tous les partis, que sais-je ? Il faut sauver la France de ses propres fureurs, et le général Bonaparte le peut seul aujourd'hui.

— C'est mon avis.

— Sa valeur, ses triomphes ne la sauveront pourtant pas s'il ne rétablit la fixité et cette fixité ne peut se trouver que dans le retour de la monarchie. Voilà ce dont je voulais m'entretenir ce soir avec vous et avec Kléber.

— Kléber est un républicain sincère qui ne peut vouloir retourner à l'ancien régime.

— Je ne nie pas les *vertus civiques* de M. Kléber ! Mais l'esprit des généraux de l'armée du Rhin est royaliste. Parmi ceux qui portent envie au vainqueur de Lodi et de Castiglione, le héros d'Héliopolis s'est toujours montré le plus frondeur. Bonaparte voulait conserver la colonie égyptienne, c'était une raison pour que Kléber voulût l'abandonner.

— Il a voulu quitter l'Égypte par ennui, par lassitude.

— Qu'importe le motif ? Il allait partir sans la nomination de Bonaparte au titre de premier con-

16.

sul et son refus d'acquiescer aux conventions du traité d'El-Arych. Il emmenait Louis, et à l'heure qu'il est, nous serions tous à Paris.

— Et aux Tuileries, n'est-ce pas? dis-je en riant.

— Qui sait? la chose n'est que différée. En attendant, si vous m'aimez, vous allez vous charger du Dauphin et le conduire en France, avec moi. Kléber doit vous envoyer porter aux consuls les drapeaux enlevés à la bataille d'Héliopolis.

— La mission est honorable, et je suis prêt à la remplir. Seulement, je voudrais savoir d'avance à quoi je m'engage en ramenant en France un brandon de discorde tel que Louis.

— Le roi de France, un brandon de discorde! dit-elle avec animation. Oui, cela aurait pu être l'année dernière encore, mais aujourd'hui, c'est bien différent.

— Je ne comprends plus.

— Je vais me faire comprendre. Après huit ans de guerre et de troubles civils, la population tout entière désire la paix avec l'Europe, et la majeure partie souhaite tout bas le retour des Bourbons. L'intérêt du conquérant de l'Italie et de l'Égypte exige donc qu'il s'unisse au roi s'il veut répondre aux vœux de tous. Il ne peut préférer à la gloire

do remettre la couronne au front de l'héritier légitime, une vaine célébrité et la fantaisie d'usurper
une place où il ne saurait se maintenir ; tandis
qu'assis sur les premières marches du trône relevé
par lui, il serait l'objet de la reconnaissance du
monarque, de l'admiration et de l'estime de toute
la France.

— C'est parfait! et vous croyez qu'il acceptera?

— Nous devons tenter cette démarche et aller à
Paris. Vous vous chargerez du dauphin que vous
présenterez au premier consul en temps opportun,
tandis que je demanderai à faire partie des filles
d'honneur de Joséphine. Elle est de noble famille,
et ses relations avec notre monde, ses sentiments
pour les Bourbons sont connus. L'influence que
j'aurais bientôt prise sur elle et son intervention
auprès de son mari seraient d'un grand poids pour
que Bonaparte remît le pouvoir aux mains du roi.
Personne ne peux mieux l'en convaincre que celle
dont le sort est lié au sien.

— Bonaparte, lieutenant-général du roi Louis
XVII, lui, le fils de la Révolution ? Allons donc! Ce
serait risible! Est-ce qu'il a pris la place de quelqu'un, d'ailleurs? Ses victoires, son génie et le vœu
de la nation lui donnent bien le droit d'être à la
tête de la République. Quant à Joséphine, détrom-

pez-vous, elle n'a pas l'influence que vous lui sup-
posez. Personne n'en a sur le premier consul.
C'est un boulet de bronze qui renverse tous les
obstacles et va droit au but. Ne cherchez donc pas
à entraîner Joséphine dans une trame royaliste,
vous seriez balayées toutes deux. Vous êtes aveugle, comme tous les émigrés qui ont vécu dans l'exil.
Quand vous ferez part de vos projets à Kléber, il
vous rira au nez; quant à moi je refuse positive-
ment d'entrer dans votre conspiration. C'est renon-
cer à vous, je le sais, et ce n'est pas un mince sacrifice! Mais il ne s'agit plus ici de ma fortune et
de ma vie, il s'agit de celles de milliers de Français
qui se feraient tuer avant d'accepter l'abandon de
nos conquêtes révolutionnaires.

Elle allait me répondre, quand nous entendîmes
battre la générale et tirer le canon d'alarme.

— Que se passe-t-il donc? s'écria-t-elle, en me
regardant avec effroi. Encore une révolte! Ne me
laissez pas seule...

XIX

Louis entra, pâle et défait, comme égaré; et, se laissant tomber sur un siège, il nous dit :

— Kléber est mort !

Nous l'accablâmes de questions, et quand il eut repris ses esprits :

— Il a été assassiné ce soir, nous dit-il, dans le jardin du quartier général, comme il parlait à l'architecte Protain. Un musulman s'est élancé sur lui et l'a frappé d'un coup de poignard au cœur. Le général est tombé en criant : « Je suis assassiné ! » Protain s'est jeté sur l'assassin, qui l'a renversé, blessé, et, revenant à Kléber étendu, l'a frappé encore par trois fois. Aux cris de l'architecte, nous sommes accourus. Le général était mort. On s'est emparé de l'assassin caché dans des décombres. C'est un fou, un fanatique, dit-on, qui s'appelle Souleyman.

— Souleyman el Haleby? celui qui était parmi les mameluks de Malek?

— Peut-être bien, je crois que oui, mais on aura beau le tuer, cela ne me rendra pas mon général.

Et le pauvre garçon fondit en larmes.

Il perdait son protecteur et il ne pouvait plus être question pour lui ni de retour en France, ni de royauté. La consternation de mademoiselle de Cérignan me disait assez qu'elle le comprenait bien. Elle lui offrit de le garder avec elle. Il accepta et je les quittai. J'avais la mort dans l'âme, je ne songeais plus qu'à Kléber.

Une commission militaire fut chargée de juger l'assassin. C'était bien Souleyman, mon ennemi personnel. Il raconta, avec un cynisme farouche, qu'après la bastonnade que lui avait fait donner Kléber, il avait juré à Dieu de tuer le sultan des Français. C'était accomplir une œuvre sainte. Il avait fait part de sa résolution à quatre prêtres de la grande mosquée, où il avait trouvé un refuge. Ceux-ci avaient eu peur, mais ne l'avaient pas dissuadé. Il avait suivi Kléber pendant plusieurs jours sans pouvoir l'approcher. Il avait enfin trouvé moyen de pénétrer dans le jardin du quartier général et de s'y cacher dans une citerne abandonnée, jusqu'au moment où il avait pu commettre le crime.

Il fut condamné, suivant les lois du pays, à avoir la main droite brûlée et à être empalé. Quant à ses quatre confidents, ils eurent la tête tranchée.

Kléber fut regretté de tous, même des musulmans. Djémilé montra un véritable chagrin ; car elle était en partie cause de sa mort. Combien je me repentis de n'avoir pas fait des recherches plus actives pour mettre la main sur cette bête venimeuse qui faisait perdre à l'armée le meilleur de ses généraux, à l'Égypte un fondateur, et à la France une belle colonie !

Un seul homme pouvait le remplacer dans le gouvernement de l'Égypte, c'était Desaix ; mais, embarqué depuis trois mois pour se rendre en Italie, Desaix tombait, le même jour, sur le champ de bataille de Marengo.

Les généraux crurent devoir offrir le commandement en chef au général Menou, comme au plus âgé, bien qu'il n'eût jamais donné une haute opinion de ses talents militaires. Ce fut une grande faute de la part de ses collègues et une plus grande encore de la part du premier consul, qui ratifia sa nomination. Ce n'est pas qu'il ne fût un assez bon

administrateur et un bouillant partisan de la colo-
nisation, à prouvé qu'il avait pris le turban, se faisait appeler Abdallah-Menou et avait épousé une
femme turque. Je n'avais pas le droit de le trouver
ridicule, moi qui avais voulu en faire autant; mais
il était irrésolu, sans expérience et tracassier. Au
physique, c'était un petit myope, à gros ventre, qui
roulait sur sa selle comme un sac. Quelle différence
avec la mâle figure, la noble prestance et l'imposante stature de Kléber !

Quand on voyait paraître sa triomphante chevelure sur les champs de bataille, la victoire était as-
surée. Il faut parler aux yeux des soldats. Menou
n'était donc pas le chef qu'il nous fallait, à nous
autres alertes et hardis troupiers. Le général Reynier eût bien mieux valu; mais il avait d'abord refusé le commandement pour le regretter quand il
n'était plus temps.

On s'attendait à un soulèvement général après la
mort de Kléber, et pourtant tout resta calme.

Au bout de huit jours, Louis revint de chez mademoiselle de Cérignan, en me disant qu'il s'était
brouillé avec elle. Il me retombait sur les bras. Je
le questionnai, et il m'avoua que mademoiselle de
Cérignan étant revenue de France avec l'intention
de l'y amener, il avait refusé net.

— Qu'est-ce que tu veux ! dit-il ; je me plais en Égypte et je ne tiens pas à être jamais roi, pour être guillotiné comme mon pauvre père.

— Kléber savait-il qui tu es ou prétends être ?

— Tu m'avais recommandé de ne pas le lui apprendre et je ne le lui ai jamais dit.

— Mais mademoiselle Olympe le lui avait-elle appris ?

— Je ne crois pas ; cependant je n'en jurerais pas, car elle est venue au quartier général trois fois en quinze jours, et j'ai bien vu qu'elle plaisait beaucoup à Kléber. C'est qu'elle est très-jolie, ma gouvernante ! c'est dommage qu'elle soit si prude !

— Est-ce là ce qui t'a mis en révolte contre elle ?

— Bah ! ne parlons pas de ça !

J'insistai : — Je parie que tu lui auras conté fleurette !

— Pas précisément...

— Voyons, raconte-moi donc...

— Eh bien, avant-hier, en dînant seul avec elle, j'avais cru remarquer qu'elle me regardait avec une certaine attention. J'en étais tout honteux, et puis je me suis trouvé bien sot !

— Et tu lui as demandé à l'embrasser ? Tu aimes les baisers, toi !

— Oui, mais elle m'a fait une belle morale, un

17

vrai sermon ! Elle m'a dit que je prenais exemple
sur toi, pour manquer de respect aux femmes, que
sais-je encore ? si bien que je me suis en allé l'o-
reille basse. J'en ai pris de la colère et je suis
parti.

Si mademoiselle de Cérignan lui avait fait un
sermon, je lui en fis un aussi, car je le trouvais fu-
rieusement avancé pour son âge. A quinze ans, une
femme me faisait peur, à moi, et je n'eusse jamais
osé me hasarder à parler le premier. Croyait-il, en
véritable rejeton de Louis XV, faire honneur aux
dames en cherchant à se les approprier ?

Je voyais rarement Djémilé. Peu de jours après
la réinstallation de Louis dans ma maison, elle vint
me voir en secret; mais elle fut si froide et si dis-
traite, que je me demandai si elle venait pour moi.

Le lendemain, Louis sortit sans que je pusse savoir où il allait, et, les jours suivants, il disparut de
même sans me dire l'emploi de ses heures. Je n'a-
vais aucun droit sur lui et il paraissait peu disposé
à subir une autorité quelconque. Il était doux, aimable, craintif même devant une explication; mais
il ne faisait qu'à sa tête et fuyait toute contrainte
plutôt que d'aborder aucun obstacle. Je m'abstins
de le questionner; mais, résolu à savoir ce qui m'intéressait personnellement, je le suivis, un soir,

comme il prenait le chemin de Gizeh. Il s'arrêta au vieux Caire et entra dans la maison que Mériem avait jadis louée à Malek pour y tenir Sylvie enfermée. Après m'être informé auprès des voisins, j'appris que la maîtresse de Dubertet y venait parfois en cachette. Elle était assez jolie pour plaire, et Mériem assez peu scrupuleuse pour favoriser cette intrigue. Je n'en cherchai pas plus long.

Je plaisantai même Louis à propos de sa bonne fortune; il rougit beaucoup, se troubla, mais ne s'en défendit pas, ce qui m'enleva tout soupçon.

Quelque temps après j'allai voir Djémilé, et, comme elle était d'humeur maussade, pour la dérider, je lui racontai les prouesses de Louis. Elle pâlit, comme si elle eût été jalouse de lui, et je le lui fis remarquer.

— Est-ce que je peux avoir de l'amour pour cet enfant ? dit-elle. Tu sais bien, d'ailleurs, que je n'ai d'affection que pour toi. Je voudrais être sûre que tu m'aimes autant que je t'aime !

— Qu'est-ce que cela veut dire?

— Pourquoi espionnes-tu Louis, qu'est-ce que cela te fait, à toi, qu'il soit amoureux de madame Sylvie ? Tu es donc encore jaloux d'elle ?

— Je ne l'ai jamais été. Je voulais savoir si Louis ne venait pas chez toi.

— Ah ! fit-elle en rougissant de colère, tu me soupçonnes ? tu crois que je fais semblant de t'aimer ?

— Tu serais méprisable de vouloir me tromper, tandis que tu es encore libre.

— Alors tu me méprises, car tu penses...

— Je pense surtout que tu cherches une querelle.

— Je n'ai donc pas le droit de me plaindre de ne pas être aimée comme tu me l'avais promis ?

— Il me semble que les preuves d'amour et de dévouement de ma part ne t'ont pas manqué jusqu'à présent.

— Je ne le nie pas; mais aujourd'hui tu me trompes.

— Voilà du nouveau ! Et avec qui ? Tu serais bien embarrassée de me l'apprendre.

— Que vas-tu faire chez la Cérignan ? Elle est ta maîtresse, je le sais !

— On t'a trompée, cela n'est pas.

— Et Tomadhyr ? Pourquoi as-tu son portrait dans ta chambre ? Tu l'aimais donc ? elle avait pris ma place ici, je le sais. C'est un bien qu'elle soit morte !

— C'est ainsi que tu lui sais gré de s'être sacrifiée pour toi ?

— Son dévouement n'était pas désintéressé. Elle espérait que tu l'en récompenserais. Si elle eût vécu, tu l'aurais prise pour seconde femme. Cela ne m'eût point convenu. Je veux être ta seule femme légitime, j'en fais une condition de notre mariage.

— Mais, c'est convenu, tu le sais bien !

— Je sais bien aussi que ni madame Sylvie, ni Pannychis ne mettront les pieds dans ma maison. Elles ont mangé une partie du douaire auquel j'ai droit.

— Il y en a encore assez pour toi.

— Et la petite fellahine ? tu ne peux nier qu'elle ait dormi sous ta tente pendant un mois ?

— Te voilà jalouse de Zabetta aussi ? permets-moi de rire.

— Oh ! ce n'est pas risible. Elle est jolie et il y a longtemps qu'elle n'est plus une enfant.

— Qui donc t'a si bien mise au courant de mes faits et gestes ?

— Qui ? tout le monde. Tu ne te caches pas pour me trahir. Et si je te trahissais à mon tour ?

— Je te tuerais !

Elle me regarda avec effroi, puis vint se jeter dans mes bras, en disant : Je vois bien que tu n'aimes que moi. Pardonne ce que j'ai dit, c'était pour t'éprouver.

La paix fut bientôt faite et je la quittai plus amoureux d'elle que jamais. J'avais failli guérir de cette maladie. Olympe eût pu être le médecin, mais son complot politique m'avait désenchanté. Il me semblait qu'elle avait voulu me tourner la tête pour m'employer à son but.

Je ne revis plus Djémilé de la semaine et j'allai chez elle sans la trouver. Sa mère me dit qu'elle avait été rendre visite à l'une de ses amies.

Je ne connaissais pas d'amies à Djémilé, et, comme je marquai mon mécontentement, Sitty Nefyssèh me fit quelques observations qui me donnèrent à penser.

Elle me demanda si j'avais bien réfléchi à ce que j'allais faire, si j'étais assez sûr d'aimer Djémilé pour lui sacrifier mes devoirs envers la France; si j'étais bien résolu à embrasser l'islamisme, condition dont son époux m'avait dispensé et sur laquelle elle revenait de son chef. Elle se plaignit hautement de ce que la réponse de mon père n'arrivait pas, comme si c'eût été ma faute; enfin, elle me menaça de rejoindre son époux avec sa fille.

J'aurais dû les laisser partir. Le chagrin, l'ennui, l'indécision, la crainte d'un refus de la part de mon père, le mécontentement de Djémilé, me causèrent un mal moral qui se traduisit en véritable maladie.

La fièvre me prit et me cloua au lit pendant quinze jours.

J'avais des visions étranges : tantôt c'était Djémilé, toute ruisselante d'or et de pierreries, qui se promenait dans les jardins de Versailles, bras dessus, bras dessous avec Louis, le visage souriant, le manteau fleurdelisé sur les épaules et la couronne en tête. Tantôt c'était mademoiselle de Cérignan, au bras d'un Anglais, qui me tournait obstinément le dos. Je voyais encore l'infortuné Malock que sa langue coupée n'empêchait pas de parler, et cela ne me surprenait pas beaucoup. Puis, je voyageais dans le désert, j'étais étouffé sous des montagnes de sable et je m'ouvrais la poitrine pour étancher la soif de Djémilé mourante. Le shérif Hassan m'apparaissait aussi; il me tranchait la langue, et la pauvre Tomadhyr, le front fendu d'un coup de sabre, me donnait un breuvage noir comme de l'encre où scintillaient des étoiles. Ce rêve était le plus persistant, mais je ne m'en étonnais pas plus que des autres.

XX

Dans mes derniers accès, Thomadhyr prit un caractère de réalité qui me fit peur. Il me semblait la voir aller et venir par la chambre comme si elle eût existé réellement. Un matin que ma fièvre était tombée, je la vis distinctement étendue au soleil, dans l'embrasure de la porte, et consultant son miroir magique. Au cri que je jetai, elle se leva et vint à moi en me demandant si je me sentais plus mal.

— As-tu donc le pouvoir de sortir de la tombe? m'écriai-je.

— Non, dit-elle, je suis bien vivante.

Je la touchai pour m'en assurer. Elle avait, comme dans ma vision, une balafre qui partait du front et allait se perdre dans les flots de son abondante chevelure. Cette cicatrice ne l'empêchait pas d'être jolie. Comme je la regardais avec stupeur :

— Je suis bien Tomadhyr, me dit-elle, et non son spectre. Le sabre d'Hassan ne m'a pas ôté la vie. Il m'a crue morte pourtant, puisque, après m'avoir frappée, il m'a fait jeter aux chiens ; mais un moine cophte compatissant m'a emportée pour m'ensevelir. Je suis revenue à moi dans le monastère. J'y suis restée malade bien longtemps. Quand j'ai été guérie, les moines m'ont proposé de me faire chrétienne ; j'ai refusé. Alors ils m'ont renvoyée. Je ne crains plus Hassan ; mais Mourad peut me faire mourir ; aussi je suis venue avec de grandes précautions. Maintenant je ne crains plus rien près de toi. Je suis ici depuis huit jours ; c'est moi qui t'ai soigné.

— Tu es une brave fille, et je suis content de te revoir. Reste avec moi, j'ai bien des choses à te demander.

— Ne parle plus, la fièvre peut revenir. Si tu as besoin de moi, je suis là.

Je me rendormis, et, quand je m'éveillai, je n'étais pas bien sûr de n'avoir pas rêvé que Tomadhyr était vivante. Je l'appelai pour m'en convaincre.

Elle était là.

17.

Elle me soignait avec un zèle qui m'attacha davantage à cette singulière créature douée d'un sixième sens, que les médecins expliquaient à leur manière en l'appelant magnétisme, somnambulisme, ce qui n'expliquait rien.

Djémilé ne vint me voir que deux fois pendant le cours de ma maladie; mais elle ne rencontra pas Aomadhyr, qui, dès qu'elle entendait venir une visite, se réfugiait dans le harem avec Zabetta.

J'étais mécontent du peu d'empressement de ma future épouse, et, comme j'entrais en convalescence, je m'en plaignis tout haut devant mon esclave.

— Écoute, me dit-elle, tu sais si je te suis dévouée et si je prends part à tout ce qui te fait peine ou plaisir. Eh bien, n'épouse pas Djémilé de manière à ne pouvoir jamais divorcer, tu n'en auras que du chagrin.

— Je ne peux plus me dédire.

— Tant pis! En ce cas, promets-moi de me garder toujours auprès de toi, quand même ta khanoune le trouverait mauvais.

— Tu me demandes tout simplement de me brouiller avec elle.

— Pourquoi? est-ce que je ne la servais pas bien? N'ai-je pas donné ma vie pour elle? Ne saurait-elle m'en marquer un peu de reconnaissance

on me souffrant dans sa maison? D'ailleurs, est-il
besoin de son bon plaisir? N'es-tu pas le maître?
Qu'est-ce que Djémilé, au bout du compte? une
fille d'esclave, tandis que mon père et mon grand-
père et tous les hommes de ma famille ont toujours
été libres et indépendants comme le vent du désert! Je t'ai toujours été fidèle, moi, et je mérite
autant qu'elle et davantage d'être ta seconde
femme.

— Tomadhyr, j'estime ton caractère et j'ai beaucoup d'amitié pour toi, tu le sais bien. Je te gar-
derai tant qu'il te plaira. Puis-je mieux dire?

— C'est bien; aussi Tomadhyr t'aime plus que
sa vie! Elle te le prouvera.

Le lendemain, je venais de sortir pour la première fois, quand la petite follahine se présenta
tout effrayée devant moi.

— Qu'as-tu donc, Zabetta?

— Moi, je n'ai rien. C'est Tomadhyr qui est là-
haut sur la galerie. Elle dit des mots sans suite et
elle pleure. Je crois bien qu'elle voit l'ange noir.
Va donc le conjurer, toi qui sais des paroles ma-
giques pour le chasser.

Je montai près de Tomadhyr. Elle avait le regard
brillant de la fièvre ou de la folie.

— Ah! te voilà, s'écria-t-elle en me voyant.

Viens vite! Je souffre!... Prends-moi le front dans tes mains. Je verrai mieux !

Quand j'eus fait ce qu'elle demandait.

— Impose-moi donc ta volonté, reprit-elle. Ne suis-je pas toujours ton esclave ?

— Eh bien ! regarde et vois, je le veux !

— Oui, je vois Djémilé, elle est là... Elle parle !

— Avec qui ?

— Avec un jeune homme blond... que j'ai déjà vu en songe...

— Que dit-elle ?

— Je ne l'entends pas... Elle remue les lèvres, mais je suis sourde. Ah ! que je souffre ! Je voudrais entendre pourtant !

— Où sont-ils ?

— Dans une maison, au vieux Caire, chez Mériem !

— C'est impossible, tu te trompes !

— Je dis vrai. Mériem s'en va. Elle les laisse seuls. Ils s'embrassent.

— Tais-toi ! tais-toi ! tu me rendrais fou de colère si je te croyais.

— Tu refuses de me croire ? Va donc t'en assurer, tu peux entrer dans la maison, la porte n'est pas fermée et Mériem est loin... Ah! je ne vois plus !...

Et Tomadhyr tomba dans mes bras en s'écriant :
No l'épouse pas ! elle ne t'aime pas ! elle te trahit...
Moi seule je t'aime !

Puis elle fondit en sanglots et eut une attaque de
nerfs.

Je la laissai aux soins de Zabetta, j'allai prendre
mon cheval. Je ne savais trop ce que je faisais,
j'agissais comme dans un rêve. Je connaissais la
maison de Mériem et je partis au galop. Cette
course me calma un peu. Je me trouvai bien fou
d'ajouter foi aux hallucinations d'une extatique,
et je fus sur le point de rebrousser chemin. Je n'en
fis pourtant rien et je me trouvai en face de la porte
de Mériem. Elle était entrebâillée, comme me
l'avait dit Tomadhyr. Je sautai à terre et j'entrai
sans bruit. On chuchotait derrière la tapis-
serie de la chambre où j'avais jadis retrouvé
Sylvie.

Qui me disait que ce fussent Louis et Djémilé ?
J'écoutai.

Pour douter davantage de la trahison, il eût fallu
être sourd. Tomadhyr n'avait pas menti.

Le sang me bourdonnait dans la tête ; j'avais des
éblouissements. Heureusement pour eux, je n'avais
pas d'armes.

En me voyant, Louis alla s'adosser à la muraille

pour ne pas tomber, tant il tremblait. Djémilé resta impassible.

— Tu me montreras demain, dis-je à Louis, ce que tu sais faire l'épée à la main.

— Vous voulez me tuer? s'écria-t-il effaré.

— Oui, monseigneur, et je rendrai peut-être un grand service à mon pays.

Et m'adressant à Djémilé :

— Quant à toi, tu sais que la loi musulmane me donne le droit de te coudre dans un sac et de te jeter à l'eau.

— Si j'étais ta femme, tu le pourrais, répondit-elle avec un aplomb qui me déconcerta; mais je suis encore libre et je peux aimer qui je veux.

— C'est juste, nous ne nous devons rien. Tant pis pour toi si tu n'as ni cœur ni mémoire. Je ne suis pas un Arabe pour te punir comme tu le mé-rites. Si je t'ai sauvé la vie dans le désert, ce n'est pas pour te l'ôter aujourd'hui. Va, retourne vivre au milieu de tes pareils. Il n'y a plus rien de com-mun entre nous. Je te méprise.

— C'est bien! j'irai vivre avec mon pareil, avec ton roi, qui m'épousera, lui! Il me l'a juré. Je serai reine de France.

— Louis veut t'épouser? j'y consens! ce sera un bon moyen de débarrasser la République de ce

prétendant. Quant à la couronne de France, n'y
compte pas. Contente-toi de lui mettre sur la tête
celle de la Haute-Égypte. Ce sera mieux que rien,
qu'en penses-tu, Louis Capet?

— Vous consentiriez à mon mariage avec Djémilé? dit-il en me regardant d'un air incrédule.

— Oui! va la demander à sa mère, arrange-toi avec
Mourad, et que je ne te revoie plus jamais. Adieu.

Le coup qui me frappait était tellement imprévu
et si violent, que j'en étais comme écrasé. Je les
quittai. J'avais besoin de confier ma douleur à
quelqu'un, et mademoiselle de Cérignan était la
seule personne qui pût s'intéresser à ce qui venait
d'arriver. Je me dirigeai vers l'île de Roudah. En
route, je craignis qu'elle ne se moquât de moi, les
amants trompés prêtent toujours à rire. Je ne voulus pas lui donner la satisfaction du triomphe. Elle
m'avait prédit ce qui m'arrivait! Je rebroussai chemin. En revenant, je rencontrai le colonel Sabardin, qui, me voyant la figure bouleversée, m'en demanda la cause. Faute d'autre confident, je pris
celui-ci. Quand je lui eus tout dit :

— Bah! fit-il, ce n'est que ça? ta maîtresse te
trompe? Prends-en une autre ; toutes ces filles
d'Orient ne valent pas une larme. Allons, viens
dîner avec moi et oublie.

J'acceptai, mais je ne pus manger. En revanche, je bus avec la résolution d'un homme qui veut s'abrutir. Je ne réussis qu'à me rendre fou, c'était toujours quelque chose.

Sabardin, ne voulant pas rester en arrière, s'enivra aussi ; après quoi il fit venir deux danseuses. Elles étaient grandes et bien faites, elles avaient le regard effronté, les yeux entourés de koheul, les sourcils peints et les joues fardées. Leur peau brune apparaissait entre la veste et la ceinture lâche tombant au-dessous des hanches. Leur danse était des plus lascives ; mais, en les regardant de plus près, nous découvrîmes que nos ghawaises n'étaient autres que des *khewals*, c'est-à-dire des almées mâles. Je n'avais pas encore vu de près ce genre d'êtres douteux dont les longues tresses, la taille, les bras et le cou nus parodiaient si étrangement la femme. Après avoir bien regardé ces étranges animaux, nous les mîmes dehors, comme de juste, à grands coups de bottes.

Nous allâmes achever la soirée au théâtre. Notre conduite ne fut pas celle de deux colonels, mais celle de deux sous-lieutenants. Nous jetâmes des fleurs et des friandises à toutes les femmes belles ou laides que nous vîmes dans la salle. Morin se laissa entraîner et fit mille folies de sang-froid, ou

plutôt il se grisa de notre ivresse. Il vit Pannychis
dans la loge du général en chef, en compagnie de
la femme turque d'Abdallah-Menou, une assez belle-
fille, et l'idée lui vint de les inviter à souper avec
nous. Pannychis accepta d'emblée. La sultane me
refusa comme je m'y attendais. Pendant ce temps,
Sabardin avait été chercher fortune dans les coulisses. La représentation finie, il ramena Sylvie.
Celle-ci aimait trop le plaisir et les excentricités
pour laisser échapper l'occasion. En apprenant que
j'avais échoué auprès de la sultane, elle se chargea
d'arranger la chose et partit en nous donnant rendez-vous chez elle.

En attendant, nous emmenâmes Pannychis dans
un café que nous fîmes ouvrir, malgré les mesures
de police, et pour se mettre à notre diapason, Morin et sa belle s'abreuvèrent de champagne. Après
quoi, nous nous rendîmes chez Dubertet, qui était
absent depuis huit jours.

Sylvie nous attendait avec la sultane. Fiez-vous
donc à la vertu des femmes de l'Orient! On rit, on
but, on chanta, on cassa pas mal de vaisselle et on
mena grand bruit.

A trois heures du matin, Sabardin proposa une
partie de bateau, et nous allâmes tous nous baigner dans le Nil pour nous rafraîchir. La sultane

fut touchée par une torpille et faillit se noyer, ce qui nous divertit beaucoup. Nous revînmes chez Sylvie boire du punch pour nous réchauffer. Le jour nous surprit dormant tous, les uns sur la table, les autres sur les nattes.

Pour cette belle équipée, Sabardin se battit en duel avec Dubertet et reçut un bon coup d'épée. Sylvie se brouilla avec son amant; mais, au bout de la semaine, elle lui avait persuadé d'aller faire des excuses à Sabardin pour avoir été trop prompt à le soupçonner.

Pannychis, après avoir été mise à la porte par son *riz-pain-sel*, avait été s'implanter chez Morin.

Quant à moi, je fus consigné pour un mois à la citadelle, de par l'ordre d'Abdallah-Menou, sous prétexte de tapage nocturne.

XXI

En me mettant aux arrêts, Menou me rendit service. J'eus tout le temps de réfléchir et de me calmer. Je passai en revue toute la conduite de Djémilé, depuis le jour où je l'avais ramassée sur le
champ de bataille des Pyramides. Elle n'était restée chez moi que parce qu'il ne pouvait en être autrement. Du jour où son père était venu la chercher, elle n'avait pas hésité à le suivre. Quand
elle avait fui avec moi, c'était bien plus par haine
contre Hassan que par affection pour moi. La vanité était le fond de son caractère. Du moment où
Kléber lui avait donné un rôle à jouer, j'étais devenu un bien pauvre sire auprès du sultan des
Français. S'il eût vécu, il eût pu me supplanter.

Mais, quand elle eut obtenu les confidences de Louis, je fus perdu. Un futur roi de France était un meilleur parti qu'un colonel de dragons. Elle m'avait sacrifié, trompé et bafoué indignement. Elle aurait pu s'épargner la honte d'être prise sur le fait, en rompant plus tôt avec moi. De mon côté, j'aurais dû comprendre les réticences de sa mère, qui, à coup sûr, était sa confidente ; mais j'étais aveugle. Aussi, quel diable d'amour à demi paternel, à demi sauvage, avais-je été me mettre au cœur pour une fille de quinze ans ? Elle m'avait traité en Cassandre.

Quant à Louis, c'était aussi un enfant, et un enfant qui avait peut-être trop souffert pour que son sens moral ne se fût pas oblitéré jusqu'à un certain point. Il n'avait eu ni assez de conscience ni assez de volonté pour respecter l'hospitalité que je lui accordais. Et cela, c'était un peu ma faute ; j'avais eu tort de le laisser des journées entières dans l'intimité d'une fille aussi séduisante que Djémilé. Avais-je mieux agi en le mettant chez Kléber pour m'en débarrasser ? Kléber, comme beaucoup de héros, était aussi licencieux dans ses mœurs que dans son langage. Cet enfant n'avait profité que des mauvais exemples. C'était un peu mon ouvrage, mais la punition était bien dure.

Ce n'est pas le premier ni le second jour que je pus raisonner de tout cela froidement; mais, à mesure que le temps marchait, le calme revenait avec l'oubli de l'outrage.

Je m'ennuyais largement dans mon étroite casemate, je ne voyais personne, si ce n'est Guidamour qui, tous les matins, venait cirer mes bottes, me donner des nouvelles et repartait une heure après.

— Mon colonel, me dit-il un jour, je dois vous faire savoir que le citoyen Louis n'est pas rentré une seule fois à la maison depuis la *petite noce* que vous avez faite avec la cousine Sylvie et les autres. Thomadhyr m'a dit qu'il était parti avec votre odalisque et sa mère pour Esnèh.

— Il est parti? Bon voyage !

— C'est drôle tout de même.

— Je l'y ai autorisé. J'ai rompu avec l'*odalisque.*

— Et vous avez aussi bien fait de ne pas vous fourrer dans cette famille de *mamamouchis !* La vieille est une madrée qui entend le français aussi bien que vous et moi. Je ne sais pas si elle croit que le citoyen Louis est le Messie que les Turcs espèrent toujours voir tomber du ciel ; mais elle *manigance* un mariage entre sa fille et lui.

Guidamour ne m'apprenait rien.

Je lui demandai s'il avait des nouvelles de mademoiselle de Cérignan.

— Elle est venue chez vous pour vous parler. Ah! elle n'avait pas l'air content. Elle m'a dit qu'elle reviendrait dès que vous seriez libre. C'est une belle femme et qui parle bien. Il vous faudrait une fille comme elle dans le harem. Après ça, il y a Tomadhyr que ça pourrait contrarier.

— Je n'ai pas besoin de tes commentaires.

— Suffit, mon colonel!

La réponse de mon père m'arriva comme j'étais sous les verroux. Sa lettre était pleine de bonnes raisons pour me faire abandonner mon idée de mariage avec une mameluke.

En résumé, il me refusait son consentement. Je lui répondis sur-le-champ que tout était rompu.

Abdallah-Menou ne me fit grâce ni d'un jour ni d'une heure de prison. Je crois même qu'il me vola de plusieurs minutes. Je retournai enfin chez moi. Dès le lendemain, je vis arriver mademoiselle de Cérignan. Elle m'aborda en me disant :

— Vous êtes décidément fou, mon pauvre colonel! Comment, vous envoyez le Dauphin demander la main de votre maîtresse? Il va épouser la fille d'un mameluk, à quinze ans et demi!

— Louis est maintenant un homme, et

Dans les âmes bien nées...

— J'avoue que je ne m'attendais guère à ce dé-noûment! Je vous ferais même mes compliments sincères d'avoir rompu votre extravagant mariage, si vous n'aviez mis le Dauphin dans la situation ri-dicule où vous étiez il y a un mois. Il faut le tirer de cette fâcheuse affaire, le débarrasser de ces femmes qui veulent exploiter sa position. Il ne peut rester entre les mains des mameluks.

— Pourquoi pas? Il y sera choyé, fêté...

— Si vous prenez votre parti du mal que vous avez fait, moi, je veux le réparer. Je ne me résigne pas si aisément à abandonner le Dauphin. On me l'a confié, je réponds de lui...

— On vous l'a confié, dites-vous : alors pour-quoi me l'avez-vous renvoyé après la mort de Kléber?

— Colonel, Louis n'est plus un enfant, vous le dites vous-même, et je ne suis pas une vieille femme.

— Oui, je le sais! Il vous a trouvée belle; il n'est pas aveugle.

— Il s'en est vanté à vous? dit-elle en rougis-sant. C'est bien sot! Mais qu'importe! Je suis prête à le reprendre si vous me le ramenez. Au bout du compte, il vous a rendu service en vous ouvrant les yeux ; il vous a débarrassé d'une fille qui vous serait devenue funeste ; aidez-moi à le ramener.

— Oh ! quant à cela, non ! qu'il devienne ce qu'il pourra !

— J'agirai donc seule.

— Et que ferez-vous ?

— J'irai le chercher, l'enlever même, car je m'attends à sa résistance.

— Vous y risquez gros ! Allez-vous courir après lui dans la Haute-Égypte ? Que ferez-vous dans ce milieu arabe, vous femme européenne, et par conséquent fort peu considérée ? Et Mourad ? vous l'oubliez. Il ne vous rendra jamais un gendre si haut placé. Vous échouerez, et vous y perdrez sinon la vie, du moins votre liberté ou votre honneur.

— Ah ! s'écria-t-elle en s'abandonnant à sa douleur, je ne savais pas à quoi je m'engageais en me chargeant de cet enfant ! Si vous ne me venez en aide, je mourrai à la peine.

— Je ne veux pas que vous mourriez : mais je ne vois pas ce que je puis faire pour votre prince.

— Vous pouvez me faciliter les moyens de le soustraire à ce mariage insensé.

— Et comment ?

— Je n'ai plus assez de fortune pour parer aux frais de la guerre.

— Vous voulez de l'argent? Est-ce que mylord n'est plus de ce monde, ou vous abandonne-t-il?

— Ah! encore? Vous tenez à ce qu'il soit mon protecteur? Comme vous voudrez! En tout cas, je ne veux pas lui devoir ce service. J'aime mieux m'adresser à vous.

— Je suis flatté de la préférence.

— Vous ne pouvez pas m'aider? N'en parlons plus.

— Si fait! combien vous faut-il?

— Trois cent mille francs!

Après les envois que j'avais faits à mon père, les cadeaux, les dépenses folles, c'était à peu près ce qui devait me rester.

Je n'hésitai pas à le lui offrir. Il y avait assez longtemps que nous étions en délicatesse tous les deux. Il fallait que cela eût une solution, et le service que j'allais lui rendre valait bien un peu de reconnaissance.

— Quand vous faut-il cette somme? lui dis-je.

— Le plus tôt possible; dès demain.

— Je vous la porterai moi-même si vous voulez me recevoir.

Après un moment d'hésitation:

18

— Pourquoi ne vous recevrais-je pas? dit-elle avec un sourire charmant; ne sommes-nous pas de vieux amis? Venez, et merci d'avance.

Elle s'enveloppa le visage avec soin. Je lui demandai ce qu'elle craignait pour se cacher ainsi.

— Je me méfie des *bravi* de Sitty Nefyssòh qui a menacé de se débarrasser de moi, si je cherchais à éloigner le Dauphin de sa fille.

— Laissez-moi vous reconduire.

— Oui, donnez-moi le bras.

Tout en marchant, je l'interrogeai de nouveau. Son projet d'aller chercher Louis et de l'éloigner de l'Égypte était bien arrêté; mais elle n'était pas encore fixée sur les moyens à employer. Le devoir ou l'ambition lui faisaient entreprendre une lutte où elle pouvait succomber. Sa résolution était prise. Je la quittai à sa porte. Le lendemain, je lui portai la somme désirée. Comme elle voulait m'en donner un reçu :

— A quoi bon? lui dis-je. Je puis perdre ce chiffon de papier, et j'ai confiance en vous.

— Mais, je ne veux pas de vos dons, répondit-elle d'un air fier. Croyez-vous que je vous emprunte cette somme pour ne pas vous la rendre?

Elle fit un reçu. Je le pris et le déchirai en disant : Laissez-moi vous obliger sans arrière-pen-

sée. Elle me regarda avec curiosité et parut réfléchir, puis elle se leva, fit le tour de la chambre,
s'arrêta devant moi, et me demanda brusquement :

— M'épouseriez-vous?

Je gardai le silence.

— Non? reprit-elle, vous me trouvez trop vieille,
car je suis presque de votre âge.

— Ce n'est pas là la raison. Vos opinions, vos
croyances sont trop différentes des miennes, nous
ferions mauvais ménage.

Elle recommença sa promenade et revint à moi.

— Voulez-vous retourner avec moi en France?

— Oh ça! oui, de grand cœur, mais avec vous
seule, pas de Dauphin!

— Bien! c'est convenu.

Et, se penchant vers moi, elle me baisa le front,
puis me repoussa doucement : Allez-vous-en, reprit-elle, et attendez, pour revenir, que je vous appelle. Ce sera bientôt, j'espère!

J'hésitais : Obéissez, reprit-elle. Prouvez-moi
votre respect si vous voulez compter sur ma confiance.

XXII

Quinze jours se passèrent sans m'apporter aucune nouvelle d'Olympe. La perspective de retourner bientôt en France avec elle était devenue une idée fixe chez moi. Je tenais d'autant moins à rester au Caire que la peste, apportée par les caravanes de la Mecque, commençait à sévir dans l'armée et dans la population.

J'allai à l'île de Roudah pour savoir où en était le projet de départ. Mademoiselle de Cérignan était à Alexandrie.

Un mois après, le petit juif demanda à me parler. Je le fis venir sur-le-champ. Après s'être assuré que personne ne pouvait l'entendre :

— La dame française est de retour, me dit-il.

— Depuis quand ?

— Depuis quinze jours.

— En es-tu bien sûr ?

— Oui, elle se tient cachée à l'île de Roudah. Elle est revenue d'Alexandrie avec le mylord, qui est reparti. Ce que je t'apprends là vaut bien quelque chose.

Je lui donnai une bourse et je le renvoyai.

Olympe n'était-elle qu'une adroite aventurière, qui m'avait pris pour dupe ?

Je fis seller mon cheval, et, suivi de Guidamour, je me rendis chez elle.

Il me fut répondu qu'elle était en voyage. Je savais le contraire et je résolus de forcer la consigne en passant par les derrières de la maison. Elle était située au bord du Nil, au milieu de bosquets et de jardins enclos de hautes murailles. Une petit porte donnait sur un escalier qui descendait au fleuve. Je pouvais entrer par là et me cacher, en attendant que la nuit fût close, dans une construction basse que je remarquai sous mes pieds. J'allais y descendre quand j'entendis derrière moi un bruit de rames. Une djerme se dirigeait vers l'escalier.

Je me cachai vivement sous un saule pleureur qui trempait sa chevelure dans l'eau. Le bateau aborda à dix pas de moi. Plusieurs hommes des-

18.

cendirent à terre. Parmi eux je reconnus Louis. Ramenait-il Djémilé dans cette barque, ou, comme l'avait projeté Olympe, l'enlevait-on lui-même ?

Les autres s'entretenaient en anglais. N'en sachant pas un traître mot, je ne compris rien à leur conversation, si ce n'est que l'un d'eux était qualifié de mylord.

Il était grand et fort. Son visage, autant que je pouvais en juger de loin aux dernières lueurs du jour, répondait au signalement que m'avait donné le juif. C'était lord Humphrey !

Au moment où Louis s'engageait sur l'escalier, je m'élançai vers lui.

L'Anglais fit un *aôh* de surprise et arma un pistolet.

— C'est inutile, lui dis-je ; je suis l'ami de ce jeune homme.

— Oui, oui, c'est mon ami ! répéta Louis avec un peu d'effort.

Le lord abaissa son arme et retourna s'entretenir à voix basse avec ses hommes.

— Qu'as-tu fait de Djémilé ? dis-je à Louis.

— Il m'a fallu la quitter, mylord m'a emmené de vive force et à l'insu de Mourad.

— L'avais-tu épousée ?

— Non, mais le mariage allait se faire.

— Tu es prisonnier des Anglais?

— Oui, et si je sais pourquoi ?

— Parce qu'on veut faire de toi une arme contre la République, en tant que tu sois réellement l'héritier de Louis XVI.

— Je ne suis que trop réellement fils de roi. Si j'étais un simple citoyen, on me laisserait vivre à ma guise, on ne m'empêcherait pas de me marier avec Djémilé !

— Tu souhaites retourner près d'elle ?

— Oui! et, puisque tu m'as déjà montré tant de bonté, aide-moi à me sauver.

Il faut croire que notre conversation ne fut pas du goût de Lord Humphrey. Il s'avança vers Louis, et, le chapeau à la main, lui dit en mauvais français ·

— Monseigneur, je vous attends.

Louis, croyant que j'étais en visite chez mademoiselle de Cérignan, me demanda si elle était prête à partir avec lui, et si je rentrais avec lui chez elle.

— Oui, je te suis.

Quand il fut entré dans le jardin, le lord passa devant moi comme un mal appris, me barra le passage, et, me mettant le canon de son pistolet dans la figure:

— Vous n'irez pas plus loin, dit-il. Vous en savez beaucoup trop ! J'ai une mission grave à remplir, vous êtes un obstacle : je briserai cet obstacle.

D'un revers de main, je fis sauter son arme et je le pris au collet.

Au même instant, quatre de ses acolytes, qui s'étaient glissés sans bruit derrière moi, me jetèrent un manteau sur la tête pour m'empêcher d'appeler à l'aide, et, malgré ma résistance, m'emportèrent lié de cordes, je ne sais où.

Quand je fus parvenu à me débarrasser, je vis que j'étais enfermé dans une espèce de cave au bord du Nil. Le croissant de la lune se mirait dans le fleuve et les premières lueurs du jour blanchissaient déjà les hauts minarets du Caire : je sortis de mon antre et je me trouvai auprès du jardin de mademoiselle de Cérignan. La djerme était repartie : je courus à la maison, elle était vide ! Olympe avait suivi Louis et lord Humphrey. Je pensai à fréter une embarcation et à les poursuivre; mais ils avaient une avance de douze heures au moins, et puis, de quel droit et sous quel prétexte me fussé-je opposé au départ des fugitifs? Mademoiselle de Cérignan m'avait peut-être trompé, mais peut-être aussi l'avait-on enlevée malgré elle; en tout cas, pour la délivrer, il m'eût fallu livrer à l'autorité militaire son secret et sa personne.

Je rentrai chez moi, j'en avais gros sur le cœur

contre lord Humphrey. Je le dépeignis avec soin à Tomadhyr et lui demandai de me dire où il était ; mais ses visions étaient indépendantes de sa volonté. Elle ne sut rien répondre.

Je vivais paisiblement et modestement, car mon trésor était épuisé, et ma solde m'interdisait les prodigalités, quand, un soir, Guidamour vint me dire qu'une femme voilée demandait à me parler. Je pensai tout de suite que c'était mademoiselle de Cérignan.

— Qu'elle vienne ! m'écriai-je.

Elle entra voilée de noir jusqu'aux yeux. J'étais vivement irrité contre elle, et, comme il faisait très-sombre dans la chambre, je ravivai la lumière de la lampe, en invitant d'un ton brusque, la visiteuse à se faire connaître.

— Elle obéit en silence, et, au lieu des cheveux blonds et des yeux bleus de mademoiselle de Cérignan, je reconnus la brune chevelure et le regard inquiet de la perfide Djémilé.

— Toi ici ? lui dis-je, et qu'y viens-tu faire ?

— Obtenir ton pardon, dit elle en se jetant à mes pieds ; car je t'ai offensé, outragé cruellement, toi qui m'aimais tant ! J'ai été bien coupable, bien lâche, bien folle, de croire à la parole de ce jeune garçon, qui m'a lâchement abandonnée. J'aurais dû te prévenir qu'il me poursuivait de son amour depuis longtemps ; j'aurais dû te prier de l'éloigner. Je n'en ai pas eu le courage. J'ai préféré employer la ruse et le mensonge vis-à-vis de toi, si doux, si confiant, si bon. Je t'ai volé ton bien en disposant de moi sans ta permission, car j'étais ta propriété, tu m'avais bien gagnée. Je viens me rendre à toi. Punis-moi, comme je le mérite ; frappe-moi si tu veux, je ne t'en aimerai pas moins ; car si j'ai eu pour Louis un moment d'abandon, je ne l'ai jamais aimé comme je t'aime.

— Voyons, voyons ! pas tant de paroles et assez de mensonges. Tu viens me demander où est Louis, avoue-le franchement.

— Non, je le jure sur le Koran, je ne reviens ici que pour obtenir grâce devant toi. Louis est un imposteur ; le jeune roi de France est mort depuis longtemps.

—Et tu crois que je vais te reprendre dans ma maison? Tu vas peut-être me demander de t'épouser, maintenant, comme Pannychis ?

—Non, je comprends que j'ai mérité ton mépris, mais sois assez généreux pour oublier le passé. Songe que je suis seule au monde maintenant, et que, si tu n'as pitié de moi, il faudra que j'aille me vendre comme une esclave.

— Tu dis que tu es seule au monde ? qu'est donc devenu Mourad ? a-t-il été tué ?

— Il est mort de la peste, il y a quinze jours. Osman-bey lui a succédé ; il m'a offert de me prendre dans son harem ; j'ai refusé. Un musulman ne saurait me plaire, et mon cœur endolori, mon âme repentante étaient près de toi.

— Et Sitty Nefyssêh, est-elle morte aussi ?

— Oui, avant mon père, dit-elle en pleurant.

— Puisque tu es sans famille et sans asile, j'ai pitié de toi. Je pardonne ; mais, comme j'ai appris à te connaître, je ne te considérerai à l'avenir que comme une jolie esclave que je surveillerai de près. Quant à ton repentir, ce sera à toi de me le prouver. Je dois te déclarer aussi que le trésor est vide ; que par conséquent, je ne pourrai plus satisfaire tes fantaisies.

— Je n'aurai d'autres fantaisies que les tiennes, et si tu veux mes bijoux, les voici !

Elle retira ses colliers, ses bracelets et son tarbouch d'émeraudes qu'elle posa sur la table.

— Garde tes parures, ta vanité souffrirait trop de ne pouvoir plus briller, ne fût-ce que devant moi.

— Je n'ai plus besoin de paraître, mon orgueil a été brisé, ma vanité étouffée. Je n'ai plus que l'amour-propre de vouloir me garder pour celui qui m'a donné à boire son sang. Ah ! tu n'aurais jamais dû m'amener ici et m'apprendre le français ! Tout le mal que je t'ai fait ne serait jamais arrivé.

Elle avait raison, c'était encore ma faute !

Le lendemain, Tomadhyr me demanda sur un ton farouche si elle allait redevenir l'esclave de Djémilé.

— Non, lui dis-je, elle n'est pas plus que toi dans la maison, elle le sait. Rends-lui ton amitié.

— Je n'ai pas le droit d'être plus jalouse que toi de ton honneur. Je ne lui dirai rien.

— Ce sera bien gai pour moi !

— Tu le veux ? Je serai de bonne humeur...

C'était une singulière bonne humeur que de rester des journées accroupie dans un coin, à consulter son miroir magique, à se plaindre de violentes douleurs d'estomac, à tomber dans des spasmes nerveux, et à dire régulièrement tous les soirs en se retirant :

— Je n'ai pas longtemps à vivre, je te dis adieu, parce que demain matin je serai morte !

Djémilé était plus gaie et plus aimable. Il est vrai qu'elle avait beaucoup à se faire pardonner.

Bien qu'elle m'eût promis de n'avoir d'autres fantaisies que les miennes, elle eut bientôt envie

de mille colifichets et mit en gage sa coiffure d'é-
moraudes et ses perles pour se procurer de l'argent. Se figurait-elle que je retrouverais un nouveau trésor pour les dégager?

Un soir, elle me dit ·

— Je ne sais si Tomadhyr m'a ensorcelée. Comme
elle, je sens une grande douleur à la poitrine;
seulement je ne vois rien que des brouillards rouges qui passent, et j'ai une envie de dormir insur-
montable.

— Depuis quand souffres-tu?

— Depuis ce matin.

J'envoyai chercher le médecin qui, après être
resté un quart d'heure auprès d'elle, revint me
dire :

— Si vous tenez à cette fille, armez-vous de courage : elle a la peste ! On n'en meurt pas toujours ;
mais enfin..., elle est fort malade. Faites-la porter
à l'hôpital ; c'est plus prudent pour vous !...

— Non, docteur ; j'ai eu beaucoup d'affection
pour elle, et je ne dois pas l'abandonner.

— Comme vous voudrez. Je reviendrai demain.

Il prescrivit une potion et sortit.

J'allai près de Djémilé. Elle dormait, mais elle
avait la pâleur de la mort sur le visage. Le délire
la prit dans la nuit.

49

Elle se croyait dans le désert, disait qu'elle mourait de soif et me demandait sans cesse à boire ; mais elle refusait constamment la potion que je lui offrais.

— Non, disait-elle, cela ne sent rien. J'ai du feu dans la poitrine et ton sang peut seul l'éteindre. Me laisseras-tu mourir ? Ne veux-tu pas m'en donner ?

Et elle cherchait à me mordre comme si elle fût devenue enragée. Ce fut la seule crise violente.

Au matin, elle tomba dans un état de stupeur qui n'était ni la vie ni la mort. Elle resta ainsi trois jours. Le 10 janvier, elle ouvrit les yeux et m'appela :

— Je ne souffre presque plus, dit-elle, mais je suis si faible que je sens bien que je vais mourir. Tu m'as pardonné et je mourrai sans crainte ; mais je te demande une dernière grâce. Ne me laisse pas enterrer avec les musulmans. Élève-moi un tombeau sur lequel tu feras inscrire mon nom et le service que j'ai rendu à Kléber. J'aurai du plaisir à venir le regarder après ma mort. Je viendrai te voir aussi, le veux-tu ? Tu n'auras pas peur de moi ?

Pauvre fille qui croyait conserver, au delà de la vie, l'usage de ses sens.

— Je ferai ce que tu désires, lui dis-je, et je serai

content que ton spectre vienne me trouver ; je n'ai pas peur des morts.

Elle me remercia, me dit qu'elle avait sommeil, et me demanda un dernier baiser. Elle était déjà roide et glacée. Puis, elle s'endormit en tenant ma main dans la sienne. El'., ne se réveilla plus.

Je la fis enterrer sans aucune cérémonie religieuse, dans mon jardin, sous le grand caroubier où elle avait coutume de venir respirer la fraîcheur de la nuit.

Pour satisfaire sa dernière vanité, je lui élevai un mausolée sur lequel je fis graver en français et en arabe : « Ici repose Djémilé, fille de Mourad-bey, morte à l'âge de 16 ans, le 10 janvier 1801. Elle fut belle et aimée. Elle emporte avec elle les regrets de ceux qui l'ont connue, ainsi que l'estime des Français et des mameluks qui lui doivent la paix conclue entre Mourad et Kléber. »

La mort de Djémilé sembla rendre la vie à Tomadbyr. Elle pleura pour la forme quand elle la vit ensevelir, et n'en parla plus.

Nous étions dans les premiers jours de février quand, un matin, elle entra chez moi et me réveilla en sursaut en criant :

— Voilà les habits rouges !

Je reconnus bien vite qu'elle était en état de somnambulisme.

— Ils s'embarquent, reprit-elle ; ils viennent ici ! Que de vaisseaux ! que de monde !

— Où sont-ils ?

— Dans une île où il y a beaucoup de soleil, des maisons et des forts tout ruinés, avec des croix de pierre sur les portes. Le général donne des ordres. Auprès de lui se tient un jeune homme vêtu de bleu. Je le reconnais ! — C'est l'amant de Djémilé. Cette dame blonde, je l'ai déjà vue en songe, elle est bien belle, elle remet une lettre à l'Anglais. Elle salue, elle s'en retourne.....

— Où va-t-elle ?

— Où elle va?.... Dans une grande maison, avec deux autres dames vieilles... Elle les quitte.

— Suis-la !

— Elle rentre chez elle... Elle se jette sur un sofa... Elle pleure !... Je ne vois plus !

Je lui recommandai en vain de parler encore. Elle ne dit plus que des mots sans suite, fondit en larmes, et se laissa tomber à terre, en proie à ses convulsions accoutumées.

Ce qu'elle avait vu dans le délire n'était que trop réel. Les Anglais, sous le commandement du général Abercromby, concentraient leurs forces à Rho-

des et à Macri, sur la côte de l'Asie-Mineure, sous
prétexte de s'emparer de l'archipel, mais, en réalité, pour opérer d'accord avec Constantinople une
nouvelle descente en Égypte. J'avertis Abdallah-
Menou, qui n'en voulut rien croire, et ne donna
aucun des ordres nécessaires pour défendre la côte
en cas d'attaque. Il avait entassé l'armée au Caire
et s'occupait activement, mais inutilement, de ré-
formes administratives.

La sécurité était donc complète, et moi-même je
doutais de la lucidité de Tomadhyr, quand on apprit l'apparition de la flotte anglaise devant Alexandrie et le débarquement de vingt mille hommes.
D'un autre côté, une armée de trente mille Turcs
s'avançait à travers les déserts de Syrie, en même
temps qu'une autre armée anglaise, composée de
sept à huit mille cipayes, arrivait par la mer Rouge.
Nous étions pris en tête, en flanc et en queue, et
nous étions dix-huit mille hommes valides pour
faire face à tant d'ennemis. La partie n'eût pourtant
pas été perdue si nous eussions été bien commandés
et si nos généraux se fussent entendus au·lieu de
tirer chacun de son côté.

Je reçus l'ordre d'être prêt à partir le 11·mars.
Quand j'en fis part à Tomadhyr, elle fondit en
larmes, se roula par terre, s'arracha les cheveux et

eut une crise terrible; tout à coup elle se dressa devant moi et, les yeux égarés, la voix brève:

— Nous ne nous reverrons plus, dit-elle, car tu ne reviendras pas! Tu seras tué par les Anglais, et moi je vais mourir. Me voilà morte ici, dans tes bras, et toi-même tu n'es plus qu'un cadavre. Regarde, voici Djémilé qui vient te chercher!

La promesse que la fille de Mourad m'avait faite à son lit de mort me revint en mémoire, et j'en eus le frisson comme si son spectre était là réellement. Il y était peut-être, qui sait!

— Elle parle! reprit l'hallucinée, l'entends-tu? Elle te dit qu'elle n'est pas morte de la peste. Eh bien, non!

Et s'adressant à cet être imaginaire:

— Je t'ai fait mourir, dis-tu? je l'avoue. Si, dans l'oasis, j'ai consenti à t'aider à fuir avec ton maître, ce n'était pas pour t'obliger. Je t'ai haïe dès le premier jour; c'était pour lui plaire, à lui. Je voulais qu'il sût jusqu'où allait mon amour. Je voulais être aimée plus que toi, qui n'avais jamais rien fait pour lui! Tu l'as trahi, outragé, et moi je t'ai fait boire du poison. Va-t'en! il ne t'aime plus! C'est moi seule qui serai sa compagne dans la mort!

Puis, avec une force surhumaine, elle m'enlaça

de ses bras, colla ses lèvres froides sur les miennes et retomba anéantie.

Je la portai sur un sofa. La croyant en catalepsie, comme je l'y avais déjà vue si souvent, je ne m'en inquiétai pas. En rentrant le soir, je la retrouvai dans la même position.

Elle était morte.

Mon départ était fixé au lendemain matin, quand la petite fellahine me dit :

— Ya Sidy, on dirait que tu ne veux plus revenir dans ta maison ?

— Il est probable, en effet, que je n'y reviendrai pas, et peu m'importe. Je n'y laisse rien : femmes, maîtresses, esclaves, trésor, tout est envolé.

— Mais la maison reste, et moi dedans.

— Eh bien ? ma pauvre enfant, je t'en fais cadeau.

— Tu me donnerais tout cela, à moi pauvre fellahine ?

— Oui ; viens avec moi chez le cady afin de remplir toutes les formalités voulues par la loi musulmane.

— Mais que ferai-je d'un si grand palais ?

— En cherchant bien, tu y trouveras peut-être un autre trésor, et tu m'offriras l'hospitalité si je reviens.

— Comme cela, oui, j'accepte; mais, si tu pars pour ton pays, j'aimerais mieux te suivre.

— Eh bien, si je pars, viens me rejoindre; mais, en attendant, allons chez le cady.

L'affaire fut bientôt faite. L'ex-propriétaire n'avait pas d'héritiers. Je donnai quittance d'une somme que je fus censé avoir reçue, et Zabetta fut mise en possession. La pauvre enfant n'en pouvait croire ses yeux et ses oreilles.

J'étais bien aise de faire quelque chose pour cette dernière fleur de mon harem. Celle-ci ne m'avait jamais trahi ni trompé, elle m'était toujours restée attachée; elle ne s'était jamais posée en sultane. Contente de peu, elle ne m'avait ennuyé ni de son amour, ni de sa jalousie et n'avait donné la mort à personne. C'était le seul souvenir parfaitement pur de ma vie orientale. Celui de Tomadhyr, qui m'avait été si longtemps cher, alors que je la croyais morte pour moi, ne m'apparaissait plus qu'effrayant, depuis que ses dernières paroles avaient été l'aveu d'un crime.

XXIII

Nous arrivâmes avec le général en chef à Rah-
manyeh, le 13 mars au soir; nous y perdîmes toute
la journée du lendemain. Le 16, on coucha à Damanhour, et on se prélassa encore le jour suivant.
Il faut croire que rien ne pressait, ou que le général en chef avait peur de fatiguer les jambes de
nos chevaux. Nous arrivâmes le 19 sous les murs
d'Alexandrie au camp du général Lanusse, en face
des Anglais commandés par lord Abercromby. Ils
s'étaient retranchés en avant de Canope, sur le
banc de sable d'une lieue de large qui se termine
par le fort d'Aboukir. La mer et le lac Maréotis
étaient couverts de leurs chaloupes canonnières.
Le 21 mars 1801 avant le jour, l'armée française

19.

s'ébranla ; il s'agissait d'enlever au pas de charge
toute la ligne d'ouvrages défendus par de l'artillerie, afin d'attaquer le gros de l'armée anglaise
en bataille sur deux lignes au delà des retranche-
ments. Le régiment des dromadaires commence
le branle. Il enlève les redoutes sur la droite et
tourne les pièces contre l'ennemi, pendant que la
division Lanusse emporte celles de gauche. Au
plus fort de la bataille un boulet parti des chaloupes anglaises frappe mortellement le général Lanusse, ce qui met le désordre dans sa division. En
ce moment, Menou qui allait de droite et de gauche sur le champ de bataille, sans rien ordonner,
arrive devant notre cavalerie commandée par le général Roize et lui ordonne de charger.

— Charger quoi? demande Roize.

— Mais, le gros de l'armée anglaise !

— Ses lignes ne sont pas même ébranlées, le
moment est mal choisi.

— Chargez à fond, vous dis-je !

Roize se tourna vers nous et enfonçant avec force son casque sur sa tête :

— A moi ! mes amis, s'écrie-t-il, on nous envoie
à la gloire, à la mort. En avant !

Les trompettes sonnent, nous partons, nous
traversons au galop le défilé formé de droite et de

gauche par les redoutes qui nous mitraillent; un véritable coupe-gorge.

Après avoir franchi un fossé, nous tombons sur les Anglais avec fureur. Ils sont renversés, culbutés, sabrés; ils reculent. Nous pénétrons jusque dans leur camp; mais ils avaient creusé des puits, semé des chausses-trappes et croisé les cordes des tentes. Ces obstacles nous firent perdre tout le fruit d'une si belle charge : les chevaux s'abattaient ou refusaient d'aller plus loin, les cavaliers à terre étaient criblés de coups de baïonnettes par les Anglais furieux. Le général Roize combattit jusqu'à ce qu'il fut tué sous mes yeux. Ce fut le signal de la retraite. Je venais de reconnaître, auprès de la tente du général en chef, lord Humphrey sous l'uniforme de major.

Je crus que j'aurais le temps d'aller lui payer ma dette avant de rejoindre mes dragons qui tournaient bride. Je courus sur lui à fond de train, et, à la manière des mameluks, j'arrêtai brusquement mon cheval sur les jarrets en portant au major un coup de pointe dans les côtes. Il riposta par un coup de pistolet qui abattit ma monture. Je sautai lestement à terre, il recula sous la tente. Le général Abercromby mit l'épée à la main pour lui porter secours. Il eut grand tort de m'attaquer.

L'espadon d'honneur que m'avait donné Bonaparte
était une fière lame ; je la passai à travers le corps
de l'Anglais. Il tomba à la renverse sur sa table et
roula à terre avec ses cartes et ses plans. Le major
Humphrey se jeta sur moi comme un furieux, en
criant à l'aide. Il me blessa à l'épaule. Je n'en fus
que plus acharné. Je le clouai sur le corps de son
général. Au même instant, quelques soldats écossais pénétrèrent sous la tente, la baïonnette croi-
sée. C'était le moment de jouer le tout pour le tout.

— Voilà les Français ! leur criai-je.

Ils se retournèrent comme des niais. Je fendis
d'un coup de sabre la toile de la tente et je filai
par là ; mais je tombai de Charybde en Scylla. Les
Écossais, revenus de leur surprise, passèrent par
la brèche que j'avais ouverte, me lâchèrent quelques coups de fusil sans m'atteindre. D'autres
vinrent à leur aide, me barrèrent le chemin. J'en
ruai deux par terre, mais je rompis mon épée et
je fus abattu d'un coup de crosse sur la tête.
Heureusement, j'avais mon casque. Je fis le mort.

J'en étais quitte à bon marché ; mais je ne pouvais plus rejoindre les débris de mon régiment,
qui s'étaient repliés sur le centre. J'attendis, couché sur le sable. Tomadhyr s'était trompé en me
prédisant que je serais tué par les Anglais.

La bataille n'avait l'air d'être ni gagnée ni perdue
pour nous. L'ennemi ne faisait aucun pas en
avant, et les Français avaient repris leurs positions du matin. J'étais à vingt pas de la tente d'A-
bercromby. Les officiers y entraient tour à tour et
en sortaient avec des figures longues. Tout à coup
je vis au milieu d'un groupe d'officiers un jeune
homme en uniforme bleu-ciel, la brette au côté.
Je reconnus Louis.

Il passa à trois pas de moi.

— Monsieur, lui dis-je, si vous êtes Français,
voici le moment de sauver un de vos compatriotes.

— Comment, dit-il en s'écartant du groupe et en
venant à moi, c'est toi, de Coulanges? tu faisais
partie de cette charge brillante et tu es blessé?

— Oui, monsieur, vous le voyez bien.

— Pourquoi m'appelles-tu monsieur?

— Pourquoi? la question est jolie. Vous demandez de vous aider à fuir, et vous me laissez mal-
traiter et emprisonner derrière vous!

— Emprisonner? derrière-moi? où ça? quand?

— Parbleu! à l'île de Roudah, deux minutes
après m'avoir parlé.

— Ils t'ont maltraité? Oh! c'est bien mal, bien
mal! Je croyais que tu étais retourné au Caire;

mylord Humphrey me l'avait assuré, ainsi qu'à mademoiselle de Cérignan.

— Eh bien! ton mylord, je lui ai payé ma dette aujourd'hui, et, par la même occasion, j'ai tué son général en chef.

— C'est toi qui as tué lord Abercromby?

— Mais oui; je m'en vante.

— Ne le dis pas si haut devant ses officiers. Beaucoup comprennent le français, et je ne pourrais peut-être pas te sauver. Tu ne peux rester là. Je vais te faire porter sous ma tente.

— C'est inutile, je peux marcher, je ne suis blessé qu'à l'épaule.

Et je me levai, alerte et dispos.

— Est-ce que ta première dame d'honneur est là? lui dis-je en me dirigeant vers son campement.

— De qui veux-tu parler?

— De mademoiselle de Cérignan!

— Mais non, elle est à Rhodes.

— Comme elle sera contrariée en apprenant la mort de son amant!

— Lord Humphrey n'était pas son amant.

— Son mari, peut-être?

— Elle n'a jamais été mariée.

Nous entrâmes sous sa tente. Il fit demander un chirurgien qui pansa ma blessure, et je soupai avec lui de bon appétit. Il me demanda, en hésitant, des nouvelles de Djémilé.

— Elle est revenue chez moi, lui dis-je, et je lui ai pardonné.

Il devint rouge, essaya de sourire et se mordit la lèvre.

— Dès lors, lui dis-je, tu ne l'aimes plus?

Il s'efforça de montrer un air dégagé pour me répondre qu'il ne l'avait jamais prise au sérieux. Je ne crus pas nécessaire de lui faire savoir qu'elle était morte. Le lendemain, Louis m'apprit que le général Hutchinson avait succédé, dans le commandement de l'armée anglaise, à Abercromby, et qu'il voulait me voir.

Je me rendis près de lui. Il me reçut très-poliment et me pria de lui rendre mon épée.

— Je n'en ai plus, général, lui dis-je, je l'ai brisée sur le dos de vos soldats.

— En ce cas, colonel, veuillez vous constituer prisonnier de guerre.

— Vous êtes bien bon de me le demander.

— Je rends hommage à votre bravoure, et je compte sur votre honneur. Je ne vous demande que la promesse de ne pas chercher à vous évader et de ne jamais plus porter les armes contre l'Angleterre.

— Je vous promets tout le contraire. Je m'évaderai dès que je le pourrai, et je vous jure une haine mortelle.

— En ce cas, colonel, je me vois dans l'obligation de vous faire fusiller sur-le-champ. C'est une satisfaction que je dois à l'armée en expiation de la mort du général Abercromby.

— Il n'était pas besoin de faire tant de manières.

Il me salua, je ne lui rendis pas son salut, et, entre quatre soldats, je fus conduit au bord de la mer.

Un peloton m'attendait, l'arme au pied. On me lia les bras, et je fus placé à quinze pas.

Un sous-officier vint pour me bander les yeux; je refusai. Les Anglais chargèrent leurs armes. Je ne m'étais pas encore trouvé dans une position aussi critique, et la prédiction de Thomadhyr me revint à la mémoire. J'en pris mon parti. Je voulais montrer à l'ennemi comment un Français sait mourir.

— Attention! leur criai-je; j'ai bien le droit de commander le feu.

L'officier fit un signe d'adhésion.

— Apprêtez armes! En joue!

Les armes s'abaissèrent. Je regardai sans crainte les gueules de ces vingt-quatre fusils, et j'allais crier : Feu ! quand Louis, à cheval et suivi d'un colonel anglais, se présenta et se plaça au-devant de moi, au risque de recevoir la décharge en plein corps, ce qui n'était pas d'un lâche !

Il présenta un papier à l'officier, les soldats remirent l'arme au bras et me délièrent.

— Il était temps, me dit Louis. J'ai obtenu ta grâce, mais non ta liberté. Tu vas être embarqué avec d'autres prisonniers.

— Tu as fait ce que tu as pu, lui dis-je, et je t'en remercie. Tu n'es pas un ingrat, et tu sais te faire pardonner. Je te rends mon amitié.

Il me sauta au cou, et, les larmes aux yeux, m'embrassa sur les deux joues.

C'était une bonne nature au fond, et je regrettai qu'il fût le Dauphin, ou qu'il crût l'être ! Mais je ne regrettai pas de lui avoir fait cadeau de trois cent mille francs; selon moi, ce n'était pas payer ma vie trop cher.

L'officier me demanda si j'étais prêt à le suivre. Je dis adieu à mon sauveur, et, après lui avoir conseillé de ne pas rester avec les Anglais, au moins tant qu'ils nous feraient la guerre, je me remis entre les mains du peloton qui me conduisit vers une embarcation.

Au moment de me quitter, l'officier anglais m'offrit cordialement la main. Je ne crus pas devoir lui refuser la mienne, et je montai à bord du *Swiftsure*. Je fus mis à fond de cale en compagnie de quelques officiers de chasseurs à cheval et de plusieurs de mes dragons, parmi lesquels je retrouvai Guidamour intact. Il pleura de joie en me voyant; il m'avait cru mort, et s'était fait prendre en me cherchant.

Nous restâmes à l'ancre pendant plus de quinze jours. Tous les soirs on nous faisait monter sur le pont, deux par deux, et alternativement, pour respirer l'air.

Si on ne nous gorgea pas de nourriture, on ne nous laissa pas tout à fait mourir de faim. Les officiers du bord eurent même la bienveillance de nous apprendre que, chaque jour, notre armée perdait du terrain en Égypte, et quand nous partîmes, ils daignèrent nous dire que nous allions en Angleterre. On nous réservait pour les pontons de Plymouth. Mais ces messieurs comptaient sans la flotte française. Ils se croyaient seuls maîtres de la mer.

En traversant le canal de Candie, le *Swiftsure* rencontra les vaisseaux de l'amiral Gantheaume, fut canonné, enveloppé et pris. Ce fut au tour des Anglais d'aller à fond de cale, et à nous de monter prendre leurs places.

Gantheaume, après avoir tenté de débarquer sur
la côte d'Afrique les renforts qu'il amenait de Brest,
reprenait la route de France. Il n'est pas besoin de
dire combien nous fûmes fêtés à bord et question-
nés par nos compatriotes.

Au mois de juillet, nous étions en vue des montagnes grises de la Provence!

XXIV

La paix entre la France et les autres puissances de l'Europe qui reconnaissaient nos conquêtes sur le Rhin et en Italie venait d'être conclue. Bonaparte organisait une garde consulaire composée d'infanterie, de cavalerie et d'artillerie. Nous autres *Égyptiens* — c'est ainsi qu'on appela par la suite ceux qui avaient fait partie de l'expédition d'Orient — nous n'eûmes qu'à nous présenter pour être admis dans les rangs de ce corps d'élite.

Je passai dans les chasseurs à cheval de la garde avec mon grade de colonel. Je déposai le casque et l'habit de dragon pour prendre le colback et le dolman galonné d'or. Mon régiment était composé des plus beaux et des plus vaillants soldats de l'armée, et leur colonel, modestie à part, n'était ni le plus laid ni le plus mal bâti. J'avais alors vingt-sept ans, et après neuf ans de campagne, sauf quelques cicatrices, j'étais au complet. Aussi fus-je grandement admiré et fêté dans ma ville natale de Beaugency, quand j'y allai voir mon père.

Il s'était installé avec ma vieille bonne Gertrude dans un joli château du val de la Loire et avait converti en vigne, en prairies, les deux cent mille francs que je lui avais envoyés. Mais, ce qui ne laissa pas que de me surprendre, c'est qu'il me demanda mon avis pour placer une somme de trois cent mille francs qu'une personne inconnue lui avait fait passer, pour moi, à titre de restitution.

Je ne pouvais plus accuser mademoiselle de Cérignan d'être une aventurière. Je lui aurais bien écrit pour lui demander pardon de mes grossiers soupçons, si j'avais su où lui adresser ma lettre.

Après quinze jours de villégiature, je retournai à Paris reprendre mon service. Deux mois après, le général Menou, obligé de se rendre, évacuait l'Égypte et ramenait en France huit mille hommes. C'est tout ce qui restait des quarante-six mille emmenés par Bonaparte trois ans auparavant. Je

retrouvai encore quelques-unes de mes connais-
sances, Sabardin, revenu avec le grade de général,
et Dubertet..... bien et dûment marié avec Sylvie !

Un matin, je vis entrer chez moi mon brave Guidamour suivi d'une jeune fille très-brune, bien
tournée, vêtue en grisette, et que je n'eusse pas
reconnue tout de suite, si elle ne se .fût prosternée
devant moi à la manière orientale. C'était Zabetta,
la fellahine ; elle parlait très-bien français.

— Vous m'avez permis de venir vous rejoindre,
dit-elle, et je suis venue.

Puis, me présentant un objet empaqueté avec
soin :

— J'ai pensé, reprit-elle en arabe, que tu serais
content de conserver le *tarbouch* d'émeraudes de la
pauvre Djémilé.

— C'est un doux et triste souvenir. Je l'accepte
avec reconnaissance. Comment donc t'es-tu pro-
curé ce bijou ?

— J'ai vendu la maison de Boulaq pour le dégager de chez un juif et te l'apporter.

— Combien en veux-tu ?

— Je ne veux rien. Je te le donne.

— Mais cela vaut au moins cinquante ou soixante
mille francs ; et, si tu as vendu tout ce que tu avais
pour le ravoir, il est juste que je t'en dédommage.

— Reprends-moi à ton service, et je serai assez payée.

— Tu es une brave fille! Viens m'embrasser.

Elle le fit avec une effusion de cœur qui me toucha.

J'étais toujours à gronder ma femme de ménage. Je lui donnai congé le soir même, et je mis la petite fellahine à la tête de mon linge, en l'avertissant qu'en mettant le pied en France elle était libre.

Pour ses appointements, je ne fis pas de prix; j'écrivis à mon père que j'avais un placement de 50,000 francs à faire, et, quand j'eus reçu la somme, je la donnai à Zabetta en lui disant que c'était sa dot, à condition qu'elle épouserait Guidamour, s'il ne lui déplaisait pas. Elle me répondit qu'un homme que j'aimais ne pouvait lui déplaire.

J'avais déjà remarqué que le brave garçon ne pouvait lui adresser la parole sans pousser des soupirs à renverser des cathédrales.

Il quitta le service et employa la dot de sa femme à l'acquisition d'un magasin de lingerie, sur lequel Zabetta fit peindre par Morin une enseigne qui me représentait en uniforme de dragon, à cheval, avec cette épigraphe: *A l'Égyptien.*

Morin avait rapporté une montagne de croquis,

de dessins d'après nature et de portraits. Il en
copia pour moi un bon nombre, et je décorai bientôt les murailles de mon appartement d'une suite
de jolies esquisses d'après Djémilé, Tomadhyr,
Louis, Malek, Kléber, la petite fellahine avec tous
ses colliers de sequins, Pannychis en déesse de
l'Olympe, enfin de plusieurs vues du Caire, d'Esnèh, des bords du Nil, des Pyramides et de l'intérieur de ma maison de Boulaq. C'était autant de
souvenirs qui ravivaient en moi les émotions du
passé. Cette terre d'Égypte n'était plus qu'un rêve
pour moi. J'y avais mené l'existence la plus émou-
vante et la plus invraisemblable ; j'y avais dépensé
follement plus de cinq cent mille francs, sans
compter trois ans de paye. J'oubliais les chagrins
que j'y avais éprouvés, les dangers que j'y avais
courus, pour ne me rappeler que les charmes
de cette vie aventureuse et les splendeurs de
ce pays unique au monde. J'étais parfois tenté
d'y retourner, mais qu'y aurais-je retrouvé! les
tombes de Djémilé et de Tomadhyr, ces fleurs de
l'Orient flétries à l'âge où celles de nos climats du
Nord commencent à peine à éclore. Non! le passé
était mort, et, si une apparition charmante volti-
geait encore dans mes rêves, c'était celle d'Olympe
de Cérignan.

Cet hiver de 1801 à 1802 fut extrêmement brillant. La paix générale avec l'Europe avait amené beaucoup d'étrangers et de hauts personnages à la cour de Bonaparte: car c'était déjà une cour. Des Anglais eux-mêmes, qui avaient passé de la haine à l'enthousiasme pour le pacificateur de l'Europe, vinrent en foule l'admirer. Au milieu de l'éclat et du tourbillon des fêtes, j'aperçus un jour, à un bal des Tuileries, mademoiselle de Cérignan assise au milieu d'un groupe de ladies.

Je courus à elle et l'enlevai, un peu contre son gré, à son milieu anglais. Après avoir réussi à l'éloigner de la foule, je lui exprimai toute ma joie de la revoir; je lui demandai ce qu'elle était devenue depuis le jour où elle m'avait proposé de partir avec elle.

— J'ai d'abord été à Alexandrie, puis à Rhodes, répondit-elle. J'allais demander le concours de lord Humphrey, afin qu'il m'aidât à arracher le Dauphin des mains de Mourad: vous refusiez de m'aider!

— Mais vous êtes revenue au Caire, vous y avez passé quinze jours...

— A attendre le résultat de l'expédition et le retour de Louis.

20

— Quinze jours pendant lesquels, après m'avoir donné d'enivrantes espérances, vous avez refusé de me recevoir.

— Alors, vous m'avez prise pour une coquette! Écoutez, colonel, il y a entre nous une barrière infranchissable, l'opinion, ou, si vous voulez, l'honneur politique. Nous avons travaillé pour des causes opposées, mais vous aviez pris trop d'empire sur moi; votre brusque franchise vous sert à être pénétrant, vous m'eussiez arraché le secret des moyens de cette délivrance, que vous étiez, je l'ai craint, disposé à faire échouer. Je ne devais donc pas vous revoir avant qu'elle eût réussi. Si nous avons de la sympathie l'un pour l'autre, si, en dépit de nos mutuels griefs, nous nous estimons beaucoup, c'est parce que nous ne nous sommes pas fait de concessions de principes. En refusant de vous revoir à ce moment-là, j'étais dans la raison, dans l'abnégation qu'impose le devoir. J'en ai probablement souffert plus que vous.

— Je crois, au contraire, que c'est moi... Mais après? Pourquoi ne m'avoir pas tenu parole?

— Après?... Je suis retourné à Rhodes, d'où je vous ai écrit de venir me rejoindre.

— Je n'ai rien reçu.

— Ma lettre aura été interceptée. Quand le jeune

prince m'eut appris vos prodiges de valeur à Alexandrie, votre condamnation à mort et ce qu'il avait fait pour vous sauver, vous étiez déjà embarqué comme prisonnier sur le *Swiftsure*. Si j'ai suivi alors le Dauphin en Angleterre, c'est dans l'espoir de vous y retrouver et de vous faire rendre la liberté. C'est là que j'ai appris votre délivrance en mer, et que Louis est resté caché sous un nom anglais : ne me demandez pas lequel.

— J'aime autant l'ignorer; mais ce que je voudrais savoir, c'est quelles étaient vos relations avec lord Humphrey.

— Il était le correspondant, le banquier, si je puis m'exprimer ainsi, du Dauphin, c'est lui qui était chargé de nous faire passer des fonds.

— Et ces fonds, d'où venaient-ils?

— Ah! vous m'en demandez trop. Je ne veux ni dénoncer, ni compromettre personne.

— C'est juste! Mais lord Humphrey pouvait être tout à la fois votre banquier et votre...

— Mon amant, dites le mot allez! Eh bien, non, je vous le jure. Je dois avouer pourtant qu'il m'avait offert sa main.

— Vous l'aviez acceptée?

— J'avais demandé à réfléchir, pour ne pas le détacher de la cause du Dauphin.

— En ce cas, vous devez m'en vouloir de vous avoir privée d'un futur époux?

— Je ne l'aimais pas; je ne l'ai jamais aimé.

— Et maintenant, vous abandonnez donc le Dauphin?

— Il n'a plus besoin de moi, il a des protecteurs riches et puissants, et j'ai rompu les liens qui m'enchaînaient à lui. Me voilà débarrassée de cette lourde responsabilité; je suis libre et je respire à pleins poumons. Ah! mon ami, quelle rude tâche mon dévouement m'avait imposée! Quel rôle j'ai dû jouer à vos yeux! celui d'une intrigante, d'une ambitieuse ou d'une aventurière! Vous avez dû me soupçonner d'être tout cela. Hélas! je suis une pauvre émigrée, qui a mangé dans l'exil et au service de la famille royale le peu de fortune qu'elle possédait; à propos, le prince vous a-t-il restitué l'argent que je vous avais emprunté pour lui?

— Oui, et je le tiens toujours à votre disposition.

— Je n'en veux pas, merci!

— Louis vous a dédommagée amplement?

— Je n'ai rien voulu recevoir. Sa fortune n'eût pas suffi à me dédommager de tout ce que j'ai fait pour lui. J'aime mieux qu'il reste mon obligé, le pauvre enfant!

— Olympe, il y a du dépit au fond de votre cœur. Avouez-le, vous avez perdu tout espoir de voir régner Louis XVII, vous venez vous rallier à la fortune du premier consul et vous ambitionnez comme autrefois une place de dame d'honneur auprès de Joséphine?

— Vous vous trompez, je suis plus fière que cela. J'aurais recherché cette situation pour servir le prince. A présent, je la refuserais. Je viens en France à la suite de lady Fox en qualité de dame de compagnie. N'est-ce pas une belle position pour la comtesse de Cérignan? J'ai été heureuse de revoir mon pays; j'y resterai peut-être, car l'Angleterre et les Anglais ne m'ont jamais été sympathiques.

— Et que ferez-vous, puisque vous n'avez plus de fortune?

— Je ne sais, je travaillerai pour vivre, je donnerai des leçons de musique ou de français. Bah! je ne suis pas en peine. Je serai libre! n'est-ce pas tout? Mais c'est assez parler de moi. Dites-moi, à votre tour, ce que vous êtes devenu. Je suis heureuse de vous retrouver si beau, si pimpant. Que de victimes vous devez faire au milieu de cet essaim de frétillantes dames d'honneur!

— Je vous jure qu'aucune de ces femmes n'a fait battre mon cœur. Il est à vous, Olympe, à vous seule, et...

— Reconduisez-moi auprès de lady Fox, dit-elle en se levant.

— Non, je vous tiens, je ne vous lâche plus : vous êtes plus belle que jamais et je n'ai fait que penser à vous depuis...

— Depuis que nous causons ensemble, c'est-à-dire depuis une demi-heure.

— Je ne ris pas, Olympe, vous savez bien que je vous aime.

— Je n'en sais rien, mais il ne peut plus être question d'amour entre nous.

— De mariage, en ce cas?

— Encore moins : si je viens de quitter un maître, ce n'est pas pour en reprendre un autre. D'ailleurs je suis trop âgée pour vous. Regardez-moi, j'ai des rides et des cheveux blancs.

Ce n'était pas vrai du tout.

— Je vous accepte telle que vous êtes.

— En ce cas, c'est vous qui êtes trop jeune pour moi, trop lancé dans cette nouvelle cour. Si j'étais votre femme, mes opinions nuiraient à votre avancement, vous le savez bien. Vous m'en voudriez, et vous me tromperiez.

— Vous ne seriez pas embarrassée pour me le rendre et j'en mourrais de jalousie. Mais, puisque vous voulez rester libre, ne pouvons-nous pas nous aimer franchement et sans restriction? Et en riant, j'ajoutai : Passons un contrat à la cophte, pour trois, six, neuf...

— Trois ans ! ce serait trop pour vous !

— Et si je vous en demandais neuf?

— Alors, pourquoi pas toute la vie? Vous me faites peur ! Il y a longtemps que je vous aime, moi ! J'ai beaucoup lutté, beaucoup souffert, j'ai droit à un peu de bonheur. Il faut que je vous oublie ou que vous m'aimiez réellement. Prenez-y garde, je ne suis pas une enfant, je ne suis pas une sotte, je ne suis pas une odalisque. L'amour vulgaire ne me tromperait pas. Je mérite mieux, j'ai cette prétention, du moins.

— Vous avez le droit d'être aimée passionnément et sérieusement, et moi, je me crois capable d'aimer ainsi. Mettez-moi à l'épreuve.

— Venez me faire danser, répondit-elle, car on remarque notre tête-à-tête.

— Il faut pourtant me répondre.

— Eh bien, venez me voir demain ; c'est à vous de me persuader, de me donner confiance.

— Je sais que ce n'est pas facile ; mais, moi,

j'espère en vous ; j'ai ce qu'il faut pour persuader, j'ai la foi !

Un soir que nous avions été faire une promenade à la campagne, je me permis de dire à ma chère Olympe : A présent que je peux me flatter d'avoir obtenu votre confiance, — au moins en fait de politique ! — dites-moi donc si vous êtes toujours aussi persuadée que Louis soit le Dauphin de France ?

— Si je n'en eusse été persuadée, répondit-elle, vous savez bien que je n. me fusse pas dévouée à sa personne et à sa cause.

— Cela n'a jamais fait de doute pour moi ; mais depuis ? ne vous est-il jamais venu de doute à vous-même?

— Il m'en est venu, je mentirais si je ne l'avouais pas.

— Il vous en est venu tellement que vous n'avez plus voulu servir cette cause au prix d'une imposture ?

— Non ! mes doutes sont faibles et ma croyance est encore assez vive. J'en suis à ce point où l'on se réjouit de pouvoir s'abstenir, sans pourtant regretter d'avoir agi. Si mon père et ses amis ont été pris pour dupes, ils l'ont été très-habilement, et leur erreur a été complète. Quant à moi, ce qui m'a rattachée le plus à leur croyance, c'est la persistance des souvenirs de cet enfant, leur ingénuité, leur caractère de vérité spontanée. Peut-on admettre qu'à l'âge où il nous fut confié, on soit un imposteur assez habile, et assez bien stylé pour jouer un pareil rôle sans contradiction et sans lassitude durant plusieurs années ?

— J'avoue que toutes les autres affirmations me trouvent incrédule ; mais celles de l'enfant lui-même, un enfant craintif... quelquefois dissimulé pourtant !

— Il n'y a pas de pusillanimité sans un peu de perfidie, et Louis, pour cacher ses convoitises ou ses terreurs, est capable de ruse, je vous l'accorde. Mais une feinte de longue durée lui est impossible ; pour cela, il faut une force de volonté qu'il n'aura jamais.

— C'est vrai ; donc il se peut très-bien qu'il soit le Dauphin ! Mais alors, quel sera donc son avenir ? Croyez-vous toujours qu'il régnera ?

— Je vois bien que Bonaparte règne à sa place !

— Et vous ne lui pardonnez pas cette usurpation.

— Je la lui pardonne en songeant qu'il rend

service à mon pauvre Louis. Ce jeune homme est incapable de soutenir l'honneur et l'indépendance de la France, et, si vous voulez tout savoir, c'est son moindre désir et sa plus grande crainte.

— Il m'a parlé souvent dans ce sens; était-il sincère?

— Il était plus que sincère, il était naïf.

— Alors il ne sera jamais rien, pas même un drapeau dans les mains de son parti et de sa famille?

— Son parti ignore qu'il existe et sa famille n'y veut pas croire. Ses oncles sont des hommes, et il ne sera jamais qu'un enfant.

— Un enfant qui mourra dans l'exil peut-être?

— Ou dans quelque prison d'État.

— Pauvre Louis! Puisque vous avouez qu'il n'est plus à craindre pour mon pays, je peux vous avouer que, malgré ses torts envers moi, je l'aime beaucoup.

— Je l'ai bien vu! Sans cela je ne vous l'eusse pas confié. Vous êtes bon et vous lui avez tout pardonné avant même qu'il eût réparé ses torts. Moi, j'ai eu plus de peine à oublier son ingratitude et l'injure qu'il m'a faite de croire que je consentirais à être sa maîtresse.

— Je ne vous reproche pas cette rancune! Je

serais jaloux de lui si vous étiez plus miséricordieuse; mais quelle étrange destinée que la sienne, s'il doit passer dans le monde à l'état de roi *méconnu!*

— Ce que je lui souhaite, moi, tel que je le connais, c'est l'état de *roi inconnu!*

FIN

Paris. — Imp. H.-M. DUVAL, 17, rue de l'Echiquier

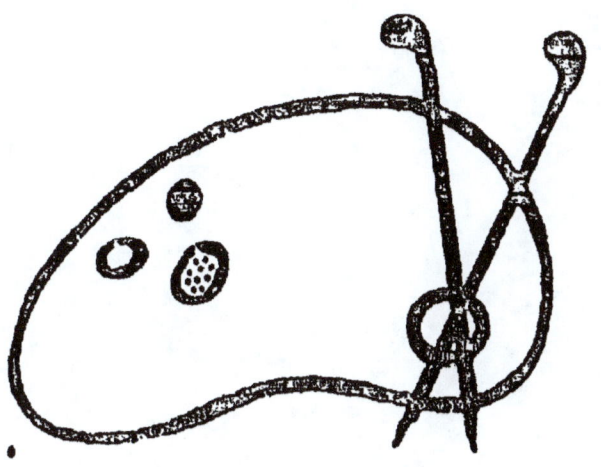

Original en couleur

NF Z 43-120-5

www.ingramcontent.com/pod-product-compliance
Lightning Source LLC
Chambersburg PA
CBHW070310030726
47505CB00004B/965